Michael Wachtler

Die Seele der Natur

Das geheime Leben der Pflanzen,
der Tiere und der Steine.
Außergewöhnliche Geschichten
von Menschen

Erste Auflage 2006

Michael Wachtler

Die Seele der Natur

Dank an:

Abteilung Natur und Landschaft
Ripartizione Natura e Paesaggio

KUNST SÜDTIROL KULTUR

Verlag ATHESIA Spectrum - Ferrari-Auer GmbH

Covergestaltung: Astrid Fleischmann

Lektorat: Verena Wisthaler

Koordination: Edith Campei

Herstellung: Wachtler KG-Innichen

Druck: Athesiadruck, Bozen

ISBN 88-6011-038-6

e-mail: spectrum@athesia.it

Internet: www.athesia.it/spectrum

Für den Inhalt

e-mail: michael@wachtler.com

Michael Wachtler
Die Seele der Natur

Das geheime Leben der Pflanzen,
der Tiere und der Steine.
Außergewöhnliche Geschichten
von Menschen

Inhaltsverzeichnis

Natur ruft Mensch

Die Alpen bilden eine lang gezogene Gebirgskette, welche im Golf von Genua aus dem Wasser steigt, und sich wie ein Bogen über Frankreich, der Schweiz, Liechtenstein, Italien, Slowenien und Österreich legt, bis sie vor Wien stirbt. Die Ostalpen sind im Gegensatz zu den Westalpen niedriger, sanfter, was aber nicht heißt, dass sich überall gewaltige Felszinnen, hohe Türme und Gletscherregionen ausbreiten.

Ich war vier Jahre alt, als am 9. Oktober 1963 bei Longarone in den südlichsten Dolomiten der Berg Toc sich aufmachte um sich in den eben fertig gestellten Vajontstaudamm zu stürzen. Über Jahre hatten die Menschen nicht auf sein warnend-verzweifeltes Ächzen und Stöhnen geachtet. Dutzende Zeichen hatte er ihnen gegeben, Sprünge im Gelände, Klopfen in den Felsen. Dann eines Tages marschierte der Berg los und fast zweitausend Menschen verloren dabei ihr Leben. Das Dorf konnte vor der geballten Macht der Natur nicht davonlaufen. Meine Mutter fuhr mich eines Tages dorthin. Ich erinnere mich noch heute an einen kleinen Buben mit amputiertem Bein und einem Arm, der mich fragend anschaute, als wolle er mit mir spielen. Solche Erinnerungen prägen sich für immer ein.

Ich war sechs Jahre alt, als es bei uns zu regnen anfing und so lange nicht aufhörte, bis die Menschen keine Kraft mehr fanden, um die ungebändigten Wässer in die Schranken zu weisen. Die wild gewordenen Bäche marschierten in die Dörfer, überfielen ohne Vorwarnung die Häuser und zerstörten vieles, was Generationen von Menschen aufgebaut hatten. Das ganze wiederholte sich ein Jahr später im Spätherbst. Die Fluten nahmen sich viele Menschen für immer, doch die Leute schworen sich diese störrische Natur in die Schranken zu weisen. Man würde noch höhere Schutzmauern errichten und die Wildbäche zu zähmen wissen. Die Menschen rüsteten sich zum Krieg gegen die

Natur, um herauszufinden, wer wen besiegte. Die Alten schüttelten zwar ob der Gewagtheit dieser Ansichten ihren Kopf, aber die Jungen beschlossen den Kampf gegen die aufsässigen Elemente aufzunehmen. Man lernte uns in der Schule nichts anderes, als dass wir all unser Tun und Handeln daran ausrichten mussten, die Natur zu unterwerfen. Man wollte aus uns tüchtige Menschen machen, welche durch unseren Verstand die Natur auf einige Reservate zurückdrängte, wo auch wir wie in einem Gefängnis jederzeit das Sagen hätten.

Ich wuchs in eine Generation hinein, in der man uns lernte, dass Geld das wichtigste im Leben sei. Die Menschen nahmen sich im Laufe der Zeit alle Täler, bis sie selbst an die ausgesetzten Hänge und Abbrüche der Berge mit ihren Siedlungen und wahnwitzigen Ideen herankratzten.

Unsere Lehrer nannten uns die Namen von Fabrikherren und großen Hotelbesitzern, welche Vorbilder für uns sein sollten. Sie zeigten uns Menschen, welche für nichts mehr Zeit hatten, als zu denken, wie man noch gewaltigere Seilbahnen auf die Berge bauen, und diese anschließend untereinander verbinden konnte. Kaum war dies geschehen, heckten sie schon die nächsten Pläne aus, um die letzten unberührten Gipfel so zu gestalten, dass sie Geld abwarfen.

Ich sah wie viele dieser Gelddiener sich hoch verschuldeten. Es gab genügend menschliche Tragödien. Der Wert der Familie sank soweit, dass viele Menschen in unseren Dörfern gar nicht mehr Zeit fanden, um Kinder zu zeugen und sie aufzuziehen. All dies übertünchten sie, in dem sie mit teuren Autos herumfuhren und die mit Gold aufgewogenen Kleider prahlend zur Schau stellten.

Wir machten uns auf, Käfige zu bauen, welche man keinem Tiere vergönnte. Viele junge Menschen träumten voll Hoffnung ein ausgefülltes Leben zu führen und merkten am ersten Tag, wenn sie an die Kassa eines großen Kaufhauses gestellt wurden, oder wenn man sie hinter den Schreibtisch eines Amtszimmers setzte, dass sie den Rest ihres Lebens mit nichts anderen verbringen mussten, als zu sitzen und stumpfsinnig immer das gleiche zu tun.

Sehr schnell erloschen bei vielen meiner Freunde die Lebensgeister, ermüdete der Verstand und ihr ganzes Denken kreiste um kleine Dinge. Ihr Leben füllte sich mit Sorgen, ob am Ende des Monats der Lohn ausreichte um sich und ihre Familie mehr recht als schlecht weiterzubringen. Es war unser Fehler, dass wir uns davon blenden ließen. Wir hatten Respekt vor den Eltern und glaubten, dass das was sie uns lehrten das Richtige sei. Über die Tragödien die sich hier abspielten, soll diese Geschichte schweigen. Mögen spätere Chronisten davon berichten.

Man möchte meinen, dass in diesen Alpen jeder Quadratmeter Boden und jeder Felsen irgendwie erkundet worden wäre. Zum großen Teil ist dies auch der Fall. Doch mit der Zeit erkannte ich, dass hoch oben in den Bergen der Alpen, abseits der Wege und von Menschen geschaffene Werke eine andere Welt begann. Hier zählte das Gesetz des Kräftigeren, Listigeren, Stärkeren. Hier donnerten Lawinen nieder und zerstörten alles, was sich in den Weg stellte. Hier herrschten die Geheimnisse einer ungebändigten Natur. Dieses Land kannte nie die willkürlich von Menschenhand gezogenen Grenzen, nie die Sprache menschlicher Kreaturen.

An diese Ufer kamen nur jene Leute, welche gelernt hatten die Sprache der Natur zu verstehen. Es war das Reich des Adlers, der Gämsen, der uralten Wälder und gewaltigen Steinschlösser. Es war das Land jener Menschen, welche die geheimnisvollen Kräfte der Pflanzen erkannten und sie zu nützen wussten. Hier öffneten sich die verborgenen Schätze der Erde jenen Wenigen, die bereit waren sich mit der Wildnis zu vereinen.

Im Laufe der Zeit erkannte ich, dass es nicht darauf ankam, wie viele Häuser und Protzbauten jemand sein Eigen nannte, welche teuren Uhren man an seinem Handgelenk hatte, welche Klamotten berühmter Designer man trug, sich im Schatten von Sängern und Schauspielern fotografieren zu lassen. War es denn notwendig aus freien Stücken wie Sisyphos schwere Steine zu wälzen, welche jedes Mal wieder den Abhang hinunterkollerten?

Eines Tages ließ ich meine Hülle zurück wie eine gehäutete Schlange und brach in die Täler der Geheimnisse und die Tiefe der Wildnis auf. Ich wollte nichts anderes als lernen und verstehen. Mag manch ein Wissenschaftler stolz auf seine Leistungen sein, nicht weniger kann man von einem Jäger lernen, welcher Zeit seines Lebens nichts anderes tat, als den Charakter und die Persönlichkeit der Tiere in den Wäldern zu beobachten. Viele Kräutersammler in den Bergen haben mir aufgezeigt, dass man das Wesen der Pflanzen gleich erlernen müsse, wie viele andere Dinge, die unwichtiger waren. Es waren wertvolle innere Botschaften welche man mich lehrte.

Weil sie mir wichtig erschienen, wollte ich auch die anderen daran teilhaben lassen. Ich erzähle in diesem Buch von einem Reich der Natur. Von erzählenden Bergen, Wäldern, Tieren, Pflanzen und Steinen. Vom Gesetz der Stärke und der List. Die folgenden Seiten sind keine wissenschaftlichen Abhandlungen, sondern ganz persönliche Erfahrungen mit Menschen, welche mir ihren Geist und ihre Seele zugänglich machten. Die Sympathie, welche wir der Natur entgegenbringen, ist etwas zutiefst Persönliches. Jeder erlebt es auf seine Art und Weise. Manche Geschichten klingen unglaublich, haben sich aber so zugetragen. Vielen dieser einfachen Menschen bin von tiefstem Herzen dankbar. Ich begleitete sie auf ihren Wegen in die sehr oft auch für mich unzugänglichen Anhöhen der Schöpfung. Noch mehr aber drang ich tiefer in die verborgenen Geheimnisse einer Welt vor, welche anderen versperrt ist.

Der Kampf um die Vorherrschaft

Das Hotel und die ungebetenen Gäste

Als die Tiere beschlossen in das Reich der Menschen einzudringen

Manche Jugenderinnerungen setzen sich eigenartig im Geist fest und verschwinden für ein Leben lang nie. Eines Tages geschah etwas Merkwürdiges in meinem Dorf. Am Bahnhof von Innichen kamen damals in endlos langen Zugkolonnen Tiere, welche dazu bestimmt waren, in die großen Schlachthöfe der italienischen Städte weiter verfrachtet zu werden. Etwas vom Frühesten, an das ich mich erinnern kann und was mich deswegen in unerhörtes Staunen versetzte, war der Tag, als einige Kühe und Schafe einfach beschlossen, sich nicht weiter von den Menschen knechten zu lassen, sondern den Weg der Freiheit suchten. War es ein unaufmerksamer Wächter oder ein technisches Gebrechen, auf jeden Fall brachen Kühe, Stiere und Schweine einfach aus und liefen plötzlich frei auf dem Bahnhofsgelände umher. Zwar tat das Bahnhofspersonal schnell alles, um sie einzufangen, doch die Aussicht plötzlich keine engen Wände um sich zu sehen, ließ den Drang der Tiere nach Freiheit und die Rückerinnerung an frühere Zeiten in freier Natur erst richtig erwachen.

Anfangs wusste auch ich nichts mit dem Lärm anzufangen, der plötzlich unseren kleinen Ort erfüllte. Doch der Dorftratsch war damals die schnellste Zeitung und so kam uns Kindern zu Ohren, was sich am Bahnhof zutrug. Deshalb eilte auch ich so schnell ich konnte hinaus, um mit eigenen Augen zu erleben, was sich dort Unerhörtes abspielte.

Es dauerte nicht lange, da trampelten die Kühe und Schweine in wildem Lauf in das Bahnhofsrestaurant und drängten sich dort hinein wie die anderen Tage die wartenden Zugreisenden. Bald fielen die Speisen herunter und die Schweine über alles her, dessen sie habhaft werden konnten.

Doch damit war der Tag der Tiere noch lange nicht beendet. Hinter dem Bahnhof lag das Hotel Bellevue. Die Türen standen an diesem warmen Frühlingstag schon offen und so war es ein Leichtes, dass die Schweine, - geschützt von den Angst verbreitenden Stieren - hineinspazieren konnten, wie zu erwartende Gäste. Was half es, dass sich der Portier ihnen entgegenstellte. Fluchtartig musste er um sein Leben rennen, als die schnaubenden Stiere Einlass begehrten. Sie taten es wie hohe Gäste und spazierten durch den Gang an der Rezeption vorbei, während die Schweine nachdrängten. Bald schon fanden sie selbst den Weg in die oberen Stockwerke.

Es hatte nur einer Umkehrung der allgemeinen Regeln bedurft, um die Menschen ins Chaos zu stürzen. Denn durch die allgemeine Unordnung liefen nun sehr viele Tiere frei herum. Dieser Herr zu werden war nicht leicht, denn etwas war eingetreten, was zwar nicht abwegig war - auch in meinen kindlichen Augen nicht – aber von unserem menschlichen Geist aus gesehen unerhört. Dass einmal Tiere in die Reviere und Reiche der Menschen eindringen konnten, wo es doch sonst immer umgekehrt war.

Das Entsetzen und der Zorn über solch eine Frechheit und Unanständigkeit waren groß. Man rief weitere Wächter, man sperrte alles ab, bis es endlich gelang, auch den letzten Stier und die verwegensten Schweine zur Vernunft zu bringen und sie mit Gewalt wieder in ihre Gefängnisse zu sperren.

Am Ende bestrafte man die unaufmerksamen Wächter, es gab ein Geschrei und Gezeter, wer über den entstandenen Schaden aufzukommen hatte, und man war insgesamt entrüstet über die Vorgangsweise der Tiere. So klein und kindlich wie ich war, kam mir dies alles gar verwunderlich vor, da ich oft genug gesehen hatte, wie man in diesen Tagen auf die Vögel schoss, sie in Fallen lockte oder wie man uns als Delikatesse Froschschenkel brachte. Bei vielen Tieren drangen die Menschen unangemeldet in ihre Reviere ein, nun zeigten sie, dass auch sie in unsere Reiche eindringen konnten.

Die weiße Gämse

Die letzte fehlende Trophäe oder der Tod des Grafen d'Acquarone

Von einem gewissen Alter an beginnt man sich bei anderen Menschen umzuschauen wie sie ihr Leben bewältigen. Vor allem nimmt man sich jene Personen als Vorbild, welche durch eine eigene Lebensweise auffallen. In kindlicher Einfachheit glaubte ich, es bedürfe nur einige davon als Lehrmeister zu nehmen und schon sei der Gang des Lebens von seiner besten Seite erfüllt. Hätte doch jeder den Lebensweg von seinen Vorgängern erlernen können und es hätte eigentlich genügt, die angenehmen Seiten auszuwählen und das Böse zu meiden. Doch dies ist ein großer Trugschluss.

Denn eines Tages bemerkte ich, dass es eine Welt jenseits der uns vorgemachten gab. Ein Reich der Geister und Dämonen. Eine Natur, welche sich von Niemand bändigen ließ.

In Innichen gab es ein prächtiges Schloss in dem ein geheimnisvoller Graf wohnte, dessen große Leidenschaft die Jagd war: Conte Cesare d'Acquarone. Auch wir Kinder versuchten immer wieder einen Blick in die großen Säle zu werfen, wo uns Tiger, Löwen, Steinböcke und viele andere Tiere entgegenglotzten.

Seine Familie war seit Generationen damit beauftragt Steuern und Zölle einzutreiben, was ihnen zu bemerkenswerten Reichtum verholfen hatte. Ein schwarzer Adler prangte im Familienwappen. Seine bildhübsche Frau Claire, eine mexikanische Adelige, hatte sich der gleichen Passion verschrieben und so taten sie nichts anderes als überall in der Welt auf Hinweise zu warten, wo man gegen übermäßige Bezahlung oder Überbietung anderer Gleichgesinnter eine Jahrhundert-Oryx-Antilope oder einen Elefanten mit einzigartigen elfenbeinernen Zähnen erlegen konnte.

Eines Tages wurde im polnischen Bialowieza das erste Wisent zum Abschuss freigegeben. Über Jahrtausend hatten diese unangefochtenen Riesen unter den europäischen Tieren mit ihren zwei Metern Schulterhöhe und ihrer Tonne Fleisch die urtümlichen Wälder Europas beherrscht. Bis man sie bis auf wenige Exemplare ausgerottet hatte. Erst dann besannen sich die Menschen, dass diese Tiere, die so oft in den Höhlen von den ersten Künstlern abgebildet worden waren, ein Recht besaßen diese Erde zu bevölkern. Dies Wisent hatte man weltweit ausgeschrieben und jenem Krösus vorbehalten, der am meisten dafür zahlte. Man tat es deswegen, weil es durch eine solch außerordentliche Boshaftigkeit und Gemeinheit nicht nur den Menschen gegenüber aufgefallen war, sondern noch mehr gegen seine Artgenossen, dass man es als vorteilhafter für alle erachtete ihn gegen klingende Münze aus dem Kreislauf der Natur zu entfernen.

Graf Cesare d'Acquarone konnte sich eine solche Gelegenheit nicht entgehen lassen und überbot alle. Als Geschenk der Liebe durfte seine Gattin Claire dies Prachttier erlegen. So wie viele andere Tiere auch. Denn in ihrer Jagdleidenschaft stand sie ihrem Mann in nichts nach. So starb das Wisent. Das Schloss füllte sich mit den mächtigsten Trophäen, mit den prachtvollsten Tieren, welche edel ausgestopft auf die erlesenen Gäste wie die Agnellis aus der Fiat-Dynastie, die vielen Filmsternchen und andere

Graf Cesare d´Acquarone: Er war einer der berühmtesten Jäger Europas. Der Fluch der weißen Gämse traf auch ihn.

Berühmtheiten herunterglotzen durften. Die luxuriösen Bäder waren mit Fliesen ausgestattet, in welche Tiermotive eingebrannt waren. Die Stühle bestanden aus künstlerisch ineinander verwobenen Hirschhörnern, die Hocker aus geformten Elefantenfüßen, das Besteck aus Horn, die Fotoalben, welche die großartigsten Jagdszenen darstellten, waren in kostbares Tierfell gehüllt. Die Hundertschar an Tellern und Tassen aus teuerstem Meissner Porzellan waren mit Waldvögeln in immer anderen Variationen wundervoll bemalt. Der Graf war großzügig und half uns wann immer er nur konnte. Als 1966 Überschwemmungen unsere Dörfer überfluteten, fuhr er mit dem einzigen geländegängigen starken Jeep herum und schleifte Bäume her, um die angreifenden Fluten abzuwehren. Er war ein Freund der Natur und kannte jede Blume und jedes Tier. Er konnte sich stundenlang hinsetzen und sie betrachten. Er jagte nicht um zu jagen, sondern er wollte die ultimative Schönheit

In ihrer Jagdleidenschaft stand Claire ihrem Mann in nichts nach. Sie erlegte das einzige zum Abschuss freigegebene Wisent.

der Natur sein Eigen nennen. Den prächtigsten Rehbock, das größte Hirschgeweih und eines Tages trug man ihm zu, dass unter den Wänden des Haunolds eine prächtige weiße Gämse gesichtet worden sei.

Graf Cesare d'Acquarone scheute weder Mühen noch Plagen. Diese Gämse musste ihm gehören. Auch wenn ihm die Innichner Jäger davon abrieten:

„Bringst du eine weiße Gämse in den Tod, ist auch dein Leben in großer Not!"

So ein altes Sprichwort. War nicht auch der Erste Weltkrieg ausgelöst worden, nachdem der Thronfolger Erzherzog Ferdinand ein Jahr zuvor eine weiße Gämse erlegt hatte? Graf d'Acquarone ließ sich von all dem nicht beirren. Tagelang stieg er unter den ausgesetzten Felsen des Haunolds umher. Er würde nicht davon ablassen, bis er den Kerl endlich sein Eigentum nennen konnte.

Dann endlich lag die weiße Gämse tot vor ihm. Ein gelungener Schuss hatte ihrem Leben ein Ende bereitet. Liebevoll ließ er sie ausstopfen und als Zeichen besonderer Wertschätzung an den Schlosseingang stellen. So stand sie, stolz und prächtig, als herrsche sie nun über dieses Schloss. Ein Töchterchen wurde ihm in dieser Zeit geboren, Chantal mit Namen, und das Glück schien trotz übler Prophezeiungen vollkommen zu sein.

Dam kam Weihnachten 1967. Graf d'Acquarone sollte nach Acapulco fahren, wo Claires Mutter Sofia Bassi de Celorio in einer prächtigen Villa wohnte. Sie war eine weitum bekannte Malerin und Künstlerin. Gemeinsam wollten sie das höchste Fest des Jahres im Kreis der Familie verbringen.

Düstere Gedanken quälten den Grafen. Er würde viel lieber auf seinem Ansitz in Innichen Weihnachten feiern, vertraute er seinem engsten Schlossverwalter an und doch musste er ins Ungewollte aufbrechen. Acapulco, Mexiko, 4. Jänner 1968. Der Graf war nun zweiundvierzig Jahre alt. Es gab wohl keine Trophäe mehr auf dieser Welt, um welche Cesare und Claire d'Acquarone noch wetteifern konnten. Das Schloss stak randvoll mit kunstvoll ausgestellten Tieren, welche sie erlegt hatten.

Am Morgen nahm Graf Cesare d'Acquarone im Schwimmbecken der Villa ein Bad zu sich wie ein sorgloser Bär. Plötzlich wurden aus weiter Entfernung treffsicher fünf Schüsse in schneller Reihenfolge aus einer Walther Kaliber 32 abgefeuert. Die 58jährige Sofia Bassi de Celorio bezichtigte sich selbst sofort des Mordes und wanderte für elf Jahre ins Gefängnis, wo sie ihre Maltechniken noch weiter verfeinerte und neben Frieda Kahlo die große mexikanische Schule weiblicher Künstler erweitern sollte.

Und doch verstummten bei uns nie ganz die Gerüchte, dass Claire Diericx Celorio, nunmehrige Witwe Gräfin D'Acquarone, als treffsicherer Schütze die letzte fehlende Trophäe nun ihr Eigen nannte. Ihren viel geliebten Mann.

Der letzte Bär

Der Stolz der ganzen Jägerschaft

Hunderte neue Häuser schossen in diesen Jahren aus dem Erdboden. Es herrschte eine grenzenlose Goldgräberstimmung wie nie zuvor in unseren Landen. Nicht dass alles was wir taten schlecht gewesen wäre, aber wir hätten sinnvollere Dinge errichten können. Es gab sogar einen verrückten Kerl, der wollte die Landschaft überdachen, um unabhängig vom Wetter zu sein. Ein anderer plante Achterbahnen und Rolltreppen hin zu den höchsten Gipfeln.

Fremde überfielen uns in Heerscharen, weil wir eine Natur boten, welche es anderswo nicht gab. Sie wollten daran teilhaben, sich entspannen, wenn auch nur für wenige Wochen im Jahr. Ich staunte, dass die Gäste, die eine kurze Zeit hier verbrachten, sich sofort als bessere Menschen fühlten und diese Andenken dankend mit nach Hause nahmen. Wir konnten dafür viel Geld verlangen. Wir glaubten, dass es vorteilhaft wäre sich den Fremden anzupassen und so zu sein, wie sie es wünschten.

Zum ersten Mal sahen wir klingende Münze und staunten wie leicht alles ging. Man war betäubt vom blendenden Glanz all dessen und glaubte, dass die gewaltigen Berge und ehrwürdigen Wälder nur lästige Kulisse seien und sie uns nichts mehr lehren konnten.

Dann allerdings hielten sich noch Täler, wo die Menschen weiterhin an ihren alten Gepflogenheiten festhielten, weil sie der neuen Zeit, in der alles geändert werden sollte, nicht trauten. Dort redete man noch über die Tiere und die Jagd. So lauschte ich immer atemlos und lernte viel dabei, wenn die alten Jäger mir von ihren Kämpfen mit der Natur erzählten. Es herrschte das Recht der unbezähmbaren Tiere und Unabwägbarkeiten der Landschaft auf einer Seite und den um ihr Überleben kämpfen-

Die Jäger ause dem Pragser Tal nach dem Erlegen des letzten Bären. Kein einzelner, sondern die ganze Gemeinschaft, hatte ihn zur Strecke gebracht.

den Menschen auf der anderen. Hier galt das Gesetz eines gnadenlosen von allen Seiten verteidigten Revierdenkens. Ein einziges Wildschwein konnte in einer Nacht eine ganze Almwiese durchpflügen. Es bedurfte der Gesamtheit der Jäger und einer Unzahl von Listen um dem Keiler den Garaus zu machen. An dem hatte sich in all den Jahrtausenden nicht viel geändert.

Zu Tieren verbinden uns Menschen stärkere Gefühle als zu den stummen, aber immer noch wechselvolle Regungen zeigenden Pflanzen oder zu den noch unzugänglicheren Steinen. Sie zu begreifen ist wesentlich schwieriger als die Tiere, welche atmen, Nachwuchs wie wir zur Welt bringen, offensichtlich Schmerzen empfinden und Kampfeslust und ein starkes Bedürfnis nach Zuneigung zeigen. Nicht etwa dass Pflanzen und Steine keine Seele besäßen, aber ihr Verstehen ist mit vielerlei Schwierigkeiten gepflastert. So haben sich die Schicksale von

Tieren, besonders jener, welche unserem Verhalten am ähnlichsten sind oder durch besondere Kraft und Urgewalt auffielen, am meisten eingeprägt. Neben dem Adler gehört in unseren Breiten natürlich auch der Bär dazu, auch wenn es ihn in früheren Zeiten bei uns viel häufiger gab als heute.

Sie erschreckten die Menschen, wenn sie Schafe rissen oder sich in den Wäldern gütlich taten. Aus Angst vor den Bären trommelten in früheren Jahrzehnten die Hirten mit ihren Holzschuhen und erzeugten dabei Lärm, oder schlugen sie nächtens, wenn die Schafe und Kühe unruhig wurden, mit brennenden Holzscheiten in die Flucht.

Während des Zweiten Weltkrieges verbreitete ein Bär im Pragser Tal Angst und Schrecken. Da beschlossen sich alle Pragser zusammenzutun um diesen König unserer Wälder auf den Leib zu rücken. Allen war bewusst, dass sie eine „Reise in ein gefährliches Land“ wagten, aber es musste so sein. Endlich, am 30. September 1944 erspähten die beiden Moserbrüder Sepp und Jörgl in Richtung Nabiges Joch den Bären von ganz Nah und erstarrten sofort vor Furcht.

“Da steht auf einmal der Bär kaum mehr als dreißig Schritte vor mir. Da ist mir der Schrecken in alle Glieder gefahren und ich hab mir gedacht: Aus ist es!” erzählte Sepp Moser später voll Ehrfurcht. Er schaffte es noch sein Gewehr herunterzunehmen um auf das majestätische Tier zu schießen. Niemand fragt, ob gewisse Dinge gerecht oder ungerecht waren. Es zählte das Recht des Stärkeren. Manchmal war es der Mensch, viele Male die Natur.

“Er macht eine Drehung und kommt auf mich zu. Weil sonst keine Deckung in der Nähe war, sprang ich auf einen tischhohen Stein, den der Bär mit unverwandtem Blick auf mich umkreiste. Ich war wie gelähmt und getraute mich nicht eine Hand zu rühren”, beschrieb er seine grauenhaften Empfindungen. Sein Bruder Jörgl versuchte ihm zu helfen und schoss nun selbst dem

Bären eine Kugel in den Pelz, damit dieser endlich von seinem Bruder ablasse. Der Bär war gereizt und in seiner Würde verletzt.

“Nun kam das immer größer werdende fürchterliche Tier mir immer näher und bald aus den Latschen heraus in Freie. Da konnte ich ihm eine Kugel nach der anderen antragen, von denen wohl etliche fehlgingen, andere aber auch trafen.”

Dies ließ Bruder Georg anschließend verängstigt verlautbaren und erzählte weiter, wie es endlich gelang, dieses Übertier zur Strecke zu bringen.

“Wir schossen abwechselnd auf das hochflüchtige Tier. Mancher Schuss riss ihn nieder, so dass er einige Meter abwärts kollerte; aber immer stand er auf, reckte sich mit mächtigem Brummen in die Höhe und flüchtete wieder weiter, bald mir, bald dem Seppl ein Ziel bietend. Endlich warf ihn eine Kugel von mir durch das Rückgrat endgültig nieder, und er rollte hinter einen großen Stein, hinab, wo er regungslos liegen blieb.”

Nun trafen auch die anderen Jäger ein und da sie immer noch nicht sicher waren, dass die Seele dieses mächtigen Tieres der Natur zurückgegeben worden war, feuerten die anderen viele Male auf den Bär. Sie töteten hier nicht den einen Bär, sondern verteidigten ihre gemeinsame Stärke vor den anderen Tieren.

„Als der sich nicht mehr rührte, rückten wir langsam an ihn heran und überzeugten uns, dass er wirklich verendet war.“

Die Jäger holten Latschen- und Fichtenäste, wälzten ihn darauf und banden ihn mit ihren Hosenträgern mangels eines Seiles darauf. Dann schleiften sie das schwere Tier im Triumphzug zum Pragser See hinunter. Der Bär war tot und er musste nun allen gezeigt werden, auf dass wieder Frieden und Ruhe in der Gemeinschaft einkehre. Vor dem Hotel Pragser Wildsee wartete schon die ganze Dorfgemeinschaft und alle huldigten ehrfurchtsvoll dem Tier, so als würde ein großer Held zu Grabe getragen. Auch wenn der Bär wenig mehr von seiner einstigen Majestät in sich trug und der zottige, dunkelbraune Pelz vom schweren

Transport arg zerzaust war und aus vielen, weit aufgerissenen Wunden schweißte, versuchte doch jeder auf seine Art und Weise sich mit der Seele des Bären zu verbinden. Die Kinder betasteten die breiten Sohlen und die stark bewaffneten Zehennägel, während manch mutiger Mann zum Schrecken der Frauen und Kinder den Rachen – wie bei einer Mutprobe öffnete – und die noch immer grimmigen Zähne herausbleckten. Andere Ängstlichere zupften vorsichtig am Fell, so als wollten sie nicht wahrhaben, dass er tot war.

Ausgiebig wurde gefeiert. Sogar den Bürgermeister höchstpersönlich holte man aus dem Bett und zwang ihn eigens einen Totenschein für den Bären auszustellen. Ein altes Weiblein konnte nur ernsthaft betonen, dass sie noch nie eine solche schöne Leiche gesehen hätte. Beim Huberwirt in Schmieden wurde die Totenmette weiter fortgesetzt. Es sollte auf jeden Fall sichergestellt werden, dass dieses Tier in Jenseits befördert wurde.

Und wer sich heute noch in Prags danach erkundigt, welcher Jäger ihn schlussendlich geschossen hätte, erhält als Antwort, dass es alle anwesenden Jäger waren, welche seine Seele zur Natur zurückbeförderten. Denn damals herrschten noch Zeiten, als der Wert der Gemeinschaft groß geschrieben wurde und man tagelang über die geheimen Botschaften der Natur sich ereifern konnte. Bald danach brach jene Zeit herein, wo man die Menschen zwang in den Fabriken mit den Maschinen zu arbeiten. Hier wurden die Leute zu Maschinen und verlernten den Wert mitmenschlicher Beziehungen. Es dauerte nicht lange, da glaubten sie, es würde ihren Wert herabsetzen, wenn sie den anderen ihre Naturbeobachtungen und inneren Empfindungen mitteilten.

Pflanzen aus dem Reich des Himmels und der Hölle

Die Kraft der Lärche

Das Gesetz des Schmerzes

Seit vielen Jahren arbeitete bei uns im Hause ein äußerst mürrischer Knecht. Wir nannten ihn alle den „Rosser Hans“, weil er und unser Pferd eine untrennbare Einheit bildeten. Mit diesem einzigen Pferd, das wir neben ein paar Kühen und einigen Schweinen besaßen, ging er um, als wären zwei Freunde untrennbar zusammengewachsen. Stundenlang konnte er sich mit ihm beschäftigten und wenn es krankte, schlief er mit ihm im Stall. Der Rosser Hans rauchte wie ein Schlot, was mit der Zeit dazu führte, dass er gleich schnaubte wie sein Pferd, wenn sie das Heu heimbrachten oder im Wald die schweren Baumstämme zur ersten notdürftig befahrbaren Straße zogen. Von ihm lernte ich mehr Naturverständnis als von den meisten Menschen, die mir später begegneten. Er zeigte mir mit seiner immer griesgrämigen Art, was man tun musste um die Tiere, die Pflanzen und den Wald zu verstehen.

Damit aus uns rechtschaffene Menschen würden, mussten wir Kinder auf den Feldern einfache Arbeiten ausführen und später, um ein harter Kerl zu werden, in den Wäldern Bäume fällen. Der Rosser Hans verstand mehr vom Wald als manch ein Gelehrter.

Nicht dass er etwas wissenschaftlich erklären konnte. Nein, er zeigte mir, dass jeder Baum eine Seele in sich trug. Er konnte traurig sein, krank, alt und schwach, aber auch lebenslustig.

So sprach der Rosser Hans manchmal stundenlang mit den Bäumen, erzählte ihnen von seinem Leben und mit Erstaunen fragte ich ihn, ob sie ihm gegenüber das gleiche täten. Er bejahte. Bäume seien wie Leute. Sie könnten sprechen, wenn auch nur leise, aber das reichte aus, um sich wunderbar mit ihnen zu verständigen. Sie trügen Gefühle in sich, und wenn man sie betaste, spüre man die Gemeinsamkeiten. Der Rosser Hansl konnte sich dergestalt ereifern, dass er richtig zornig wurde, wenn man ob seines Verhaltens witzelte. Ich hörte gemeinsam mit ihm so lange in die Fichten und Lärchen hinein, bis ich selbst immer mehr zur Überzeugung kam, die Sprache dieser Bäume zu verstehen. Wahrscheinlich würde ich es niemals brauchen können, denn andere Zeiten brachen über die Dörfer wie ein Sturm.

Wir bedachten nicht, dass uns der Name des größten Viehhändlers, Bauern und Gastwirtes, welcher vor einer Generation Neid erregte, schon längst entfallen ist, während wir jenen Dichter, der einige Zeilen niederschrieb, noch heute mit der Namensgebung einer Straße würdigen. Der Hang zu materiellen Werten ist eine flüchtige Erscheinung, die Suche nach Geistigkeit überlebt die Jahrzehnte.

Wenn wir in den Wäldern arbeiteten erklärte er mir eine Unzahl von Dingen, welche mir sonst verborgen geblieben wären.

„Wenn du den Baum fällst verspürt er Schmerz“, teilte er mir vollen Ernstes mit. Er veranschaulichte, dass die Bäume gleich krank werden könnten und stürben, wie wir Menschen.

„Gibt es zu viele Bäume im Wald, führen sie untereinander Krieg wie die Menschen, bis nur mehr wenige übrig bleiben.“

Eines Tages gingen wir daran in unseren Wäldern die größte Lärche, die ich je bei uns wachsen gesehen hatte, zu fällen. So als hätte er Angst vor ihr, hatte der Hans bis zuletzt zugewartet, um an diesen mächtigen, wohl Jahrhunderte alten Baum, Gewalt anzusetzen. Auf einer Seite schien es, als beobachtete er ihn schon tage-, wenn nicht wochenlang. Auf der anderen Seite erweckte er den Eindruck, als warte er voll Sehnsucht darauf, dass vielleicht doch noch, durch ein Wunder, diese riesige Lärche verschont bliebe oder wenigstens ein mächtiger Sturm ihm diese undankbare Arbeit abnehme.

Nichts dergleichen geschah und so musste sich der Rosser Hans dem Unvermeidlichen fügen. Eines Morgens trat er auf ihn zu und entschuldigte sich vielmals, dass man ihn zwinge das Leben dieses Baumes zu beenden. Es war nicht das erste Mal, dass er solch ein sonderbares Verhalten an den Tag legte. Er redete auf ihn ein, dass es für die alte Lärche vielleicht sogar gut sei, weil Krankheiten sein Holz verzehrten und der Specht sich eingenistet hatte. So könnte er dazu beitragen, aus dem schweren roten Holz noch viele sinnvolle Dinge entstehen zu lassen. Er solle ihm sein Leben nicht unnötig schwer machen. All dies sprach er mit solcher Inbrunst, dass es wahr sein musste. Dann warnte mich der Rosser Hans, dass nun ein schwerer Kampf auf uns zukäme, denn diese Lärche würde mit geheimen Listen aufwarten.

Über viele Stunden, von frühmorgens an, zog sich der Kampf dahin. Die Lärche kämpfte gegen den Menschen. Beide ächzten und stöhnten und es schien über lange Zeit, als könnte es keinen Sieger geben. Ich beobachtete den Kampf und mir wurde ganz traurig dabei. Der Rosser Hans setzte sich immer wieder schweißgebadet hin und tat so, als studiere er die Wesenszüge der Lärche noch gründlicher und unter völlig neuen Gesichtspunkten. Der alte Mann zeigte mir, was dieser Baum alles hatte aushalten müssen. Knapp über dem Stumpf, aber noch höher als über dem Schnitt der Säge, klaffte eine notdürftig zugewachsene Wunde und darin steckte noch immer ein Stein. Wie viele Felsen hatte diese Lärche schon abwehren müssen, dass sie nicht noch mehr zerstörten. Je näher ich die Lärche betrachtete, desto mehr erzählte mir der Baum. In zwei Meter Höhe sah ich eine nächste Einbuchtung.

„Hier steckt der Teil einer Granate aus dem Ersten Weltkrieg", gab mir der Rosser Hans zu verstehen. Ich wunderte mich und fragte ihn, wieso er dies sähe. Er schlug mit dem Beil einige Male hinein und bald schon zeigte sich wirklich ein Zentimeter dickes Stück Eisen. Harz floss plötzlich wie Blut aus dem Baum, während ich über die Weisheit des alten Mannes zu staunen begann. Wahrscheinlich war im Jahre 1916, als sich hoch in den Bergen die Menschen bekämpften ein Blindgänger hier eingeschlagen.

Der Rosser Hans hatte eine Unzahl von Keilen vorbereitet. Man sah ihm förmlich an, welche Angst er verspürte, dass die Lärche in die falsche Richtung fallen könnte. Inzwischen waren wir daran gegangen unser notdürftiges Mittagessen, etwas Speck und Brot, der Rosser Hans dazu noch einen schlechten Wein, zu verzehren. Ein tiefer Schnitt führte schon in die Lärche hinein. Während wir uns labten, hieß mich der alte Knecht auf die rundherum stehenden Bäume schauen. Er bedeutete mir, dass die gesamte Natur diesen Kampf wie in einem Turnierplatz betrachtete. Dieser Baum sei älter als alle rundherum und deswegen könnten sie nicht glauben, dass nun sein Leben dem Ende zuging.

Sollte dies wirklich so sein, dachte ich insgeheim. Schwerfällig erhob sich der Rosser Hans. Man sah beiden, dem Baum, wie dem Knecht an, wie sie litten. Er hieß mich aufzupassen, denn die alte Lärche sei noch nicht geschlagen. Sie könnte selbst in ihrem Sterben noch andere mit in den Tod reißen. Nur mehr eine kleine Lebensader verband die Wurzeln mit dem restlichen Baum, aber noch immer fiel die Lärche nicht. Sie stand da, wie durch nichts gehalten. Es war schon später Nachmittag geworden. Der Kampf wogte unentschieden hin und her. Der alte Knecht wurde sich immer unsicherer, dass der Baum dorthin fiele, wo er es sich ausgedacht hatte. Er konnte vielleicht sogar in die Arme der Vielzahl scheinbar sorgenvoll darauf wartenden anderen Bäume fallen und von ihnen aufgefangen werden. Das war noch schlimmer, denn dann würde er noch unberechenbarer. Denn dann war er zwar tot, aber nicht gestorben.

Alles knisterte, während der Rosser Hans noch behutsamer auf den Baum einredete und ihn liebevoll zum Aufgeben überredete. Endlich sah man die alte Lärche wanken, als sei sie unschlüssig wohin sie fallen sollte. Für Sekunden schien es als wollte sie auf uns stürzen und uns in den Tod reißen. Ich schauderte mit Entsetzen und auch der alte Mann schaute auf die borkige Rinde wie jemand, der vor einem übermächtigen Feind aufgegeben hatte. Es krachte noch schrecklicher. Die Lärche fiel geradewegs auf uns zu, während wir voll Schrecken wie versteinert standen. Doch plötzlich kam wie eine hilfreiche offene Hand ein anderer, viel kleinerer Baum in die Quere. Er stemmte sich gegen die alte Lärche, sie wurde abgelenkt und donnerte zufällig in jene Richtung, die sich der Rosser Hans ausgedacht hatte. Minutenlang regnete es Äste und Zapfen, dann herrschte grenzenloses Schweigen im Wald. So als starrten alle auf den gefallenen Helden.

Für diesen Tag hatte der Rosser Hans sein Tagwerk beendet. Er würde nur mehr sitzen bleiben und die alte Lärche betrachten. Mit ihr sprechen, ihre geheimnisvollen Botschaften zu verstehen versuchen und ihre innere Geschichte ergründen. Vielleicht verbarg sich irgendwo ein verborgen gebliebenes Zeichen, hinterlassen von einem vor Jahren vorbeikommenden Wanderer? In wie viele Bäume hatten die Menschen ihre geheimen Sehnsüchte, ihre Liebesbotschaften, aber auch ihre Verzweiflung eingraviert. Wie oft stieß man in den Wäldern auf ein Marterl, welches vom Tod in den Bergen kündete. Von Blitzeinschlägen, Lawinenabgängen oder Unfällen bei der Arbeiten in den Wäldern. Bis die Dunkelheit hereinbrach, erzählte mir der alte Mann die Geschichte des Baumes. Zeigte mir die verschiedenen

Jahresringe und wies mich auf magere und üppige Jahre hin. Von einer nahe gelegenen Fichte holte er mir Pech und hieß es mich kauen, bis daraus Kaugummi entstand, so wie ihn die Industrie nun millionenfach versetzt mit künstlichen Chemikalien anbot. Ich hatte verstanden. Ich musste mehr von diesen Wäldern lernen, um sie auch zu begreifen.

Nicht sehr viel später ging der Rosser Hans in Pension. Es war, als fällte man nun ihn. Er verfiel zusehends. Ihm schienen auf eigenartige Weise sein Pferd und die Wälder zu fehlen. Er hustete immer stärker vom Rauchen und es dauerte nicht lange, da fiel er in den Tod wie jene starke Lärche, die er noch wenige Jahre zuvor besiegt hatte. In geheimnisvoller Weise schien es sogar, als wollten beide in einem anderen Leben vereint sein.

Aus Liebe zu den Kräutern

Die Enzian-Tresl

Obwohl das Interesse an jenen Personen, welche das Wissen um die Macht der Natur aufrecht hielten, immer mehr abnahm, gab es doch noch in den Tälern Menschen, welche ob durch Halsstarrigkeit oder in weiser Voraussicht sich nicht von schnelllebigen Modeströmungen beeinflussen ließen. Mit gekonnter Gabe hatten sie es gelernt die geheime Sprache der Natur zu erlernen und ihre Ratschläge zu beherzigen.

Eine davon war die Enzian-Tresl aus Toblach, einem Ort, das sich als Tor zu den Dolomiten preist. Um ihren Namen hat es eine eigenartige Bewandtnis.

Der gelbe Enzian gilt als eine der geheimnisvollsten Pflanzen unserer Berge. Aus der Wurzel wird das bitterste aller Bittermittel gebrannt, der Enzianschnaps. Er wirkt gegen Verdauungsstörungen und Appetitlosigkeit Wunder. Den besten Enzianschnaps, und nicht nur den, sondern eine Vielzahl anderer geheimnisvoller Kräuterschnäpse wie Wacholder, Himbeere oder Vogelbeere fertigte die Enzian-Tresl. Sie war ein Original, welche an die Heilkräfte der Natur und der Pflanzen glaubte und dies auch den anderen ohne wenn und aber mitteilte. Denn ein richtiger Enzianschnaps musste nach ihren geheimnisvollen Rezepten gemacht werden. Und darüber konnte sie sich stundenlang ereifern.

„Willst der Gesundheit dich befleißen, nimm Enzian mit auf Reisen!“ Dabei hob sie stets beschwörend den Zeigefinger und kramte ihren selbst gebrannten Heiltrunk hervor. Den goss sie geheimnisvoll wie eine heilsame Medizin in die kleinen Gläser und verteilte den „Güatn“ in der Runde. Sie verstand sich noch auf die richtige Gastfreundschaft, wo man den Unbekannten an allem teilhaben ließ und ihn nicht in weiter Entfernung hielt und die eigene Seele versperrte.

„Der Enzian treibt alle Plagen, aus dem Herzen aus dem Magen!“ Diese Sprüche gehörten ihr und diese gab sie auch jedem zum Besten.

So lernte ich die Enzian-Tresl kennen. Das Alter hatte ihren Körper schrumpfen lassen, aber ihre Gesichtshaut war frisch und vor allem sprudelte es aus ihrem Mund mit einer nie innehaltenden kräftigen und frischen Stimme. Ihre Augen fixierten scharf die Zuhörer, dass sich niemand erlauben konnte, auch nur einen Augenblick Zerstreutheit aufkommen zu lassen. Ich lernte von ihr, dass es gute Pflanzen gab und böse, die Hexenkräuter. All dies entfachte in mir das Feuer der Natur.

Bald schon konnte ich Tage damit zubringen, überall herumzuschweifen und zu beobachten. Ich entdeckte zu meiner Verwunderung, dass man in die Wildnis gehen konnte, nur mit einem Zelt und Schlafsack ohne Essen, und nicht schlecht damit lebte. Es gab den Sauerrampfer (Rumex alpinus), an dem ich Gefallen an seinem säuerlichen Geschmack fand. Die wild wachsenden Veilchen (Viola) konnte man im Ganzen essen. Vom Wald-

Theresia Kröll, die Enzian-Tresl aus Toblach im Pustertal. Ihr Leben lang ging sie in die Berge um Kräuter zu suchen.

Sauerklee (Oxalis acetosella) aß ich die empfindlichen Blätter und die Blüten. Die Silberdisteln zerstach ich mit dem Messer um an die Stängel mit ihrem nach Nüssen schmeckenden Inneren zu kommen. Dann lockte wieder ein Haselnussstrauch oder ich öffnete die geschmackvollen Zirbelnüsse (Pinus cembra), welche hoch oben in den Bergen am Boden lagen und fieselte die kleinen Kerne heraus. Von den Hagebutten (Rosa canina) raspelte ich die rote Hülle herunter und aß sie. Sie haben den höchsten Gehalt an Vitamin C, so lernte ich. Dann gab es noch riesige Flächen mit den leckersten Heidelbeeren und Preiselbeeren. Wer wissen wollte, wie all diese Beeren schmeckten, durfte sie nicht auf den Märkten kaufen. Nur wer sie eigenhändig pflückte nahm ihre richtige Kraft wahr. Ich bewunderte die blaurot vom Saft der Heidelbeeren gefärbten Finger, spürte die Festigkeit der Beere beim Loslösen und atmete den Duft des Waldes.

Dort wuchsen auch vielerlei Pilze, welche man grillen konnte. Wie viele Hirten teilten bereitwillig ihre selbst gemachten Gams-

oder Rehwürste. Manchmal war mir als wanderte nicht ich in diesen Bergen, Wäldern und Wiesen, sondern wir gemeinsam dahin. Ich lernte, dass man all dem mit großem Respekt begegnen musste. Heute haben die meisten Menschen Angst vor der Wildnis. Sie glauben ohne die Bastionen des menschlichen Seins nicht auskommen zu können.

In der Wildnis gab es so viele Geheimnisse, doch erkannte ich, dass sich viele lösten, wenn man darüber nachdachte, oder einfach jene Menschen befragte, welche ihr Leben in den Wäldern verbrachten. Aus der Enzian-Tresl sprach die Weisheit einer tief erlebten Natur. Je älter sie wurde, desto mehr ähnelte sie einem verknorpelten Wacholderbaum.

Um 1900 hatten ihre Eltern in einer gottverlassenen Zone und immer wieder von Sturzbächen bedrohten Gegend bei Wahlen in Richtung Silvestertal eine armselige Bruchbude erworben, welche sie ausbauten und darin eine kleine Schnapsbrennerei errichteten. Sie waren aus dem Zillertal geflüchtet, weil dort jedes Jahr mehr Schnaps gebrannt wurde, als die Einwohner in hundert Jahren versaufen konnten und hatten sich vorerst in der Nähe des sowohl von Italienern wie auch von Österreichern verehrten Wallfahrtsortes Maria Luggau niedergelassen.

Dort lernten sie einen schrulligen Maler kennen, Franz von Defregger, mit Namen, der einstmals noch berühmt werden sollte. In jenen Jahren war er so arm war, dass er als letzten Ausweg dazu überging Geldscheine täuschend echt nachzumalen. Dafür steckte man ihn ins Gefängnis. So durchsuchten die Kinder, unter ihnen die Tresl, die Wälder und Bergalmen auf der Suche nach wertvollen Enzianwurzeln und anderen heilsamen Kräutern, während die Eltern den Schnaps brannten und damit mit den an der Bannholzer Mühle vorbeikommenden müden Wallfahrern nicht schlecht verdienten.

Sie wären wohl für immer dort geblieben, hätten an diesem Ort nicht so viele Schlangen gehaust, dass wie die Enzian-Tresl erzählte, sie sogar auf die Tische krochen und mit den Kindern das Mus aus der Pfanne schleckten. Eines Tages glaubten die Knirpse sogar eine Schlange mit Hörnern zu erkennen. Sie fürchteten sich alsbald so sehr vor diesem Ort, dass sie ihre Eltern anflehten anderswo hinzuziehen. So brachen sie nach Toblach auf und hofften dort in ihrer neuen, baufälligen Bleibe mit den vereinzelt vorbeikommenden Fremden ein Auskommen zu finden.

Zwar standen nur drei wackelige Holztische, einige schwere Stühle, ein wärmender Bauernofen und natürlich ein mächtiges Kruzifix in der Gaststube, aber schnell wurde es für Gäste wie Einheimische ein Muss, in der „Enzianhütte“ einzukehren. Nicht nur wegen der guten Schnäpse, sondern genauso wegen eines flotten jungen Mädchens mit einer sprachlos machenden Schlagfertigkeit. Die junge Tresl.

Im Jahre 1911 lud die reiche Gräfin und Möchtegernschauspielerin Irma Sztáray das hinterwäldlerische Mädchen nach Wien in ihr herrschaftliches Palais mit der Bedingung ein, sie müsse in ihrer Tracht mit schwarzem Hut und auffallendem Schurz erscheinen. Sie wolle mit ihr in die Oper gehen, Geld spiele keine Rolle. Sie sei Gast der extravaganten Gräfin und um die Ernsthaftigkeit ihres Ansinnens zu unterstreichen, drückte sie ihr sofort eine ansehnliche Summe Bargeld in die Hand. Die Tresl wurde von der Gräfin am Wiener Westbahnhof mit einer prächtigen Kutsche mitsamt Schimmel abgeholt. Ein Diener wollte ihr den Koffer tragen. Das wehrte sie sofort ab.

Als ihr das Tor des Palastes geöffnet wurde, flüchtete die Tresl wie vom Teufel verschreckt. Öffnete ihr doch ein Schwarzer, oder wie Tresl ihn nannte, ein Neger, die Tür, und weil sie niemals in ihrem Leben solch einen dunklen Mann gesehen hatte, glaubte sie wahrhaft dem Teufel in Person begegnet zu sein. Bis zum Ende ihres Aufenthaltes machte sie um diesen „schwarzen Teufel“ immer einen weiten Umweg.

Als man ihr einen erlesenen Hummer auf den Tisch setzte, nahm sie voll Abscheu vor diesem „Krötenfleisch“ Abstand. Nie und nimmer würde sie so etwas essen, da gab es daheim Dinge, welche seit alters her gekocht wurden und deshalb bedenkenlos mundeten.

1913 heiratete sie Johann Kröll aus dem Zillertal und gemeinsam führten sie die Schenke ihrer Eltern weiter. Die Zeiten waren hart. Die Enzian-Tresl, wie sie von allen genannt wurde, stieg tagelang mit den typischen schweren Tragekörben in den Bergen herum, sammelte Enzianwurzen, Kräuter und Beeren, welche anschließend zu Schnaps umgesetzt wurden. Die Enzian-Tresl verstand die Pflanzen wie wohl kein Botaniker, zwar nicht im gelehrten Sinn, dafür aber umso mehr ihre innere Seele. Jede Pflanze trug ein inneres Temperament in sich, einen eigenen Charakter, und dieser färbe auf die Menschen ab, die von den Schnäpsen trinken.

„Du musst mit den Kräutern in Verbindung treten. Mit ihnen sprechen. Ihr Vertrauen gewinnen. Und dazu braucht es viel, viel Zeit.“ Dies sagte sie oft und glaubte daran ein Leben lang. So stand zwischen ihr und den Pflanzen eine stille Zwiesprache statt. Ich beherzigte ihre Ratschläge und dankte es ihr besonders in späteren Jahren.

Weil die Gaststätte nicht genug zum Überleben hergab, füllte sie den Tragekorb randvoll und ging gekleidet in ihrer urtümlichen Zillertaler Tracht auf Wanderschaft, um ihre Kräuterschnäpse anzubringen. 1926 starb ihr Mann an einer noch vom Krieg heimgebrachten unausgeheilten Lungenentzündung und plötzlich stand sie allein mit ihren fünf Kindern da. Sie heiratete niemals wieder, und wurde immer mehr zu einem unangepassten Menschen.

Sie wurde geachtet, auch in den immer hektischer werdenden Zeiten, weil sie es verstand mit der Natur in einer seltenen Eintracht zu leben. Aus sonderbar gewachsenen Wurzeln, welche ihre Brüder in den Bergen fanden, wurden Musikinstrumente gefertigt und darauf munter und absonderlich losmusiziert. Die „Wurzelmusik Wahlen“ war geboren. Alsbald staunte jeder, wie es den munteren Leuten gelang den seltsamsten Wurzeln Klänge und Töne zu entlocken. Alte Volkslieder ließ sie von ihren Kindern den Gästen vorspielen, aber je moderner die Zeit wurde, desto mehr verschloss sie sich ihr.

Als während des Zweiten Weltkrieges die deutsche Wehrmacht in ihr Haus einzog und elektrisches Licht und Telefon einrichtete, ließ sie dies sofort nach dem Zusammenbruch verschwinden. Die alten Petroleumlampen waren in ihren Augen romantischer als das „herrische Klump“. Als die Kinder nach dem Krieg die Gaststätte übernahmen, wussten sie keinen anderen Ausweg, als die Tresl für einige Zeit zu ihren Verwandten ins Zillertal zu locken, um es doch noch zu schaffen, wenigstens elektrisches Licht in die Enzianhütte einzubauen. Als sie zurückkehrte fügte sie sich mit Zetern ins Unvermeidliche.

Sie kämpfte, dass man ihr aber die alten hölzernen Truhen, Möbel und Einrichtungen beließ. Während andere in dieser Zeit von den neuen funkelnden Ausstattungen aus Plastik angezogen wurden wie diebische Elstern und die ehrwürdigen Holzböden herausrissen, um damit die Zeichen einer neuen oberflächlichen Zeit einzuläuten, sah sie dies als Frevel. Warum sollte man all das zerstören, was die Leute über Jahrhunderte als gut und wertvoll empfunden hatten und die Seelen dieser Bewohner mit der Natur vereinte? Sie besaß den Weitblick. Die meisten verabschiedeten sich von unseren Wurzeln, indem sie lieb gewordene Schätze gegen Müll tauschten und meinten, nun zu hoch angesehenen Menschen geworden zu sein.

„Viel Beten, viel Arbeiten, wenig Essen und regelmäßig einen guten Enzianschnaps trinken!“ Dies gab sie noch bis kurz vor ihrem Tod als Lebensmotto preis. Je näher das Sterben kam, desto öfter hörten die Leute in der Enzianhütte die Türen knarren. Es war, als schlürfe jemand in Pantoffeln durch die alte Stube.

„Hansl, kommst mich holen“ hörte man die Enzian-Tresl nach ihrem schon vor langem verstorbenen Gatten fragen. Sie starb am 6. Februar 1974, genau am gleichen Tag, zur gleichen Stunde wie ihr nie vergessener Ehemann.

Die Täler der Skelette und die Arnika

Grüße aus dem Reich des Todes

Bei uns zu Hause stand immer eine Flasche mit selbst angesetzten Arnikaschnaps oder eine Arnikasalbe herum. Er stammte von unserer Großmutter. Alle wussten, dass es das Wunderheilmittel schlechthin war. Kamen wir als Kinder arg zerschunden mit den verschiedensten Verletzungen heim, so strich man uns mit der heilsamen Salbe ein. Traten wir zufällig auf ein Bienennest, so tropfte man Arnikaschnaps über die schmerzenden Stiche, fielen wir in irgendein Loch und kamen mit blauen Flecken nach Hause, die Wunder wirkende Arnikablume gesundete uns wieder. Unsere Großmutter erzählte, dass die Gämsen und Rehe die Arnika verschmähten, doch seien sie verletzt, wälzten sie sich über Arnikafelder, um durch ihre Heilkraft zu gesunden.

Auch ich wollte mich nützlich zeigen und beschloss die wertvollen Arnikablüten zu suchen. Die heilkräftigsten Arnikablumen wuchsen hoch in den Bergen zwischen kargen Almwiesen und den Geröllfelsen der Dolomiten. So radelte ich nach Sexten zum Kreuzbergpass und keuchte in Richtung Rotwand. Drohend türmten sich Gewitterwolken auf, doch mich zog es höher.

"Steck Arnika an, steck Arnika an, damit sich das Wetter scheiden kann!" Diesen Spruch hatte ich gleichfalls von meiner

Sextner Großmutter gehört und daran glaubte ich blind. Ich musste nur schnell genug zu den ersten Arnikablumen kommen. In der Ferne blitzte es gewaltig und der überall widerhallende Donner machte mir Angst. Endlich erreichte ich jene kargen kleinen Wiesen, wo ich die gesündesten Arnikablumen vermutete. In der noch sekundenlang aus den Gewitterwolken sich durchkämpfenden Sonne leuchteten die gelben Augen der Blume so gewaltig, als hätten sie die Kraft der Sonne eingefangen.

Dann brach das Gewitter endgültig durch. Auf die Gültigkeit des Sprichworts vertrauend, riss ich förmlich die Arnikablumen an mich. Bald schon hatte ich so viele, dass ich sie kaum mehr mit einem Arm umfassen konnte. Es blitzte und der Himmel öffnete noch gewaltiger seine Schleusen. Hagelkörner prallten an meine Arme und schlugen mir ins Gesicht. Dann war es wieder ein in unmittelbarer Nähe einschlagender Blitz, der mich an der Richtigkeit des alten Spruchs zweifeln ließ. Doch schnell wie das Gewitter aufgezogen war, so rasch verzog es wieder in Richtung Comelico. Vor Kälte zitternd kroch ich zu einem riesigen Felsblock.

Nicht viel weiter oben sah ich die großen hohlen Öffnungen der Stollen aus dem Ersten Weltkrieg. Mich reizte es, diese zu erkunden. An einer Stelle standen die Arnikablumen so dicht, als verbargen sie etwas. Zwischen kargen Blumenbüscheln und großen Felsbrocken, welche von oben heruntergefallen und hier zum Stillstand gekommen waren, standen sie wie Wächter einer anderen Zeit. Diese Arnika würde ich noch nach Haus nehmen. Dann hatte ich mehr als genug.

Großmutter hatte immer behauptet, dass Arnikablumen dort wüchsen, wo Gefahren lauerten. Ein guter Gott der Wildnis hätte eingerichtet, dass die Blume die Menschen warnte, und zudem, wenn sie jede Vorsicht außer Acht ließen und hinunterstürzten, an diesen Heilpflanzen sogar Linderung ihrer Schmerzen fänden. Je öfter ich in den Bergen herumzog, desto gewisser wurde mir, dass alles in der Natur seine Bedeutung hatte.

Ich pflückte die erste Arnikablume, dann schaute ich ohne Bedacht zwischen die Felsen. Knochen hoben sich plötzlich ab. Ich nahm einen ersten nicht wissend, um welches Tier es sich handelte, in die Hand. Dann legte ich ihn nieder, denn plötzlich erfasste mich etwas viel Furchtbareres. Ganz hinten lag kein vom Wasser rund gewaschener Stein, sondern der Schädel eines Menschen. Es brauchte nicht viel, und er kollerte auf mich zu, als wolle er mich überrollen. Ein eigenartiges Gefühl der Angst überkam mich. Ich war allein und der Fluch des Todes würde sich über mich legen. Vorsichtig, als wäre er von einem wilden Zauber, erfasst betrachtete ich den Schädel und wollte ihn vorsichtig zurücklegen, da erkannte ich, dass in diesem Felsgraben ein weiterer Schädel lag. Und dazwischen erkannte ich rostige Eisenteile. Ein Bajonett, eine Blechbüchse, Patronenhülsen, und ein verrostetes Abzeichen. Eingraviert stand darauf eine Jahreszahl: 1916. Hier in diesen Bergen hatten im Ersten Weltkrieg unschuldige junge Menschen ihr Leben verloren. Man hatte uns in der Schule nicht viel über diesen Krieg erzählt, aber es reichte aus in meiner Phantasie auszumalen, wie wenig in dieser Zeit ein Menschenleben zählte.

Jahre später würde ich mich intensiv mit diesem Krieg befassen und Bücher darüber schreiben. Dabei stieß ich auf ein Tagebuch, in dem ein siebzehnjähriger Jüngling, Karl Mayr mit Namen, mit einer angsterfüllten Seele über die Kämpfe hier oben schrieb. Er notierte alles voll Hoffnung auf Frieden und mit der Zuversicht, dass es trotzdem das Gute im Menschen gäbe. Wie ich die Überreste dieser Armen betrachtete, erwachte in mir das Gefühl, dass der Krieg nicht danach fragte, wer Schuld war, oder welche Waffen und Uniformen diese oder jene Partei verwendete, sondern, dass das Schicksal jedes einzelnen Menschen eine Geschichte für sich erzählte.

Wie waren diese beiden Armseligen verstorben? Sie lagen da wie eng umschlungene Freunde. Hatte sie eine Lawine zwischen

Noch lange nach dem Ersten Weltkrieg fanden sich in den Bergen zuhauf menschliche Überreste. Bergblumen wachsen rund um diese Skelettteile, als wollten sie damit die Gefallenen ehren.

diese Felsen gedrückt? Hatten Kameraden sie hier hineingelegt, nachdem sie bei einem Gefecht umgekommen waren? Waren es Brüder gewesen, unzertrennliche Freunde, welche man weiter in dieser Natur belassen wollte, damit sie auch im Tode Tag um Tag sich an den Schönheiten dieser Berge ergötzen konnten? Wilde Phantasien überbordeten mich. Wie Symbole einer Verbindung zwischen Tod und Leben wiegten sich die Arnikas im Wind.

Angstvoll schaute ich um mich. Ich bekam es mit der Angst zu tun. In den Bergen wohnten die Berggeister und wenn man auch jene Leute, die daran glaubten, auslachte, so hieß dies nicht, dass es sie nicht doch gab. Sie konnten mich holen kommen. Behutsam begann ich alle Spuren zu verwischen. Ich legte wieder vorsichtig die Schädel in den Spalt, die Knochen, die Eisenteile, als letztes das Abzeichen. Dann riss ich einige

Grasbüschel aus und versiegelte die Höhle. Es war, als beobachteten die vielen Arnikablumen mein Treiben.

Das Gewitter verlor sich längst in der Fremde. Wie mich einem weit entfernten Reich entreißend, packte ich zitternd die vielen Arnikas. Dann rannte ich hinunter, ohne weit zu kommen. Es war mir, als brüllten mir dauernd irgendwelche wilden Tiere zu. Und plötzlich drang ein unbekannter Schrei in mein Ohr. Hals über Kopf fiel ich mit all meinen Blumen hin, überschlug mich und während ich zwanghaft versuchte die Arnikas wie einen Schutzengel zu halten, prallte ich gegen einen Stein. Ich blutete stark. Doch so als klammerte man sich in höchster Gefahr noch mehr an sein Leben, erhob ich mich und hetzte weiter nach unten.

Ich schlich mich in mein Zimmer, versteckte die vielen Arnikablumen unter meinem Bett, fand für mein Zerschundensein eine Ausrede, stopfte das Abendessen hinunter, und verkroch mich schnell wieder in meinem Zimmer. Stundenlang zupfte ich die vielen magischgelben Blütenblätter hervor und stopfte sie in eine leere Flasche. Am nächsten Tag stahl ich einen hochprozentigen Schnaps aus dem Schrank, in dem mein Vater die Getränke für besondere Gäste bereithielt. Als Bürgermeister hatte er immer hochrangige Besuche. Vorsichtig goss ich den Alkohol in die Flasche mit den Arnikablüten. Anschließend stellte ich alles wochenlang in die Sonne.

Ich ging davon aus, dass die magische Kraft der Arnikablumen mich zuerst vor den Blitzen beschützt hatte und mich anschließend zwar dem Tod ins Auge sehen ließen, aber mich gütig wieder zurückführten. Um nichts in der Welt würde ich nochmals an diese Stelle der vielen Arnikablumen zurückkehren. Als ich einige Jahre später, gereift und abenteuerlustig, noch einmal diese Stelle suchen wollte, irrte ich zwar stundenlang herum, fand sie aber beim besten Willen nicht mehr. Es war, als hätte sich ein seltsamer Schleier des Geheimnisses über alles gelegt.

Die Herrschaft des Bösen

Die Ragginer-Hexe

Es gab eine Zeit, da versuchte man uns weiszumachen, dass der Glaube an Hexen, Teufel und andere Zauber nur Humbug sei. Der Mensch hatte den Weltraum erobert, schreckliche Atomwaffen hergestellt, verpflanzte Herzen und andere menschliche Organe. Man glaubte, alles ließ sich durch mathematische Formeln und technische Klugheit lösen. Trotzdem war ich überzeugt, dass es eine andere Welt gab, welche jenseits dieser lag und sich durch keine Wissenschaft lösen ließ. Das war gut so.

In Lüsen, einem Seitental des Eisacktales, lebte bis zum Jahre 1975 die Ragginer Hexe. So nannten sie alle im Dorf, auch wenn sie in Wirklichkeit Maria Ragginer hieß. Rund um ihr Haus in Kleinkaneid wucherte noch lange nach ihrem Tod ein Heilkräutergarten in dem Wurmfarne, Waldgeißbart, und große Beinwellstauden wuchsen. Sie stammten von ihrem Vater Sebastian, welcher noch ein richtiger „Wurzensammler" war. Sebastians Vorfahren galten seit Jahrhunderten in den Augen der Bevölkerung als Heilkundige, welche sich auf die Erforschung der geheimen Kräfte der Natur verlegt hatten.

Diese Leute wurden in den Dörfern mit Respekt, aber auch mit Angst und Abneigung wahrgenommen. Auf einer Seite sammelten sie so hilfreiche Kräuter wie Beifuss, Meisterwurz und Kamille, auf der anderen Seite wusste man nie, ob sie nicht mit dem Seidelbast, dem blauen Eisenhut oder den Beeren der Tollkirsche allerhand Unfug trieben. Geheimnisvoll waren sie auf jeden Fall mit ihrem eigenartigen Umgang mit den Pflanzen, Steinen und Tieren. Denn sie glaubten an die Zauberkraft der Natur. Und die Natur war reich an den überraschendsten Phantasien, das wussten sie alle. So hielten sie sich einen versteckten Vorrat an Arsen, mit dem man der Rattenplage Herr werden konnte, allerdings genauso einen Menschen ohne verräterische Spuren ins Jenseits beförderte.

Damit die Kräuter nichts von ihrer Zauberkraft einbüssten, musste man sie an gewissen Tagen, zu bestimmten Uhrzeiten unter ganz eigenartigen Umständen ernten. In ihr Machwerk ließen sie sich von Niemandem in der Welt hineinschauen. Manch ein Kraut musste exakt um Mitternacht gepflückt, ein anderes wieder mit den Zähnen aus dem Boden gerissen, ein drittes bei Vollmond geerntet werden.

Sebastian Ragginer wurde zu einem weitum bekannten Kräuterheiler. Als er im Jahre 1899 starb, verfasste man auf seiner Todesanzeige den Spruch:

„Von den vielen, die gekommen, hat er wenig Lohn genommen für die Heilung, die er gab." Und darunter ehrte man ihn noch mit den Worten „Als Arzneikundiger war er viel gesucht und hat viele geheilt."

Maria, die Tochter war beim Tod des Vaters dreizehn Jahre alt. Mutter Anna heiratete noch im gleichen Jahr einen verwitweten Bauer, zog fort und so blieb das junge, hübsche Mädchen allein auf dem in den Augen der Nachbarn als mit Zaubern und Geheimnissen behafteten Hof zurück. Überall standen Kupferkessel, Flaschen und Sudapparate zur Verarbeitung der Heilkräuter herum. Ihre Väter hatten ihr die verschiedensten geheimen Aufzeichnungen über die Kräfte der Natur hinterlassen: Womit man Krankheiten heilen oder lindern konnte, und welches Mittel gegen welche Schmerzen Hilfe versprach.

Doch wie es bei den Pflanzen ichsüchtige und böse gibt, welche glauben, damit besser ihren Kampf ums Dasein zu bestehen, so ist dies auch bei gewissen Menschen der Fall.

Sie war ein schönes Mädchen mit einem Gesicht wie eine Marmorstatue. Sie lachte nie und weinte nicht, es schien sogar als zöge das Leben an ihr vorüber und beträfe sie gar nicht. Es gibt genug solcher Menschen und sie können einem Leid tun.

Denn es war, als färbte die Leere dieses Mädchens von einer geheimnisvollen Mischung bösartiger Pflanzen ab.

Maria Ragginer wurde immer mehr zu einem Sonderling. Sie heiratete zwar jung, verweigerte aber von Anfang an ihrem Mann jede Berührung. Sie erwartete sich von ihm eine „Josephsehe".

Als ihr verzweifelter Gatte diese Kasteiung nicht weiter erdulden wollte, versprach ihm Marias Mutter Anna Hilfe. Gemeinsam würden sie es schaffen, das störrische Mädchen einer normalen Ehe hinzuführen. Eines Tages versuchten sie mit Gewalt den Akt der Liebe zu vollziehen, doch waren sie nicht einmal zu zweit imstande, der sich heftig wehrenden Maria ihren sonderbaren Willen zu rauben. Vollends hoffnungslos wandte er sich nach vielem Zögern an den Pfarrer, welcher ihm beistimmte und das heilige Sakrament der Ehe wieder auflöste. Tags danach verließ der Mann für immer das verruchte Haus und heiratete bald danach ein Mädchen, das ihm mehrere Kinder schenkte.

Maria Ragginer wurde immer absonderlicher. Sie stand erst zu Mittag auf, trug nur schwarze Kleider, lebte die meiste Zeit in ihrer schwarz geräucherten Küche und wurde schnell als Hexe verschrien. So soll ein Mann aus dem Dorf sie einmal in ein schwarzes Gewand aus Fledermausflügeln gehüllt auf dem Balkon gesehen haben, während sie wilde Verwünschungen aussprach. Ein anderer berichtete, er habe gesehen, dass das Spinnrad von alleine weiterwebte, ohne dass sie es berührte. Als das der Fremde sah, sprang er in hellem Entsetzen auf und verließ fluchtartig das Haus.

Da man im Dorf erzählte, von ihren Vorfahren liege noch ein Goldschatz im Haus herum, kaufte sie Bücher über Hellseherei und verbrachte viel Zeit damit, herauszufinden, wo sich die Münzen verbargen. Gegen Wollust ließ sie sich Aufklärungsbücher bringen und tat was ihr der Pfarrer eindringlich empfahl: Im kalten Wasser des großen Brunnentroges vor dem Haus zu baden, um die fleischlichen Gelüste abzutöten. Die

Stimmung im Dorf schlug vollends gegen die Hexe, als man ihre Mutter im Jahr 1925 in der Schlucht des Lasankenbaches tot auffand. Man beschuldigte die Tochter, sie absichtlich aus nichtigen Gründen hinunter gestoßen zu haben.

So lebte sie mit ihren Katzen und zwei Hennen in ihrem verwunschenen Hause. Ihr Geiz war sprichwörtlich. Die spindeldürre Katze sprang sofort auf den Tisch, um einen Knochen zu rauben, den eine Verwandte aus Mitleid gebracht hatte. Dies allerdings ließ sich die Ragginer-Hexe wieder nicht gefallen und jagte der Katze den Knochen wieder ab, den sie wusch und für sich kochte.

Im Alter wurde sie noch skurriler und verhängte die Schlüssellöcher damit niemand sie beobachten konnte. Bald änderte sie dauernd ihr Testament und versprach allen möglichen Leuten irgendetwas. Doch immer mehr setzte sich in Lüsen die Erkenntnis durch, dass sie verzaubert sei und auch anderen Leuten Krankheiten anhexen konnte. Als sie kurz vor ihrem Tod schwerhörig und fast blind mit neunundachtzig Jahren in ein Schwesternheim nach Brixen gebracht wurde, beschuldigte sie sofort die Schwestern des Diebstahls und vermutete, sie wollten sie ins Irrenhaus bringen.

So war der Tod der letzten aus dem Stamm der Ragginer, welche über Jahrhunderte mit ihren Heilmedizinen die Bauern heilten, für alle eine Erlösung.

Der unbesonnene Tollkirschenesser

Die Erkenntnis des Lernens

Der „Pasta" war ein schriller Kauz in unserem Dorf. Unter seinem richtigen Namen Lois Battistutta kannten ihn nur die wenigsten. Zeit seines Lebens hatte er nie richtig gearbeitet. Im Sommer ging er Pilze suchen und er marschierte schwer bepackt durch die Straßen, um sie den Fremden zu verkaufen. Er war älter als ich, vollkommen vergammelt und ich wäre wohl nie im Leben mit ihm zusammengetroffen, hätte nicht ein Gerücht unter uns Jugendlichen die Runde gemacht, dass es im Wald, an einem großen Felsen ein unheimliches Baumhaus gäbe. So fassten auch wir den Mut und ließen uns in diese geheimnisvolle Welt einführen.

Bevor wir zur angesagten Stelle hinkamen erwartete uns schon ein wenige Jahre Älterer, von dem ich sonst immer schreckliche Angst hatte, weil er rasch im Austeilen von Schlägen war. Dietmar Ploner hieß er, aber alle nannten ihn „Specker“ nach seinem Hofnamen. Mir war ganz unheimlich zumute, als ich zum ersten Mal in diese Gesellschaft eingeführt wurde. Mein Vater hätte mich wohl windelweich geschlagen, wenn er gewusst hätte, wo ich mich bewegte, aber nun war ich einmal aufgenommen. Ich musste hoch und heilig schwören, niemanden etwas von diesem Baumhaus und dem Leben im Walde zu verraten. Dann konnte ich mitgehen. Nach einiger Zeit endlich erreichten wir den rätselhaften Ort. Die anderen Halbwüchsigen hießen mich über unsichere Äste hinaufklettern. Ein Fehltritt und ich wäre die ganze Baumlänge in die Tiefe gestürzt. Über einen Schwindel erregenden Ast balancierend, erreichte ich keuchend das aus groben Holzplanken gezimmerte Baumhaus. Im Innern roch es eigenartig unangenehm.

Dann stand ich vor einem Gespenst. Es war der „Pasta“, doch schien er nicht mehr von dieser Welt zu sein. Er phantasierte und schlug wie wild um sich. Dann lachte er wieder wie ein Irrer und lallte unsinnige Worte, so als würden die Gedanken weit den Worten davoneilen. Ich verstand fast nichts, außer:

„Ich Universum, ich Natur“, so als hätte er sich mit beidem untrennbar verschmolzen.

Mich hielt hier nichts mehr aber trotzdem hätte ich als Feigling gegolten, wenn ich heruntergeklettert wäre. Die anderen, besonders der „Specker“ beobachteten mich mit Schadenfreude. Auf einem Holzbrett lagen in einem Glas einige schwarze Beeren herum, dazu einige leere Weinflaschen. Der „Pasta“ hatte öfters schon über den Durst getrunken.

Aber noch immer konnte ich mir keinen Reim über das seltsame Ritual machen. Bis mich der Specker einweihte. Der „Pasta“ habe Tollkirschen verzehrt, um wie er sagte „in ein anderes Land zu fahren“. Man hatte mir bisher Weniges über diese seltsam verführerischen Beeren unserer Wälder erzählt, nur mein Vater hatte mich einige Male mit sorgenvoller Miene darauf hingewiesen, dass es gute und böse Pflanzen gebe. Und diese gehörte zu den teuflischsten. Man könne sterben, so verlockend sie auch sein mochten. Gerade deshalb starrten sie den Betrachter so verlockend an.

Das war es also. Der „Pasta“ hatte sein Bewusstsein erweitern wollen. Hier an diesem Ort. Ich war in einer Hexenküche gelandet. Fliegenpilze lagen herum und Anderes, dessen Zweckbestimmung ich nicht in Erfahrung bringen konnte. Ich geriet ins Schwitzen. Der „Pasta“ starrte mich mit seinen riesig erweiterten Pupillen wie ein böser Geist an. Trotzdem schien er nicht mehr klar zu sehen. Er tobte minutenlang herum, um dann wieder wie ein kleines Kind zu heulen. Er träumte in einer anderen Welt. Dann wieder folgte ein dämonisches Lachen, dass ich zusammenzuckte. Ich hatte Angst, dass er sich jeden Augenblick auf mich stürzen konnte, um mich zu verprügeln.

Der „Specker“ versuchte ihn immer wieder zu beruhigen und legte ein nasses dreckiges Tuch auf seine Stirn. Hin und wieder tröpfelte er mit einem in Wasser getränkten Lappen etwas Flüssigkeit in den sich öffnenden Mund. Nun wurde mir einigermaßen klar, wieso man diese Beeren Tollkirschen nannte. Man wurde toll dabei und lebte in einer Welt, wo alle Dinge sinnlos wurden. Das war eine Hexenpflanze. In meinem Leben hatte ich niemanden unwirklicher sich aufführen gesehen.

Das war die unbezähmbare Natur, welche mit uns Menschen herumspielte und uns ihren Stempel aufdrückte. Plötzlich erhob sich der „Pasta“ wie ein Gespenst und taumelte auf mich zu. Ich spürte Todesangst, während der „Specker“ ein spöttisches Lachen nicht verheben konnte. Es war eine Mutprobe gewesen, welche mir auch so schon Angst eingeflösst hatte und nun war ich in der Hölle gelandet. Ich schwitzte, denn es gab kein Entrinnen. Da wäre ich viele Meter in die Tiefe gestürzt. Noch einmal versuchte der „Pasta“ nach mir zu greifen, um dann kopfüber wieder auf seine notdürftige dreckige Pritsche zu fallen und wie tot liegen zu bleiben. So lag er da, minutenlang regungslos. Ich schaute auf die Uhr. Sechs Uhr. Um sieben Uhr musste ich zuhause beim Essen sein. Der „Specker“ ließ mich nicht gehen. So saß ich während sich eine eigenartige Totenstille über alles legte. Auch der „Specker“ bekam es mit der Angst zu tun. Er spürte den Puls des „Pasta“. Dann riss er mich an sich und drohte mich in Jenseits zu befördern, wenn ich nur irgendjemanden ein Sterbenswörtchen davon erzählte.

Ich kam zu spät zum Abendessen und alle starrten mich an, so als merkten sie, was in mir vorging. Ich war dreckig, die Hose zerrissen und arg zerzaust. Aber ich sagte den ganzen Abend kein Wort. Einige Tage später sah ich den „Pasta“ wie ein hohles Gespenst durch die Straßen schleifen. Er erkannte mich nicht und ich wich ihm aus, so weit ich konnte. Und das auch noch die nächsten Jahre.

Die Macht der Kristalle

Bergkristalle des Todes

In den Tälern der verwunschenen Steine

Der Kofler Sepp lebte in Kasern, im hintersten Ahrntal, in einer windschiefen Bauernhütte. Sie gefiel mir deswegen, weil ihre alten Holzplanken etwas Märchenhaftes ausstrahlten. Alle kannten diesen schönen großen Mann unter dem Namen Zither-Sepp, weil er so gut Zither spielen konnte. Früher einmal hatte er in den mittlerweile aufgelassenen Bergwerken gearbeitet. Er wusste über so vieles in diesen Bergen Bescheid. Manchmal kramte er ein altes russisches Mikroskop hervor, das er während des Zweiten Weltkrieges beim Rückzug der deutschen Truppen mitgenommen hatte und schaute voller Begeisterung in die kleine, große Natur, welche sich ihm offenbarte. Sein Wissen war praktischer Natur und alles ganz einfach. Es gab den Holunder, der war Heilpflanze und Giftpflanze zugleich. Er trug weiße Blüten und schwarze Beeren. Somit war er ein Baum des Lebens wie des Todes.

Dem entsprach im Reich der Steine der Bergkristall. Auch dort gab es den weißen und schwarzen, den man Rauchquarz, oder wenn er tiefschwarz gefärbt war, Morion nannte. Es gab gute Kristalle, aber eindringlich warnte er mich, wenn ich wie so oft in seiner tiefen holzgetäfelten Stube saß, vor den Kristallen des Todes. Diese waren ganz schwierig zu erkennen. Überhaupt sprach er von den Kristallen, als ob es sich um lebende

Geschöpfe handelte, welche Gefühle wie Schmerz und Leid, aber auch Übermut und Freude in sich trugen.

Bei vielen einfachen Bauern in den Bergen hatte ich gesehen, dass ihre Beziehung zur Natur von gegenseitiger Achtung und Anerkennung geprägt war. Man musste der Welt der Steine die gleiche Aufmerksamkeit zuwenden wie jener der Tiere und Pflanzen. Es war die Mutter Erde, von der wir alle unsere Kraft abzogen, um sie am Lebensende wieder zurückzugeben.

In den Alpen war es schon seit Urzeiten Brauch in die Berge auf Suche nach edlen Kristallen zu gehen. Man schrieb ihnen vielfache Heilkräfte zu. Aber auch wertvolle Vasen und andere Kunstwerke wurden daraus gefertigt. Es gab Täler, wie das Ahrntal, der Pinzgau, Rauris oder das Zillertal, wo die Natur durch irgendwelche unergründliche Zufälle es eingerichtet hatte, dass sich dort farbenprächtigere und aussagekräftigere Steine als anderswo fanden.

Die Suche nach diesen Schätzen war gefährlich und es gab immer wieder Tote dabei. Manch einen Kristallsucher fand man neben seinem Bergkristall mit gebrochenen Knochen liegen. Mit seinen Erzählungen wollte der Zither-Sepp helfen, mir jenen ungebändigten Trieb der Selbsterhaltung beizubringen, der in diesen Bergen vonnöten war. Er wies mich darauf hin, auf was ich alles aufpassen sollte.

„Weißt du, die Natur ist unberechenbar. Es gibt nirgends keine endgültige Sicherheit. Du musst versuchen, eins zu sein mit den Felsen. Aber auch dann noch sind sie sehr oft schnippisch. Sie sind wie wir Menschen."

Der Zither Sepp selbst war genauso sein Leben lang in den Bergen auf der Suche nach diesen Schätzen unterwegs gewesen und kannte sich aus. In seiner Stube schillerten aus einer kleinen Vitrine die schönsten Kristalle, einen davon hielt er wegen seiner seltenen Kristallwuchsform besonders in Ehren.

„Bei den Kristallen musst du immer vor den bösen aufpassen“, warnte er mich eindringlich.

„Wie erkennt man diese?“ fragte ich ungläubig und doch wieder erschreckt zurück.

„Da braucht es sehr viele Kenntnisse der Seele dieser Steine. Es braucht ein Gespür dazu. Du musst mit den Kristallen reden können.“

Dann erzählte er mir zur Abschreckung einige Beispiele. Vom 46jährigen Bauer Gottlieb Gratzer aus dem Osttiroler Virgental, Vater von dreizehn Kindern, der im Herbst 1970 gerade dabei war, besonders wasserklare Kristalle aus dem Eis zu bergen.

„Plötzlich funkelte aus dem Eis ein eigenartiger Kristall mit solch einem seltsamen Farbenspiel hervor, dass er den Bauern nachdenklich machte. Er hätte eigentlich erkennen müssen, dass sich hier eine tödliche Gefahr zusammenbraute. Aber vielleicht war er geblendet von seiner verführerischen Faszination. Er reckte die Hand nach dem Kristall und versuchte ihn herauszuziehen. Die Kraft der Natur kämpfte gegen die des Menschen. Doch in dem Fall war die Natur listiger. Der Kristall löste sich mit einem plötzlichen Ruck und überraschte damit Gottlieb Gratzer. Hals über Kopf fiel er zweihundert Meter in die Tiefe und blieb mit zerschmetterten Gliedern liegen. So erging es auch anderen.“

Der alte Zither Sepp erzählte mir viel von der Magie der Kristalle. Denn er war davon überzeugt, dass die Berggeister manchmal sogar Bergkristalle in die Körper ihrer Opfer wie Pfeile schossen und sie dadurch krank machten oder sogar töteten. Andere Menschen dagegen konnten sie mit der Kraft magischer Bergkristalle beglücken, welche diejenigen, die sie auserwählt hatten, stark machten. Es gab viele Kristalle in diesen Bergen und jeder hatte sein eigenes Leben.

„Du musst in sie hineinschauen, dann siehst du in ihrem Inneren Einschlüsse, als handelte es sich um einen Garten voller neuartiger Pflanzen.“ Ich schaute hinein und lernte tatsächlich das mir bisher so unbekannte Innenleben der Steine kennen und verstehen.

Er nahm einen nach dem anderen in die Hand und erzählte, als wären es Lebensgeschichten von Menschen. Die Mondsteine, die hier gefunden wurden, trugen die geheimnisvollen Kräfte des Mondes in sich. Die grasgrünen Titanite mit ihrem einzigartigen Feuer, welches sogar jenes des Diamanten übertraf, gaben demjenigen, der ihn bei sich trug, Ausdauer und Kraft.

Der Zither-Sepp trug immer ein eigenartiges Amulett bei sich und behauptete stock und steif, dass es ihm helfe Gesundheit und Wohlgefühl zu erhalten. Besonders wenn er es in Verbindung mit den Heilkräutern setzte. Er schwor darauf, dass ein an einer Halskette getragener kleiner Kristall gegen das Schwindelgefühl am Berge helfe.

Weiters zeigte er mir die Amethyste, welche in der Gegend gefunden wurden. In Büchern habe er gelesen, dass schon die alten Griechen wussten, dass er vor Trunkenheit schütze. Er hätte die Farbe des Weines, und jedem der diesen Stein in seiner Nähe hält, würde er dazu verhelfen, Räusche der übelsten Sorte zu verhindern.

Im September 1984 ging ich mit Nolli Huber im Südtiroler Ahrntal durch das Schwarzenbachtal in Richtung Hornspitze. Er hätte mein Vater sein können und deshalb habe ich von ihm viel gelernt. Inzwischen war ich viel in den Bergen unterwegs gewesen und hatte mich überzeugen lassen, dass die Steine wirklich eine innere Seele trugen. Ich hatte gelernt die Seelen der Tiere zu verstehen und erkannte, dass zwischen ihren Regungen und jenen der Menschen kein allzu großer Unterschied war. Sie liebten und zankten sich, kämpften um ihre Reviere und sorgten sich liebevoll um ihren Nachwuchs. Genauso beobachtete ich den Kreislauf des Wachsens und Sterbens der Pflanzen. Wie ungleich schwieriger war es für mich gewesen mich in der Welt der leblosen Steine zurechtzufinden und ihre Sprache zu verstehen. Und doch kann man wie überall im Leben seinen Verstand so lange schulen und schärfen, dass er in tiefere Sphären eindringt, als andere Menschen.

Nolli Huber zeigte mir plötzlich eine Stelle hoch oben am Gletscher.

„Mein Vater ist dort an der steilsten Stelle des Gletschers ausgerutscht. Er wäre fast in den Tod gestürzt, hätte er sich nicht doch noch im letzten Augenblick an einem Felsblock halten können."

Wir gingen weiter, bis wir uns nur noch mit Mühe an einigen Grasbüscheln in die Höhe ziehen konnten. Waren diese Worte und dieser Ort ein schlechtes Omen?

An einer ausgesetzten Stelle begann ich zu graben. Die Felsen fielen hier einige Meter in die Tiefe, dann begann ein kurzes Geröllfeld, das in einen fürchterlichen Abgrund, hunderte Meter tief auslief. Kristalle kamen rascher, als ich mir gedacht hatte, hervor. Es waren große und schöne.

Die Kristalle zerkratzten meine Hände und ließen daraus eine einzige blutverschmierte Masse entstehen. Ich nahm deswegen kein schweres Werkzeug zur Hand, um diese Kunstwerke der Natur nicht zu zerstören. Nur vollkommen makellos würden sie ihren Wert behalten.

Doch dann überkam mich urplötzlich eine außerordentliche und so noch nie gekannte Leere. Sie traf mich wie aus heiterem Himmel. Es klang nach etwas Anderem, noch nie in mir Gefühltem. Es schien ein ferner Ruf zu sein, der mich aufforderte zu gehorchen. Etwas Unbekanntes befahl mir mich hinzusetzen. Nachzudenken, was die Geister der Felsen sprachen, bevor sie verärgert zurückschlugen. Nolli Huber kam in meine Nähe.

„Du, ich möchte für heute beenden!" quoll es eigenartig aus mir heraus. Es war nicht mehr mein eigenes Ich, es war etwas das weit darüber stand.

„Was“, schaute er mich entgeistert an „sobald die schönsten Kristalle erscheinen, willst du aufhören.“

Wie nicht von dieser Welt antwortete ich:

„So ist es.“ Ich kletterte zurück, setzte mich hin und schaute plötzlich in eine eigenartige seltsam geformte Natur. Es war mir, als verschmolzen Leben und Zeit zu einem übergeordnetem Einem.

„Darf ich dann das Werk vollenden?“ fragte er mich. Ich schreckte empor. In bestimmten Momenten des Lebens wird einem mit vollkommener Klarheit bewusst, dass es hinter diesem Leben noch ein Anderes geben muss. Wir wollen zwar sehr oft in dieses Reich hineindringen, scheitern aber immer daran. Mittlerweile hatte ich erkannt, dass man sich dieser Natur anders nähern musste als es die meisten Leute mir anlernen wollten. Trotzdem war ich immer noch ein Lernender, der meilenweit von einem vollkommenen Naturwissen entfernt war. Ich lernte zwar viel von jenen Menschen, welche es gewohnt waren ein Leben lang in den Bergen herumzustreifen, doch fühlte ich, dass ich auf einer Seite stand, und die Natur auf der anderen.

„Ja“ antwortete ich wie von einer lähmenden Kraftlosigkeit befallen auf seine Frage. „Nimm, was du greifen kannst.“

Es gibt manchmal Augenblicke, welche sich ein Leben lang einprägen. Welche man hundertmal durchspielt und sie wieder geändert haben möchte.

Nolli Huber kletterte vorsichtig über die Felsen, griff in die volle Kristallkluft, während ich mich abwandte. Mochte es einen Augenblick gedauert haben oder länger, ich weiß es nicht. Wieder schaute ich zu der Stelle, wo Nolli Huber grub. Doch da sah ich Niemanden mehr. Ich spürte plötzlich keinen Windhauch, und keine einzige Regung mehr. Eine verräterische merkwürdige Ruhe lag da in der Luft, so als müsse die Natur einen Augenblick inne halten. Es war als sammelte sich alles einen Augenblick lang zu einem unbekannten Etwas.

Nolli war nicht mehr da, und einzig und allein sein Pickel lag wie verloren herum. Wo war er geblieben? Ich schaute hinauf, ich schaute weiter, ich schaute um die Ecke. Er blieb verschwunden. Ich schaute hinab, in die grauenhafte Tiefe. Die schwarzen Felsplatten starrten mich wie tote Männer an. Ganz unten, wie ein winziger Punkt lag etwas. Was war dieses Unbekannte? Es ließ mich nicht mehr los: Ich spähte, dachte und rätselte, dann beschloss ich in die Tiefe zu stiegen. Meinen blauen Rucksack ließ ich wie ein Mahnmal oben stehen.

Alles ging unsagbar langsam vonstatten. Ich kam näher, es durfte nicht sein. Ich schrie in die Höhe: „Nolli! Nolli....!" Vielleicht war er doch noch oben über eine Felskante weiter gestiegen und hatte mich nicht gehört. Aber oben antwortete niemand. Da lag jemand, den Kopf nach unten zwischen einigen Steinplatten verkeilt, wimmernd, als seien es die letzten Geisteszuckungen eines Menschen, der nicht mehr von dieser Welt ist. Sein Gesicht war fürchterlich zerschlagen, das Gehirn geöffnet, eine weiße Masse quoll hervor, Blut kam aus den Ohren, dem Mund, der Nase. Ich nahm dieses Gesicht in die Hand. Es war noch warm, aber niemand sprach mehr mit mir. Es waren nur noch die letzten durch die Sphären übertragenen Gedanken eines Menschen, der mit seinem Leben abgeschlossen hatte. Dem keine Zeit mehr geblieben war, seine Hinterlassenschaft zu ordnen.

Wieder schaute ich in die Höhe, wo oben, als kleiner Punkt mein Rucksack stand. Waren wir zu gierig gewesen? Hatten wir nicht beachtet, dass man sich dieser Wildnis anders nähern müsse? Hatte der Kristall des Todes seine grenzenlose Macht gezeigt? Wir wollten dieser Natur ihre Eingeweide wie Räuber entreißen, holten aus ihrem Bauch Kristalle hervor, putzten den grünen Chloritsand wie Blut heraus. Und die Natur tat nichts anderes, als sich Gleiches zu holen.

War sie deshalb böse? Manche Philosophien bringen nichts, wenn man sich nicht selbst auf eine höhere Ebene gestellt hat.

Unter dem Großglockner, dem höchsten Berg Österreichs. Für Michael Wachtler eine Bleibe während seiner wochenlangen Touren in den Bergen auf der Suche nach den schönsten Kristallen.

Dazu aber braucht es sehr viel Überwindung und ein Zurücklassen vieler althergebrachter Dogmen.

Ich hielt die sterbende Seele von Nolli Huber in der Hand, bis das Blut langsam von meinen Fingern auf die Steine tropfte. Diese ekelige Masse Gehirn, welche an den Haaren klebte, sollte die Quelle und der Reichtum unseres Lebens sein? Von hier aus entwickelten sich alle Pläne und Strategien, die uns zum Mond brachten und dazu führten, dass wir glaubten, alles beherrschen zu können? Nolli Huber röchelte, während ich meine Wangen fest an seinen Atem presste. Vielleicht wollte er mir noch einen einzigen Satz mitteilen, eine Botschaft aus dem Jenseits an mich oder eine Verabschiedung von seinen Lieben. Mein Gesicht klebte an seinem Blut. Doch es kam nichts mehr.

Ich machte ein Kreuz auf seine Stirn, wie einer, der zu glauben angefangen hatte. Nicht einer, der ein Gebet sinnlos herunterleiert. Nein, wie einer, der gelernt hatte, dass dieses Leben anders ablief.

Dann erhob ich mich schicksalsschwer und schaute nach unten ins Tal. Meinen Rucksack ließ ich wie ein Mahnmal oben in der Wand stehen. Immer wieder starrte ich zurück, ob mich nicht doch Nollis Geist verfolgte. War ich nicht auch schuld gewesen? Wie wilde Blitze durchzuckte es mich.

Da erkannte ich, dass nur in solchen Augenblicken sich der Mensch mit der Natur vereint und mit ihr zu sprechen beginnt, als sei es die natürlichste Sache dieser Welt. Ich beobachtete die Blumen, welche zwischen den Felsen sich herauszwängten. Steinbrechgewächse und das Edelweiß. Es war als winkten sie mir zu. An Felsblöcken erkannte ich, wie sich über kleine Kristallrasen Flechten überlagerten. Wie ich hinunterwankte sah ich tausend Dinge, die mir alle neu und unbekannt vorkamen.

Ich hatte Nollis Frau und seinen Kindern Schlechtes zu verkünden. Ihn hatte es getroffen, was gleichfalls mir hätte zugedacht sein können. Die Retter kamen. Ich zeigte hoch hinauf in die Gipfelregionen, wo der Abgrund lag. Sie eilten voraus, ich hinterher. Langsam und bedächtig, als müsste ich die Last der Verantwortung mitschleppen.

Dann fielen meine Gedanken wie Lawinen wieder zurück auf Nolli Huber. Vielleicht lebte er wirklich noch, wie durch ein Wunder, und würde gerettet, wenn schnell Hilfe käme. Endlich bewegte sich einer der Retter zum richtigen Punkt. Ich sah von Weiten wie sie ihn auf die Bahre legten. Schwer trugen sie diesen Menschen herab. Meter um Meter, immer wieder inne haltend. Dort wo es das Gelände zuließ setzten die Bergretter die Bahre auf ein Gestell mit zwei rudimentären Rädern. Alles war umständlich und mühselig. Langsam erhob ich mich und begann herunterzuwanken. Es fröstelte mich an diesem sterbenden Tag bei jedem Schritt. Unten in einem alten Bauernhaus saß ein Bergretter mit einem Funkgerät. Ich schaute ihm eindringlich ins Gesicht.

„Tot."

Hoch oben lag als Mahnmal immer noch mein Rucksack. Monatelang. Freunde kamen vorbei, berichteten mir, dass sie dieses blaue Etwas gesehen hätten. Warum sie ihn nicht herunter getragen hätten, fragte ich missmutig. Das sei meine Aufgabe, meinten sie. Dieses Kreuz musste ich schon selber tragen. Es kam der erste Winter, der zweite folgte. Keine Lawine vermochte den Rucksack in die Tiefe zu reißen. Wie angeklebt trotzte er hoch oben den Unbilden der Natur. Wieder kamen Freunde und erzählten mir in tausend Worten, dass hoch oben in den Felswänden der Hornspitzen mein Rucksack zwischen den Felsen stand. Ich fluchte und zeterte, warum sie um Gottes Willen mich so quälten. Sie brauchten ihn ja nur herunter zu tragen, um mich zu erlösen.

„Ich will nicht mehr in diese Berge, ich will diese abweisende Wildnis nicht mehr sehen." Mich schauderte davor, bloß an diese steilen Felsen zu denken, bei denen ein Schritt genügte, um vom Diesseits ins Jenseits zu wechseln.

Eines Tages ging ich in die Höhe. Von ganz unten starrte ich hinauf, ab wann der verdammte blaue Rucksack mir zum ersten Mal ins Auge fiel. Dergestalt, immer meine Augen fixiert, ging ich höher. Ich wurde müde. Schweiß tropfte von meiner Stirn, ich hatte keinen Hunger mehr und keinen Durst.

Hoch oben sah ich etwas, das mir wie eine riesengroße Ansammlung von Edelweiß vorkam. Sie standen herum wie Boten des Todes. Wie viele hoffnungsvolle Jünglinge hatten ihre Liebste mit einem Strauß dieser Blumen beglücken wollen und waren nie mehr zurückgekehrt. Sollte ich umkehren? Nein, ich musste weiter. Mein ganzes Leben lang wäre ich unglücklich gewesen. Verkrampft hielt ich mich an den Grasbüscheln wie ein Verrückter fest und schaute fortwährend in die Tiefe. Mir wurde schwarz vor Augen, ich wankte, schien zu fallen. Und doch: Ich krabbelte weiter. Da lag er nun vor mir, der gebleichte blaue Rucksack. Keine Lawine hatte ihn in die Tiefe zu reißen vermocht. Nichts hatte sich geändert. Kein Mensch, kein Tier, hatte es gewagt, diesen Ort zu betreten. Und oben auf lag ein Kristall. Die Natur hatte ihn gewaschen. Und nun sah ich ganz deutlich im Innern einen dunklen Strahl hineingehen. Ein schwarzer Epidotkristall war wie ein Dolch hineingewachsen. Es war der Todeskristall.

Die Seele der Kristalle

Georg Kandutsch, einer, der die Felsen verstand

Schicksalsschläge ließen mich reifen und viele Erkenntnisse früherer Zeiten umändern. Eines Tages quälte ich mich im Kärntner Fleißtal immer höher in Richtung Hocharn. Er gilt als einer der berüchtigsten aber auch geheimnisvollsten Berge der Hohen Tauern. Schon die alten Römer schleppten von dort schwere Bergkristalle herunter. Der Reichtum dieser Berge an Gold führte dazu, dass selbst der berühmte römische Chronist Polybios feststellte, dass es dort in solchen Mengen gefunden wurde, dass der Goldpreis verfiel.

Plötzlich kam eine Gestalt näher, welche wohl jämmerlicher nicht hätte sein können. Seine Kleidung war verdreckt und was noch mehr ins Auge stach, sie war an vielen Stellen verkohlt und durchlöchert. Die schütteren Haare des jungen Mannes - ein Knochengerüst - waren weggeflämmt, wie auch die Augenbrauen. Er trug einen viel zu schweren Rucksack, der ihn niederzudrücken schien.

Wir kamen ins Gespräch. Er stellte sich als Georg Kandutsch vor, studiere Mineralogie, die Steine seien seine Leidenschaft. Wir stellten fest, dass wir beide gleich alt waren, 1959 geboren. Es war ein kurzes Kennen lernen. Wir verloren uns aus den Augen, jeder ging seinen Dingen nach. Doch dann hörte man im Gasthausklatsch erstaunliche Dinge. Es gäbe einen jungen

Burschen, welcher gelernt hatte mit den Steinen zu sprechen. Spärliche Fotos tauchten auf, wie ein hagerer Winzling in den glatten, von Steinschlag gefährdeten Westwänden des Hocharn am Seil herumturnte, wie man es bisher nie für möglich gehalten hätte. Immer tauchte ein Name auf: Georg Kandutsch.

Anekdoten begannen zu kursieren. Diese Person fände auch dort kostbare Kristalle, wo andere noch nie einen gefunden hatten, so sehr sie auch suchten. Es war reinste Zauberei. Er öffnete die Berge wie eine Schatzkiste und wenn die Anderen im Geheimen auf seinen Spuren hechelten, lag alles wieder vollkommen verschlossen dar und nackter, schwarzer Felsen stierte ihnen entgegen. Fing Georg Kandutsch wieder zu graben an, öffnete sich wundersamerweise der Hort der Kleinodien und das Glück kehrte zurück. Er roch förmlich die Stellen, wo sich die schönsten Kristalle durch Brüche und Auslaugungen besonders ertragreich angereichert hatten und kletterte gewandt an jenen Stellen vorbei, wo andere nur einem derben Trugbild hinterher jagten.

Schwierige Zeiten herrschten. Überall in Europa gab es Grenzen, welche die Natur niemals gemacht hatte. Wie konnte man da Freundschaften über die Schlagbäume hinweg erhalten? Auch wenn wir uns deshalb über viele Jahre nur sporadisch trafen, fühlte ich mich mit Georg Kandutsch sofort wesensverwandt. Beide hatten wir schon von Jugend an versucht die geheimen Botschaften der Natur zu verstehen. Ob uns das gelingen würde, stand in den Wolken. So schrieb Georg Kandutsch in sein Tagebuch:

„Vom zehnten Lebensjahr an steckt mein Kopf voll von bergsteigerischen Absichten. Bergkristallspitzen bei einem Freund und der erste selbst gefundene Bergkristall haben mich dann fasziniert. Ich kann mich noch erinnern, dass ich ihn stundenlang am Abend betrachtete, immer die gewaltigen Kräfte vor Augen, die so ein Wunderwerk hatten entstehen lassen.“

Er kannte nicht die Geborgenheit eines wohlbehüteten Elternhauses. Von klein an war er auf sich allein gestellt. Als er fünfzehn war, brach er per Anhalter Richtung Großglockner auf. Wie ein anderer mit einem Hund wollte er mit den Kristallen Freundschaft schließen. Er forderte dabei seinen Körper bis zum Letzten um tiefer in jene unzugängliche Welt einzudringen, als jeder Mensch zuvor.

„20. August 1974. Da hatte ich es durchgestanden. Fünf Tage Kälte, Nässe und Dreck – ich hatte gute Kristalle und ich hatte vor allem genug von den Steinen. Alle Socken sind nass, der Rucksack ein Waschlappen und die Schuhe zwei Becher in denen das Wasser steht. Doch am nächsten Tag mache ich weiter."

Niemand anderer lernte in jener Zeit so nahe zu sein an der Welt der Kristalle. Sie zu verstehen und mit ihnen zu sprechen. Er war mit einer instinktiven Auffassungsgabe ausgestattet, dass er bald das Spiel der Natur und der Steine beherrschte wie kein Zweiter. Dazu gehörte, dass er für all die hinterlistigen Neider, welche bald von seinen Funden angezogen wurden, falsche Spuren legte. Nie ließ er sich in sein Inneres schauen, nie herauslesen, was er wirklich dachte und plante. Niemand anderer fixierte all sein Denken auf dieses einzige Ziel. Mit sechzehn Jahren war er weiter gereift.

„1975. Frühling. Das Gefühl, Schwierigkeiten, die einem der Berg entgegenstellt, alleine aus eigener Kraft zu bewältigen, ist es wert auf Begleitung zu verzichten. Mein Ziel ist weiter gesteckt, ich arbeite an mir. Jede Schwäche wird unterdrückt. Ich habe meinen Körper auf stundenlange Strapazen, auf Kälte und Hitze trainiert. Nebenbei habe ich mir das Selbstbewusstsein eingeimpft, das zum Alleinklettern gehört."

Die Geheimnisse der Natur lagen nie offen wie ein Buch. Diese musste sich jeder selbst erarbeiten. Man musste Geduld haben lernen und wie ein Adler auf seine Beute lauern, man musste sich opfern können wie ein Fuchs auf der Jagd nach dem Hasen. Man musste Neuland durch jene innere Härte suchen, wo anderen der Geist und Mut schon längst fehlte. Obwohl Georg Kandutsch in eine Gesellschaft hineingeboren war, welche längst die Nähe zur Wildnis verloren hatte und verweichlicht worden war, ließ er sich in längst vergangene Zeiten zurückfallen, als die Menschen noch mit der Natur eine Einheit bildeten. Gleich wie ein Hund immer noch den Wolf in sich trägt, lernte Georg Kandutsch die inneren Botschaften dieser Berge. Die anderen versuchten die Steine gierig den Bergen zu entreißen. Er aber kümmerte sich um die Kristalle, als wären sie seine Kinder.

„15. Mai 1975. Ich fahre nach Lienz und stoppe nach Virgen. Am Abend geht ein Gewitter nieder. Mich erwischt es gerade auf dem Weg nach Mitteldorf. Ich übernachte im Graben und lasse die Sachen am Feuer trocknen. Es wird eine kalte Nacht. Warum muss ich auch zu Pfingsten schon hier herauf? Aber die aufgestauten Energien geben keine Ruhe. Als Abendessen kaue ich etwas trockenes Brot (die nasse Wurst habe ich den Dohlen verfüttert) und beobachte das letzte Abendrot. Draußen in Matrei gehen schon die ersten Lichter an. Ein kurzes Gefühl nach Geborgenheit und Gesellschaft überfällt mich. Mit tausend Gedanken schlafe ich doch noch ein. Um vier Uhr weckt mich die Kälte und ich beginne mir mein Frühstück zu kochen und bin gleich darauf schon wieder unterwegs. Mich packt das Bergsteigerfieber und ich marschiere auf den Ochsenburg. Es wird ein stundenlanger Marsch über den teilweise überwechteten Grat. Es liegt metertiefer Lawinenschnee auf der Fundstelle, doch der obere Teil ist frei. Ich finde eine Kluft mit einem schönen Kristall. Die Nacht wird wieder sehr kalt, zu essen habe ich bereits nichts mehr. Nebenbei räume ich eine weitere Calcitkluft aus. Dann steige ich abwärts, verpasse den letzten Omnibus und marschiere zuerst bis Matrei und dann weiter insgesamt ca. 30 km nach Huben. Am Weg dorthin erwischt mich wieder ein

Gewitter. Ich gelange bis Lienz, übernachte im Heustadel, stoppe weiter und fahre am übernächsten Tag mit meinen Schätzen nach Hause.“

Jedes Jahr lernte er mehr im Buch der Erkenntnis, welche Felsbänder Kristalle im Innern trugen und warum gewisse Quarzadern Ernte versprachen und die anderen nicht. Nie wurde er müde, nie ließ er sich von den Gletschern abschütteln, von ihrer Kälte und den drohenden Schneestürmen.

Kristalle bedeuteten Leben, sie wurden in seinen Händen zu beseelten Geistern. Eine eigenartig empfindsame Beobachtungsgabe setzte sich bald in ihm fest. Kristall und Kunst verschmolzen in seinen Augen zu einem untrennbaren Kunstwerk. Es waren keine toten Mineralien mehr, er erweckte sie zum Leben. Zum ersten Mal wurde der Kristall seiner menschlichen Ferne entrissen und ihm eine Seele eingehaucht. Fortwährende Selbstzweifel, das Wissen um die Gefahren und Schmerzen und selbst dem Warum des Kristallsuchens, verwoben sich im Laufe der Jahre mit einer immer tiefer werdenden Kenntnis des Körpers Stein.

“Um welche Sache muss es sich doch handeln, wenn Gewaltmärsche, blutige, zerschnittene Finder, eiskalte mit Gletscherwasser vollgesogene Hosen, Tage ohne einen Bissen im Mund gerne auf sich genommen werden! Kaum etwas ist dazu imstande einen Menschen freiwillig in äußerste Lebensgefahr zu bringen außer edle Kristalle.“ Dies schrieb er nun als Siebzehnjähriger.

Mochte ihn das einfache Leben der Stadt rufen und locken. Er wankte manchmal, aber nie gelang es, ihn von seinen Wanderungen in den Bergen abzuhalten. Kaum kam der Sommer, - jene kurzen magischen Monate - war Georg Kandutsch wieder unterwegs. Erneut fing eine Zeit des bis an die Grenze Gehens an. Er war nun achtzehn Jahre alt. Volljährig und hart geworden durch die Härte der Wildnis.

„24. August 1977: Nun bin ich wieder im Innergschlöß. Blitze, Donner. Als ich wieder aufbreche, ist alles von weißen Graupeln bedeckt, glitschig nass, kalt und gefährlich. Die mächtigen Gletscherberge herum, die nackte dunkle Kristallwand, darunter ein kleiner dunkelblauer See am Salzboden, in dem sich das Panorama spiegelt. Reine dunkle Rauchquarze gibt es hier. Dort in der Rinne ist Gröblacher einige Tage gelegen. Die Maden und Fliegen sind schon auf seinem blutverschmierten Kopf herumgekrochen und doch suche ich weiter – warum auch nicht."

Mochte auch jeden Tag in den Bergen die Angst wie ein treuer Begleiter gleichfalls mitgehen. Die Natur konnte zurückschlagen, den treffen, der sie verletzen wollte. Er wurde zwanzig und war trotz seiner Jugend in seinem Inneren nun endgültig zu Stein und Kristall verkommen. Er trug die Natur in sich, die ausgemergelte Wildheit, das wilde Zurückschlagen und das Leben fernab jeder Norm.

„1979. Einmal im August: Ich bin alleine am Hocharn, suche mich selbst, suche meine Leistungsgrenze. Verfestige bei einer riskanten Kletterei meinen Lebensinhalt, der in Zukunft nur mehr mit Kristallen in Verbindung gebracht werden wird. Bei einer Schlafsackübernachtung am Rostgrat erkenne ich, dass eine Welt ohne Normen, ohne Klischees, ohne diese albernen Dinge des Alltags meine geistige und körperliche Konstitution am ehesten zufrieden stellt."

Im Eiltempo absolvierte er das Studium, wurde Doktor der Mineralogie. Eine blendende Karriere war ihm sicher. Es gab Angebote zuhauf, als Kustos an den besten Museen zu wirken, Einladungen sich an irgendeiner Universität niederzulassen. Er schlug sie alle aus. Georg Kandutsch wollte weiterhin ein freier Mann sein: in den Bergen wie ein Zigeuner auf der Suche nach Schätzen herumziehen und sie den Menschen zeigen.

Bald schon zog ich mit Georg Kandutsch in den Bergen herum. Ein jeder lernte vom anderen und wir bereicherten uns. Die

Kristalle und Steine waren zu einem Teil unseres Wesens geworden, wie für wenige andere Menschen. Sie wurden zu offenen Büchern, welche von Abenteuern kundtaten. Jeder einzelne erzählte seine eigene wechselvolle und nicht austauschbare Geschichte. Es war ihr inneres Wesen, das man ihnen entlocken musste, den Kristallen gleich wie der gesamten Natur. Wochenlang waren wir unterwegs, sehr oft jeder für sich.

Es gab die Städte, die Dörfer, das hektische Leben, das immer hektischer wurde und den Menschen unten jede Lebensfreude nahm, weil sie ihre Seelen verkaufen mussten und zu Maschinen wurden. Aber nicht weit entfernt, kreuz und quer, gab es die unerforschten Weiten, wo es keine Menschenseele gab und wo doch Menschen manchmal irgendwo ihren Fuß hingesetzt haben mussten. Aber dieses Land der Kristalle und sprechenden Steine, musste sich ein jeder erst selber und für sich erkämpfen, genauso wie wir es hatten tun müssen.

Der alte Mann im Salz

Die Würze des Lebens

Ich hatte vieles von meinem alten Leben hinter mir gelassen. Die Monate kamen und gingen. Die kahlen Berge öffneten sich von ihrer ungewohnten versteckten Seite, genauso wie die Gebiete des ewigen Eises. Dann gab es noch das Innere der Berge, die Höhlen und Schlünde, welche sich unvermittelt auftaten, um sich sofort wieder zu verschließen.

Oft genug standen höhere Wesen an meiner Seite und ein günstiges Schicksal verhinderte, dass ich mich zu Tode stürzte. Freunde von mir sah ich gehen, manche auch für immer. Lawinen wurden auf mich losgelassen und verschütteten mich. Ich lernte daraus. Dann waren es wieder Felsen, welche die Berge auf mich herabschüttelten. Oder ein krachender Blitz versuchte mich zu

Die Farbenpracht der Blumen wärmt die menschliche Seele. Kornblumen, Ringelblumen, Malven, gelbe Nachtkerzen: Sie werden zu Tees und Salben verarbeitet.

Michael Wachtler

Die vom italienischen Grafen Cesare d´Acquarone erlegte weiße Gämse. Wenig später fand man auch den Grafen erschossen auf. Ein befürchtetes Schicksal hatte sich erfüllt, genauso, wie man dem österreichischen Erzherzog Karl Ferdinand prophezeite, dass die von ihm zur Strecke gebrachte weiße Gämse nur Unglück bringen würde. Nicht einmal ein Jahr später brach der Erste Weltkrieg aus.

Archiv Kröll

Die Enzian-Tresl aus Toblach in Südtirol beim Kräutersuchen in den einheimischen Wäldern. Besonders nach der begehrten Enzianwurz wurde gesucht und daraus der berühmte Enzianschnaps gebrannt.

Karl Demetz

Der blaue Eisenhut (Aconitum napellus) gehört zu den gefährlichsten Pflanzen der Alpen. (Im Bild mit Karl Demetz aus dem Südtiroler Grödental). Seine Wirkstoffe sind tödlich. Auch der Seidelbast (Daphne mezereum) gehört zu den bösen Pflanzen. Schon immer versuchte man mit Pflanzengiften missliebige Personen aus der Welt zu schaffen.

Michael Wachtler

Michael Wachtler in den Hohen Tauern. Der Todeskristall mit einem Epidotstrahl in der Mitte. Sekunden später stürzte sein Begleiter Nolli Huber in den Tod. Leben und Sterben, Schicksal und Glück sind in der unendlich umfassenden Natur allgegenwärtig.

Georg Kandutsch

Wie kaum ein anderer hat der Kärnter Georg Kandutsch es verstanden tiefer in die Welt der Steine einzudringen als andere. So hauchte er ihnen Leben ein.

Noch heute betrachtet Kurt Diemberger, der Erstbesteiger des Broad Peak und des Dhaulagiri jene magischen Kristalle, welche sich mit seinem Leben untrennbar verschmolzen.

Kurt Diemberger

Georg Kandutsch

Die Magie der Kristalle. Gleich wie den Pflanzen sprach man auch den Mineralien magische Fähigkeiten zu. Ob durch Wasser seltsam geformte Steine, der Bergkristall, als Symbolstein der Alpen, der grasgrüne Smaragd aus dem Salzburger Habachtal oder die berühmten roten Zillertaler Granate; seit Menschengedenken suchten man diese Schätze der Berge.

Michael Wachtler

Die Schönheit der Ostalpen. Der Zirmsee unter dem Sonnblick in Kärnten und die Drei Zinnen, das Wahrzeichen der Dolomiten. Vereinzelt haben sich als Außenseiter noch einige der Naturmenschen erhalten, welche einen besonderen Zugang zu Tieren, Pflanzen und Steinen gefunden haben.

Karl Demetz

5. Juni 1970. Für einen Augenblick wandte das traurige und ausgestoßene weiße Reh den Blick zum Fotografen Karl Demetz. Das Grabmal des Wilderers Pius Walder im Osttiroler Villgratental. „Ich wurde am 8. September 1982 in Kalkstein von zwei Jägern aus der Nachbarschaft kaltblütig und gezielt beschossen und vom 8. Schuss tödlich in den Hinterkopf getroffen." Die Jagd besaß für die Bergbewohner immer einen großen Stellenwert.

Franco Miotto, der König der Gämsen. Nach dem Abschuss des wohl größten Bocks in den Belluneser Dolomiten wandelte er sich und wurde zu einem der besten Bergsteiger.

Franco Miotto

Das "Gamsmandl" Thomas Villgrater aus dem Dolomitendorf Sexten. Er bekam diesen Namen, weil er es wie kein anderer, verstand Tiere zu schnitzen. Mauro Corona aus Erto, jenem Dorf welches durch die Staudammkatastrophe am Vajont traurige Berühmtheit erlangte gehört zu den begnadeten Holzbildhauern Italiens. Seine einfühlsamen Erzählungen über Tiere und Pflanzen gehören zum Besten.

Michael Wachtler

Michael Wachtler - Willy Costamoling

Sein Leben lang war Michael Wachtler in den Alpen unterwegs. Kräutersammler, Jäger und Kristallsucher lernten ihm ein tiefes Naturverständnis. So wurde er zu einem der besten Naturdenker, der eine Fülle von neuen Pflanzen und ausgestorbenen Tieren entdeckte.

Michael Wachtler

In den Alpen werden überall die Nadeln, Zapfen oder Beeren von Hochgebirgsnadelbäumen wie Wacholder, Latschen, Zirben und anderen Kiefern gesammelt, um daraus begehrte Öle zu gewinnen. Auch Schnäpse werden daraus destilliert.

Franz Niederkofler - Bergila

Das Brennen der Öle daraus hat in den Alpen eine lange Tradition. Die Familie Niederkofler aus Pfalzen am Südabhang der Zillertaler Alpen führt diese Arbeit schon seit Generationen in ununterbrochener Reihenfolge fort.

Die begehrten ätherischen Öle dienen zum Einreiben und Inhalieren und leisten bei Erkältungen wahre Wunder.

Franz Niederkofler beim Ausleeeren des Kessels nach der Destillation. Die ihres kostbaren Öls beraubten Latschenkiefern werden einer anderen Verwendung zugeführt, damit nichts verloren geht. Eine Florentinervase, in der das ätherische Öl bei der Destillation gesammelt wird: Man sieht genau wie das Öl, das ja bekanntlich leichter als Wasser ist, oben schwimmt und sich so vom Wasser trennt.

Hermann Oberhofer

Dämonen in den Bergen. Das selten erscheinende “Brockengespenst” und eine einem menschlichen Gesicht ähnelnde Felsformation in den Pale, einem Gebirgszug in de südlichen Dolomiten. Dort befindet sich auch das herzförmige Felsentor, das “Cuor”.

Michael Wachtler

treffen. Für Gnade war in dieser wilden Urwüchsigkeit der Dolomiten, der Hohen Tauern, und vieler anderer Gebirgsketten der Alpen in die es mich hin verschlug kein Platz. Wo Gegenwart und Vergangenheit, Menschen und Tiere, Pflanzen und Steine miteinander verschmolzen, musste sich jeder seinen eigenen Weg suchen.

Eines Tages kam für mich der Zeitpunkt der Entscheidung. Ich hatte ausgiebig beide Welten kennen gelernt. Jene der Menschen und der Natur. Für beide war kein Platz. Ich konnte Gefangener jenes Systems bleiben, welches man uns als richtig eingeimpft hatte. Oder ich konnte in das Reich der Schaffenskraft eingehen, wo man zuerst daran dachte, ob es den Geist mit Sinn erfüllte, bevor man ans Werk ging. Wo das Pflanzen eines Baumes, das Zusammensetzen einer Holzhütte mehr Freude bereitete, als tagelang in engen verrauchten Büros zu hocken. Die andere Welt war nicht gerechter, aber sie war um einiges ehrlicher. Hier zählten die Gesetze der Wildnis, und die waren undurchdringlich. Hier brauchte man kein Geld, aber das Wissen, dass alles nur ein Teil der Natur war.

In diesen Bergen gab es Menschen, wo jeder für sich an den verborgenen Botschaften der Natur arbeitete. Diese musste ich kennen lernen, um mich selbst reicher zu machen. Eines Tages ließ ich mein altes Leben wie eine wertlos gewordene Hülle zurück und stapfte dorthin, wo ich diese Menschen zu finden glaubte. Sie konnten mir mehr geben, als tausende andere angepasste, welche nur Spiegelbilder einer hohlen Welt waren.

Wildnis gab es hier nur zuhauf, wo man alleine sein konnte, oder zumindest mit Menschen, welche genauso versuchten ihre tiefen Geheimnisse zu ergründen. Hier zählten nicht Tage oder Atemzüge. Hier verschmolzen Gegenwart und Vergangenheit. Unbekannte Botschaften drangen aus der Tiefe des Waldes und der Felsen und die musste ich erst zu deuten lernen. Wie oft saß ich verzweifelt vor den Steinen, weil es mir nicht gelang sie zu verstehen.

Seit Jahrtausenden wurde in den Salzbergwerken von Hallein und Hallstatt bei Salzburg Salz abgebaut. Irgendwann erkannte ein Mensch, dass dieser weiße Stein in Maßen zu sich genommen das Leben erleichterte und angenehmer machte. Dieses Salz brauchten wir zum Leben, wie viele andere Mineralien auch. Das waren die verborgenen Botschaften der Steine. Das Salz half uns kräftiger zu werden, den Wasserhaushalt in unserem Körper zu regeln. Wie sackten wir manchmal zusammen, wenn wir stundenlang unter sengender Hitze herumstreiften und nicht eine Wasserquelle fanden. Die Mineralien waren gleich wertvoll wie die Pflanzen und die Tiere. Man musste nur ihre inneren Kräfte erkennen.

Das waren die Schatten der Wildnis, welche zu uns sprachen und uns manchmal ihre Botschaften schickten. Wie erschauderte ich, als man mir erzählte, dass man im Salzbergwerk Dürnberg bei Hallein vor vielen Jahrzehnten tief drinnen im Berg plötzlich einen Mann fand. Er war schon seit Jahrhunderten tot aber sah noch immer wie lebendig aus. Er trug Haare, einen Bart, war vollkommen unverwest. Er war bekleidet wie ein Mann, dem die Zeit seit Jahrhunderten stehen geblieben war. Die konservierende Kraft des Salzes hatte ihn am Leben erhalten. Die Menschen, welche ihn sahen, erschraken genauso und glaubten, dass die Berggeister einen ihrer Boten geschickt hätten. Sie versuchten mit ihm in Verbindung zu treten. Es gelang ihnen nicht und so gaben sie ihm der Mutter Erde wieder zurück und störten hinfort nicht mehr seine Ruhe. Wie viele Geheimnisse gab es noch in den Bergen und wie viele Rufe mussten noch erschallen um uns wachzurütteln.

Die Suche nach dem Kristallberg

Kurt Diemberger oder der Traum vom grünen Edelstein

Manche Menschen führen ein Leben, welches eher einem spannenden Roman oder einem kaum zu glaubenden Märchen ähnelt, als dem täglichen Trott der meisten Leute. Ihr Leben ist voller Triumphe als auch Tragödien, wobei jeder sich seine eigene Meinung bilden muss, ob solch ein Leben der Freiheit besser war, als ein ruhiges hinter den eigenen vier Wänden mit einem weder Höhen noch Tiefen beinhaltenden Beruf. Wie schauderte ich als ich eines Tages die in einem Essiggurkenglas konservierten Finger von Kurt Diemberger zu sehen bekam. Sie froren dem im kärnterischen Villach geborenen großartigen Bergsteiger, der als erster Mensch der Welt die Achttausender-Riesen des Broad Peak und des Dhaulagiri bestieg, bei einer tragischen Himalaja-Expedition zum K2, bei dem fünf seiner Kameraden das Leben verloren, ab. Eingehend betrachtete ich diese schaurigen Hinterlassenschaften eines Kampfes: Mensch gegen Natur.

Kurt Diemberger erzählte so, wie es ein alter Mann tat, der zeit seines Lebens die feinsten Regungen der Wildnis hatte verstehen müssen, um zu überleben. Der seinen Körper forderte bis er selbst Teil der Natur wurde. Wie er als fünfzehnjähriger Knabe in die Berge aufbrach, weil es dort Schätze zu finden gab. Der jugendliche Leichtsinn hätte ihn in der Glasenbachklamm bei Salzburg fast zu Tode stürzen lassen. Im letzten Augenblick konnte er sich an einer Wurzel festhalten. Es hatte ihn dorthin gezogen, weil sich dort die eigenartigsten Tiere der Urzeit fanden. Ammoniten, Seelilien und sogar das versteinerte Skelett eines Ichtyosauriers, des größten Jägers der urzeitlichen Meere.

Er lernte viel in jener Zeit, wie man die Felsen und Schichten lesen musste, dass sie ihre Geheimnisse preisgaben. Er war immer noch blutjunger Anfänger, der schwer tragend alles mitschleppte, was nach Unbekanntem aussah. Doch eines Tages lief ihm in der Glasenbachklamm ein verwittert aussehender, greiser Mann über den Weg, der alte Leininger. Er hatte die Steine zu deuten gelernt wie kein anderer und er lud ihn zu sich nach Hause ein. In einem alten baufälligen Haus am Rande von Salzburg wohnte er, und im Innern funkelte und leuchtete es in allen Farben, so als hausten hier die Zwerge aus dem Märchen Schneewittchen. Der alte Leininger war kein Studierter, und unzugänglich wie ein einsamer Fisch. Es dauerte lange bis Kurt Diemberger aus ihm die innersten Geheimnisse der Kristalle und Versteinerungen herauszulocken imstande war.

Er erzählte von den Kristallen aus den Hohen Tauern und den grasgrünen Smaragden aus dem Habachtal, dass es überall in diesen Bergen noch ungeheuere Schätze gäbe und man nur so klug sein müsse, sie zu entdecken. Dafür bedürfe es einer Schulung des Geistes. So lernte auch Kurt Diemberger die Sprache der Kristalle und Steine zu verstehen. Denn jedes Mineral hat einen anderen Charakter und verbreitet eine andere Aussage. Am Ende schenkte der alte Leininger ihm noch eine alte vergilbte Karte der Hohen Tauern. Fein säuberlich hatte er dort seine geheimsten Fundstellen, Frucht eines jahrzehntelangen Suchens, eingetragen.

Kurt Diemberger wurde zu einem Teil der Berge. Er entwickelte einen ausgeprägten Scharfsinn, um dem Bergen die Schätze zu entlocken, er lernte die Gefahren wittern und das Gespür, dass man immer anders denken musste, als die anderen Kameraden.

Eines Tages war er zu den Smaragdstollen des Habachtales unterwegs. Schon seit Wochen versuchten andere die begehrten Edelsteine aus dem Schlamm herauszuwaschen. Sie hatten wenige Smaragde beisammen und waren doch zufrieden, wenn es sich zum Großteil nur um helle Kristalle mit vielerlei Sprüngen handelte. Reine, dunkelgrüne gehören zu den größten Seltenheiten dieser Welt und wurden hier nur ganz selten gefunden. Das Suchen nach Smaragden gleicht einem Glückspiel. Einer kann sein Geld stundenlang beim Roulette auf eine Zahl setzen und immer verlieren und der nächste wählt sich ahnungslos die gleiche Zahl und gewinnt sofort. Der halbwüchsige Kurt Diemberger ersuchte die anderen, ihn mitsuchen zu lassen. Sie genehmigten ihm, einen einzigen Eimer und nicht mehr aus den Stollen herauszuholen und zu waschen. Und sollte doch, was sie für ausgeschlossen hielten, mehr als ein hochkarätiger Edelstein dabei sein, müsse er diese abliefern. Er ging auf den Handel ein.

Über all dem Glücksspiel allerdings stehen noch die Pokertypen. Gleich wie diese es gelernt haben ihre Gegner zu studieren, ihre verborgendsten Gefühle und Blicke auszuwerten, gibt es Menschen, welche die innersten Regungen der Felsen nachtwandlerisch zu verstehen gelernt haben und sofort ein ertragreiches Smaragdnest anschneiden. In gewandten Gedanken konzentrierte sich Kurt Diemberger darauf, wie er das missgünstige Schicksal überwinden könnte. Auch wenn ihm diese Felsen neu waren, so hatte er doch im Laufe der Jahre in der Einsamkeit dieser Berge durch Beobachtung und Schulung gelernt ein Gefühl zu entwickeln, wo sich Kostbarkeiten verbargen.

In den Stollen führten Eisenschienen für den Grubenhunt. Zwischen den Holzplanken und an den Rändern hatten sich gröbere Geröllteile abgelagert, welche schon seit Jahren niemand ausgeräumt hatte. Dort kratzte Kurt Diemberger den Schutt zusammen und füllte den Eimer randvoll. Er torkelte heraus und zerrührte auf dem Sieb den Schlamm. Ein erster makellos grünfeuriger Edelstein kam zum Vorschein. Erste Jubelrufe ertönten. Sie trennten weiter. Ein nächster glänzte unter dem Strahl des Wassers und der Sonne. Und noch ein Smaragd kam zum Vorschein. Allzu rasch wurde ihm bewusst, dass er den Triumph des Glücks nur einen Augenblick lang genießen durfte. Einen einzigen beließen sie dem Finder, den Rest musste er ihnen abliefern.

Als ich eines Tages den alten Rudl Hutz aus Bramberg im Pinzgau in seinem Haus, das direkt in das Habachtal mit seinen Smaragden blickt, besuchte, hieß er ohne zu zögern den Smaragd einen gefährlichen, wenn nicht sogar bösen Stein. Er verwies auf die Schicksale jener Männer, welche jahrelang im Smaragdabbaugebiet gearbeitet hatten. Er erzählte das traurige Schicksal vom armen Wast Berger, der die Einsamkeit hier oben nicht mehr standhielt und sich eines Tages alle Sprengstoffpatronen, denen er habhaft werden konnte, an sich gurtete, um im Wahn sein grausiges Werk zu vollenden. Oder der arme Hans Zieger, der jahrelang vom ganz großen Fund träumte und von dem man berichtete, dass die jahrelange Strahlung ihn so übel zurichtete, dass das Gesicht wie ein Luftballon aufschwoll und er erblindete. Oder die Geschichte vom Krautzer-Smaragd, einem der größten je dort gefundenen, der seinem Besitzer nur Unglück brachte.

Kurt Diemberger ging weiter in Berge auf Suche nach dem Riesenkristall. Vom Hocharn ins Pinzgau, zum Großvenediger, in die Rauris. Die Gipfel interessierten ihn überhaupt nicht, dafür aber die vielen geheimen Botschaften der Felsbänder und Steine. Er stieg immer höher, bis in die Nähe der Gletscher, weil dort die Kristalle am schönsten und unversehrtesten waren. Doch eines Abends, nach stundenlangem Marsch sah er die Zacken eines Berges, geformt wie ein Kristall. Er stieg höher und höher bis es nicht mehr weiter ging. Er hatte den Gipfel erreicht.

Da erkannte er: Kristalle würde es immerfort geben, auch noch in Jahrhunderten, aber unbezwungene Gipfel und jungfräuliche Grate immer weniger. Setzte einmal ein Mensch dort seinen Fuß, hatte man diesem Berg den Reiz des Abenteuers und des Unbekannten genommen. Zwiespälte taten sich in ihm auf.

"Hast Du ihn gefunden – den Kristall?“

„Nein. Ich habe zu wenig an den großen Kristall geglaubt, sonst hätte ich ihn sicher gefunden – denn dann wäre ich einfach so lange gegangen, bis ich ihm begegnet wäre.“ So schrieb Kurt Diemberger in sein Tagebuch und weiter:

„Weißt du – wenn du an etwas glaubst, kannst du das Größte und das Verrückteste möglich machen – du kannst hinauf auf 8.000 Meter steigen, allein mit einem Boot den Atlantik überqueren.“

„Es wird dir letzten Endes alles gelingen – das und noch vieles. Nur die Menschen – sie kannst du nicht zwingen. Sie müssen dich verstehen.

Ihr Herz und ihre Seele sind kein Berg, kein Ozean. Wartende Inseln.“

Kurt Diemberger wurde zum Bergsteiger. Erstdurchsteigungen in den Alpen folgten, er wurde bekannt. Hermann Buhl, der legendäre Erstbesteiger des Nanga Parbat wollte ihn im Jahr 1957 bei seinem nächsten Achttausender, dem Broad Peak, mit dabei haben. Sie erstürmten den Gipfel. Tage danach wollten sie beide die Chogolisa erstbesteigen. Ein Sturm zog auf. Hermann Buhl verschwand spurlos im Nebel. Von einer Wächte in den Tod gerissen.

1960 stand Kurt Diemberger als erster Mensch auf dem 8.167 Meter hohen Dhaulagiri. Triumphe folgten und Tragödien.

Am 8. Mai 1970 kam in Salzburg ein Sohn zur Welt. Georg mit Namen. Seine Mutter, eine passionierte Kletterpartnerin, überlebte die Geburt nur um wenige Jahre. Der Junge wurde zur Adoption frei gegeben. Kurt Diemberger hastete wie ein Nomade in der Welt herum. Leere Jahre folgten. Er verlor den Sohn aus den Augen, vergaß ihn.

Sein Sohn wuchs anderswo wohlbehütet heran. Doch eines Tages erfasste ihn mit unerklärlicher Macht eine seltsame Leidenschaft. Die Welt der Kristalle und Steine. Dem widmete er jede freie Minute und jede noch so verrückte Jahreszeit. Sogar im

Winter zog er ins Zillertal, um bei Minus zwanzig Grad die Welt der Kristalle zu ergründen. Er begann Mineralogie zu studieren. In der Einsiedelei hoch oben auf den Bergen lernte er mehr von den Steinen, als bei mancher Vorlesung. Die Härte des Lebens und der Kristalle. Die zufälligen Bedingungen der Bildung und doch wieder die ehernen Gesetze der Natur. Der Lockruf der wilden Unabwägbarkeiten. Eines Wintertages stieg die Polizei in fünfstündigem Marsch hinauf und stürmte das Lager des Asketen. Er wurde auf frischer Tat bei dem ertappt, was eine innere Leidenschaft ihn zum Lebensstudium trieb: Amethyste, Rauchquarze, Bergkristalle. Man verhaftete ihn und führte ihn entwürdigend ab. Verurteilte ihn für ein Verbrechen, das erst die Gesellschaft zum Verbrechen stempelte: Das Kennenlernen der Natur. Das tiefere Verständnis dessen, was die Welt in ihrem Innern zusammenhält.

Eines Tages traf Kurt Diemberger einen jungen Burschen. Er erkannte zu seinem Schrecken, dass er seinem Jugendbilde wie ein Ei dem anderen glich. Sie kamen ins unwissende Gespräch. Sie erzählten sich von den Steinen. Aufgrund eines merkwürdigen Zufalles hatten sich die Gene beider bizarr aneinandergekettet. Es waren Vater und Sohn.

Das Gesetz des Missklanges

Aug um Aug

Das Recht des Unrechtes

In vielen Dingen war Sexten, das von der Natur so beglückte Dorf am Fuße der Drei Zinnen, nicht anders als viele andere Dörfer der Alpen. Viele der Helden von einst, der kühnen Erstbesteiger vieler Dolomitenwände, der verwegenen Jäger und Pioniere, hatten begonnen unnatürlich zu leben. Sie waren nicht mehr dieselben. Sie bauten nun Hotels, welche jedes Jahr größer wurden. Ihre Körper hatten sich verändert. Sie waren fett geworden, Muskeln und Haut schlaff und ihre Ausdrucksweise untertänig und gebückt. Das waren keine stolzen Menschen mehr, das waren Sklaven.

Sie sprachen fortwährend nur mehr davon, wie viele sie noch dazubauen wollten. Eine Krankheit, welche sie Geldvermehrung nannten, hatte sie erfasst und verdorben. Sie waren freundlich, ja unterwürfig, nett zu den Gästen und erzählten ihnen von den einstigen Taten in freier Natur. Sie wiesen mit ihren Fingern auf die nackten Schneisen der Skipisten, wo man sah, welch riesiger Raubbau hier stattgefunden hatte und lobten sich noch, dass nun durch menschlichen Erfindungsgeist die Menschen bequem und ohne Muskelanstrengung in die Höhe gebracht werden konnten. Aber man sah, wie hier jeder für sich und seine Gier gearbeitet hatte und dabei war nichts anders als das sinnloseste Flickwerk herausgekommen.

Sie zeigten den Gästen die vergilbten Bilder von einst, wie sie mit gestählten Muskeln die Wände hinaufkletterten. Man sah ihre wettergegerbte Haut und die Frische der Natur in ihren Gesichtszügen. Wie sie die Felder mit den Sensen mähten und in den Wäldern die Bäume fällten. Es waren ehrliche Arbeiten, wobei sie genug zum Leben hatten. Auch wenn sie abends sich die wildesten Jagdgeschichten erzählten und dabei Wein und Schnäpse soffen, hielten ihre Körper dies alles mit Leichtigkeit aus. Ihr Leben in engen Büros hatte sie aber nun derart verweichlicht, dass Tabletten und Alkohol sie seelisch zugrunde richteten. Das Schlimmste war, dass sie den Glauben an die Freundschaft verloren hatten. Gemeinheit regierte ihr Denken, und sie erwarteten sich auch von den besten Freunden nur Niederträchtigkeit und Falschheit. So war es wohl nur noch eine Frage der Zeit, bis die letzten Reste unserer Kultur getilgt waren und sie zu Menschen wurden, die das Erbe ihrer Väter verleugneten.

Hoch oben in den Wäldern lebten auf den Bauernhöfen ihre Feinde. Ihr Reich bestand schon seit Anbeginn und hatte sich niemals geändert. Held war jener, der die verwegensten Taten in der Natur bestand. Sie wurden nicht alt, aber jeder Tag zählte mehr als jene, welche die Menschen in den Städten abhakten. Hier vegetierte niemand dahin, hier verschloss kein fensterloses Büro die Aussicht auf die weite Welt. Das Leben war nicht gerechter als anderswo, aber unheimlich vielfältiger. Das Leben war ein Spiel. Und jeden Tag musste man all seine Kräfte und selbst den Einsatz seines Lebens darauf setzen.

Hier lebte der Michl Summerer, der Sonnerer, der Stampfler und der verwegenste von allen, der Jörgl Holzer. Man kannte sie alle nur unter ihrem Hofnamen und nicht jenem, den sie im Taufschein führten. Es herrschte das Gesetz der Sippe und für diese blieb der Georg Innerkofler immer der Jörgl Holzer. Es war eine eingeschworene Gemeinschaft. Die Welt draußen hatte nie von diesen Namen gehört. Für die meisten Individuen zählte der matte schnell verschwindende Glanz eines Filmsternchens, oder der kurze Ruhm eines Sporthelden. Und doch: In den schweigenden Bergen der Alpen waren sie überall weit bekannt und man vergaß ihre Namen nie.

Sie lehnten all die neuen Errungenschaften, welche in die Täler kamen, ab. Sie bedurften keines Fernsehers. Brauchten sie doch nur einige Äste mit Leim zu bestreichen und warten bis manch ein törichter Stieglitz, Krummschnabel oder Zeisig ihnen auf den Leim ging. Dann holten sie das wild zappelnde Tier und trugen es in ihre Zirmstuben. Wie viel erzählten und zwitscherten doch diese Vögel an den langen Winterabenden. Die Menschen verstanden die Sprache der Vögel und diese genügte ihnen mehr als die Verlogenheit der Nachrichtenmenschen.

Sie holten sich ihre Gämsen, Rehe und Hirsche und keiner der vielen Büroschreibtischtäter durfte in ihre Gesetze und ihre Welt eindringen. Die Trophäe gehörte demjenigen, der das Tier erlegte, das Fleisch wurde redlich geteilt. Es fettete ihr Essen auf, half, dass niemand darben musste. Elf Auerhähne, Zweiundfünfzig Rehböcke und noch mehr Gämsen schoss allein der Jörg Holzer in einem Jahr. Die Kräfte dieser Tiere, ihre Energien, übertrugen sich lückenlos in die Menschen, welche allem ihre Wichtigkeit gaben und nichts, aber gar nichts vergeudeten. Kein Fett, kein Fleisch, keine Innereien, Knochen oder das Fell. Alles erfüllte seinen Zweck und war notwendig.

Elf mal in einem Jahr kam die Polizei zum Jörgl Holzer und stellte das Haus auf den Kopf, dreizehn Mal musste er vor dem Richter erscheinen. Die Sippe seiner Freunde hielt dicht. So hatten es diese Jäger seit uralten Zeiten gehalten. Sie hatten nicht diese Gesetze gemacht, es waren die anderen. Einem der ihrigen hetzten die Gesetzeswächter sogar ins Haus nach, wo die Frau gerade gebar. Er hatte ihr das tote Reh gerade noch unter die Daunendecke schleudern können. Sie begannen das Haus auf den

Kopf zu stellen. Das Blut des Rehs tropfte unterm Bett auf den Boden. Doch so sehr sie auch suchten, sie fanden die Beute nicht.

Frühmorgens starteten sie oft und oft los, in Richtung Karnischen Grenzkamm. Hatten sie die Kuppen des Helms, oder der Hollbrucker Schneide überwunden waren sie in Österreich, dem anderen Land. Hier hatten die Politiker nach dem Ersten Weltkrieg zufälligerweise die Staatsgrenzen gezogen ohne sie zu fragen. Wie so oft und überall auf der Welt. Österreich lag auf einer Seite, Italien auf der anderen, und beide wollten sich nicht vertragen. Man trennte Menschen gleicher Sprache und Kultur willkürlich, während Politiker und Parteien Gesetze erfanden, welche die eigenen Bürger anstachelten, zu glauben, dass auf der anderen Seite die Feinde wohnten. So wurden jene Menschen, welche sich immer gegenseitig schätzten und ehrten gezwungen böse untereinander zu werden. Denn die Gesetze deckten die Bosheit und machten jene zu Helden, welche den Menschen vom anderen Lande Unrechtes taten. So wurde jeder Mensch, der von drüben kam, ein Todfeind. Wie auch umgekehrt. Mochten sie gleicher Sprache sein und gleicher Kultur, ihre Väter noch dicke Freunde gewesen sein.

Jörg Holzer und alle anderen wussten von alledem, aber noch viel mehr. Nur: Auf der anderen Seite gab es ergiebige Jagdgründe. Es gab Gämsen, Rehe und andere Tiere im Überfluss. Fleisch womit man die eigene Not lindern und den Hunger vertreiben konnte.

Doch waren es nicht bloß menschliche Gesetze, welche ihnen verboten auch nur einen Fuß über die Grenze zu setzen? Denn solange die Natur mit keinen unüberwindlichen Bergen oder Gletschern aufwartete, blieb für sie alles trotzdem freies Land, geeint vom einzig gültigen Gesetz: Dem der Natur.

Die reichen Jagdgründe lockten sie alle. Am meisten den Holzer Jörgl. Oft genug hatte die Frau und die Kinder in bitterster Winterkälte ausharren müssen, ohne zu wissen, ob ihr Mann lebend heimkam. Einmal musste er sogar über einen Felsabhang blind auf einen Baum springen, und hoffen, dass dieser ihn so abfederte, dass er nicht zu Tode stürzte. Aber er war ihnen immer entkommen.

Eines Tages erwischte es den Sepp Rainer, den Hafner aus Vierschach. Wie ein Reh knallten sie ihn ab, bevor er hinter die schützende Grenze zurückflüchten konnte. Sie ließen ihn einfach liegen. Er kam nicht mehr heim zu seinen Liebsten. Sie ließen ihn Schreckliches ahnend suchen. Sie halfen alle mit, auch der Jörgl. Er wusste wo er lag, durfte es aber nicht sagen. Sonst hätten sie ihn ins Gefängnis gesteckt. Er durfte nur Spuren legen, welche immer näher führten. Zur einsam im Wald liegenden Leiche.

Dann kam der Jörgl Holzer dran. Eines Tages hatte er keine Möglichkeit mehr zu entwischen. Blind gedrillte Gesetzeshüter schossen auf ihn. Dem bösen Feind vom anderen Land. Eine Kugel traf ihn in den Rücken. Er konnte sich noch hinter die Grenze schleppen. Die Kugel behielt er ein Leben lang wie ein Mahnmal in seinem Körper.

Dies führte ihm vor Augen, dass er nur ein kleiner rechtloser Wurm war. Warum konnte er sich nicht anpassen? Das Gesetz einer grenzenlosen Freiheit gab es nicht. Und wer sich damit abfand, für den beinhaltete es auch das Sterben. Mochte ihn die Not auch noch so plagen.

In den Städten verstand man dies alles ohnehin nicht. Aber dort hatten die Menschen sich angewöhnt, viel feinfühliger zu töten. Auch dort half kein ewiges Gesetz oder unbefangene Richter. Dort regierten die großen Unternehmer und ihre unersättliche Gier. Auch die machten sich ihre eigenen Gesetze, welche nichts anderes beinhalteten als die anderen zu knechten. Dort schufteten sich die Massen zu Tode, dort gab es genauso keine Gefühle für diejenigen, welche hinweg starben. Mit gebrochener Seele, von der monotonen Arbeit und den unwürdigen Bedingungen gezeichnet.

Das Diktat des Streites und der Prügel

Wilderer Walder

In meiner Nähe gab es ein Tal wo sich die Bewohner niemals den Kopf zerbrachen wie sie all diese Berge und Landschaften nutzen konnten, damit sie scheinbaren Reichtum brächten, wie es die meisten anderen taten. Von einigen Naturfanatikern wurde dieses Villgraten noch als das letzte „Tal Gottes“ bezeichnet. Jede noch so kleine Veränderung des Dorfgefüges führte immer schon zu den angeregtesten und manchmal nicht vor Gewalt zurückschreckenden Diskussionen. Von einem Skigebiet distanzierte man sich genauso wie sie vor jeder Art modernen Tourismus sich verschlossen. So gehörte es zu den vergessensten Gebieten der Alpen.

Wenn ich mit den Skiern über die Berghänge und Jöcher hinunterfuhr tat sich hier unvermittelt eine Welt auf, welche nicht zu den anderen Gebieten passte. Da stand ich da und grübelte vor mich über Sinn und Wert dieses oder jenes Lebens. Die Steilheit des Geländes führte dazu, dass die Höfe jedermann von vorne riesig anstarrten, während sie hinten kaum mehr als einige wenige Meter hoch waren. Der Großteil des Hofes wurde für Heu und Vieh gebraucht, die Menschen selbst lebten in kleinen niederen Stuben.

War es Weisheit oder schlichte Dummheit, als die Villgrater als einziges Tal Österreichs sich im Jahr 1938 mit eindeutiger Mehrheit dagegen aussprachen Hitlers ewigem Reich anzuschließen. Sie sollten Recht behalten. Wegen ihnen mündete die allgemeine gedankenlose Jubelstimmung sicher nicht in jener unheilvollen Katastrophe. Genauso lehnten sich Jahrzehnte später zur Überraschung aller den Beitritt zur Europäischen Union ab.

Sie glaubten an Gott wie wohl die wenigsten anderen Gemeinden in den Alpen, aber es musste ihr Gott sein. Jener archaische der Urzeit, wo jede Geschichtsforschung im Nichts endet. Zwar hatte die Kirche wie anderswo im Laufe der Jahrhunderte ihre Bastionen gleich hingesetzt, aber die Villgrater hatten es immer verstanden die Pfarrer in ihrem Sinne zu Mittler jenes Gottes zu machen, an den sie glaubten. Der Gott der Natur und der Erde. So wurde im 18. Jahrhundert der Kurat Jakob Miller deswegen von der Bevölkerung hoch verehrt, weil er mit Hilfe Gottes und der Geister das Wetter zu machen imstande war, und gleich liebte man einige Zeit später Hochwürden Georg Streicher weil er bei Unwettern mit einem Schwert derart herumfuchtelte, dass die Leute sicher sein konnten, dass die Blitze vertrieben wurden.

Staatliche Gesetze erreichten dieses enge Tal fast nie und wenn doch, dann wurden sie in ihren Augen so umgeändert und abgewandelt, wie sie ihrem Denken am besten entsprachen. Denn je weniger man ihnen hineinschuf, desto besser fühlten sie sich. Die meisten Gesetze konnten in ihren Augen nur ungerecht sein und die Türen für jene öffnen, welche bloß darauf aus waren, sie zu benachteiligen oder mit der geballten Macht des Geldes und der Gesetze sie auszunützen.

Hier galt noch mehr als anderswo die Ordnung der Natur. Alles kam von ihr, alles musste ihr wieder zurückgegeben werden. Dazwischen herrschte ein Kampf ums Überleben zwischen den Tieren, den Menschen und den Naturgewalten.

Es schien sogar, als gingen die Gesichter der vielen Berge lückenlos in jene der Menschen über. Wären die Villgrater nicht so stur und roh, die Natur hätte längst schon jeden Gedanken an dieses Tal und seiner Einwohner ausgelöscht. Ob mit Hochwasser, ob mit Lawinen oder Feuersbrünsten, die wilden unberechenbaren Urkräfte versuchten mit Gewalt, den um diese

Wüsten aus Stein kämpfenden Menschen wieder wegzunehmen, was sie ihnen gestohlen hatten.

In jenen Jahren trugen sich in diesem Tal Dinge zu, welche die meisten Menschen gedankenlos zu Kopfschütteln und Entsetzen hinrissen, ohne dass sich einer je die Mühe machte tiefer hineinzufühlen, ob nicht vor den eigenen Türen größerer Schmutz sich auftürmte als in diesem Tal. Wie viele essen von uns jeden Tag Schnitzel und Hamburger, Putenfleisch und Würste, ohne nachzudenken unter welch unwürdigen Bedingungen diese Tiere ihr Leben fristeten. Sie leben eingepfercht in enge Käfige, werden mit Chemikalien aufgepäppelt, und harren bar jeden Lebensvergnügens bis sie eines Tages mitsamt anderer tausender abgestochen werden. Trösten mag manch einen, dass es den damit beteiligten Menschen nicht viel anders geht. Ihre engen Wohnungen sind wie die Käfige dieser Tiere, ihr Essen nicht viel besser und der eintönige Trott mit den tagtäglich immer wiederkehrenden Tätigkeiten unterscheidet sie in nichts von den Tieren.

Gleich wie wir dies alles als richtig hinnehmen, fand am 6. Februar 1975 der Bauer Johann Schett aus Innervillgraten nichts dabei als er jenem Steinadler Rache schwor, der ihm vor seinen Augen ein Reh wegschnappte. Zwar gelang es ihm noch rechtzeitig, diesem frechen Vogel das geschlagene Reh abzujagen und darauf war er mehr als stolz. Doch in einer Natur wo jeder für sich um sein eigenes Überleben kämpfte, musste der Adler dafür büssen. Johann Schett holte sich ein Fangeisen, legte das tote Reh als Köder hinein und wartete. Schon am nächsten Tag konnte er zu seiner Genugtuung feststellen, dass der stolze König der Lüfte in der Falle zappelte. Da er ein abschreckendes Beispiel für alle anderen Adler dieser Gegend statuieren wollte, sollte dieser dafür büssen. Er nahm ihn zu sich, trieb dem sich unter Schmerzen windenden Adler einen Nagel durch den Kopf, wie die Menschen den Sohn Gottes gekreuzigt hatten und stellte ihn an einer Holzwand zur Schau.

Die Seele von Johann Schett zu verstehen, fällt für viele Stadtmenschen genauso schwer, wie es vielleicht ihm beim Anblick der unter Schmerzen sich windenden Hennen in einer Legebatterie ergangen wäre. Er fand auf jeden Fall nichts Unrechtes dabei, hatte dieser Drecksvogel es doch gewagt einem Rehkitz das Leben auszulöschen, das er hegte und pflegte. Auch die anderen Jäger bekümmerte dies nur wenig. Hier herrschte das Recht der Wildnis und das war grausam. Empört zeigte sich jedoch Bezirkshauptmannschaft als diese durch einen banalen Zufall Kunde davon erhielt. Und da Gesetze von Menschen gemacht werden und diese zwischen Recht und Unrecht von ihrem Standpunkt und ihrem Empfinden aus entscheiden, wurde Johann Schett für diesen Vorfall verurteilt. Besonders litt er darunter, dass man ihm nun für lange drei Jahre die Ausübung der Jagd verweigerte. Etwas das nicht nur in seinen Augen, sondern selbst den anderen Jägern des Villgratentales ungerecht erschien. Und als ein Jahr vorüber war, richtete er ungelenkig und unbeholfen wie es sich für einen einfachen Menschen ziemt ein Gnadengesuch an die Tiroler Landesregierung:

„Da ich nach wie vor mit Leib und Seele Jäger bin, sind diese 3 Jahre eine fruchtbare Strafe für mich."

Der Jagdkameradschaftsverein Innervillgraten schlug, Mitleid erweckend, in dieselbe Kerbe und flehte gleichfalls die höchsten Ämter des Landes um Gnade für Jäger Schett an.

„Er, der sein Rehwild hegte und pflegte wie kaum ein anderer, im Winter auf seine eigene Rechnung eine Menge zusätzliches Futter dafür kaufte, musste zusehen wie ein Adler eine gesunde, hegewürdige Rehgeiß schlug."

Sie lobten seine Kenntnisse des Waldes, der Tiere und der Natur. Denn er war einer von ihnen und hier im Tal galten andere Gesetze als außerhalb.

"Er ist ein guter Kamerad, der keinen Neid kennt und er verfügt über ein überdurchschnittliches Wissen in Wild- und

Jagdkunde und ist Spezialist im Ansprechen von Reh- und Gamswild. Kurz gesagt, er war einer unserer besten Jäger."

Johann Schett hatte Zeit gehabt zu lernen. Von den Gesetzen der Städte, welche anders waren, als in den Tälern, von ihrem Gefühl für Recht und Unrecht, das er zwar nicht verstand, nun aber einzuhalten gelobte.

„Ich verspreche, ein derartiges Vergehen nie wieder zu begehen, sondern mich im Gegenteil für die Belange des Naturschutzes besonders einzusetzen."

Das zuständige Amt allerdings lehnte das Gnadengesuch ab. Die Jahre vergingen. Die Zeiten änderten sich, weil auch das kleine Villgratental zu dieser Welt gehört und von außen her den Bewohnern die Gesetze der anderen Welt aufgezwungen wurden. In früheren Zeiten hatten die Bauern das Wild geschossen, weil sie damit ihr Recht auf Leben verteidigten. Nun brauchten sie einen Jagdschein. Und über die Lande durften nur mehr die Reichen aus den Städten schießen, welche mit viel Geld und harten Verträgen sich das Recht zusprechen ließen, dass nur mehr sie jagen durften. Und die anderen, die einfache Bauern und armen Leute waren die Bösen und Wilderer. Welche gegen die Gesetze der Städte verstießen und damit bestraft werden mussten.

Johan Schett wollte zu einem braven Untertanen seines Landes Österreich werden. Die Gesetze befolgen, wie sie von den Studierten gemacht wurden, welche weise sein mussten, obwohl er überzeugt war, dass sie noch nie in seinem Tal gewesen waren und die Welt dort kennen gelernt hatten.

Es kam der 8. September 1982. Johann Schett trank im Gasthaus „Bad Kalkstein" noch ein Bier, als man ihn dort am Telefon verlangte. Johann Bergmann aus Innervillgraten teilte ihm mit, dass er soeben sechs Schüsse in der „Höllleitn " gehört habe, dies käme ihm eigenartig vor, es könnte sich nur um einen Wilderer handeln. Johann Schett zog sich um, nahm eine alten Militärkarabiner der Deutschen Wehrmacht Modell K 98 aus dem

Schrank, steckte sich sechs oder sieben Schuss dazugehörige Munition, gleichfalls aus dem Zweiten Weltkrieg stammend, ein und überquerte die Felder um eine weitere halbe Stunde gedeckt durch einen Graben bergaufwärts zu steigen.

So blieben Pius Walder nur noch wenige Minuten um zu leben. Knapp dreißig Jahre war er alt. Ein Baum von einem Mann, mit einem richtigen Bauerngesicht, das aus seinen fülligen Haaren wie ein ausgebrochener Vulkan hervorbrandete.

Um diese Walderischen rankten sich ein Meer von Legenden, die weitererzählt, aufgebauscht und Neidgefühle auf der einen, Hass auf der anderen Seite erweckten. Sie hätten Stiere mit den Hörnern niedergedrückt, Autos federleicht in die Höhe gestemmt, der Pius und der Hermann, sein Bruder. Bartheken hätten sie zersägt, wenn sie nicht schnell bedient wurden, einen Gendarmen hätten sie sogar einmal an den Armen empor gestemmt und auf einen Kleiderhaken aufgehängt. Und natürlich hätten sie gewildert, toll und selbstsicher, und ohne Schuldgefühle.

Nannte man nicht Wilderer jene Armseligen, welche Liebe zu Tier und Jagd in sich trugen, doch im Gegensatz zu den reichen Auswärtigen, aus Not nicht das Geld aufbrachten, um das gleiche guten Gewissens tun zu dürfen?

Die Lebensuhr von Pius Walder tanzte dem Ende entgegen. Johann Schett nahm sein Gewehr von der Schulter und keilte es schussbereit in den Arm. Am 8. September 1982, gegen 20.00 Uhr fiel ein erster Schuss. Pius Walder hielt nicht inne. Er hechelte in Richtung schützenden Wald. Noch ein Schuss knallte vor seine Füße. Eine der alten Patronen versagte im Gewehr. Eine letzte blieb Johann Schett noch übrig. „107,8 Meter Entfernung" würden die Gerichtsgutachter am Ende feststellen.

Das Entkommen war Pius Walder schon fast sicher, der geschlossene Wald greifbar nahe. Johann Schett richtete das Gewehr noch einmal. Die Sicht war nicht überragend gut, die Dämmerung brach mit Gewalt durch. Johann Schett zielte.

„Unmittelbar nach Abgabe dieses Schusses sah der Beschuldigte, wie sich der Mann aufbäumte, zu Boden fiel und einige Meter den Hang hinunterkollerte." So fasste es die Staatsanwaltschaft Innsbruck in seiner Anklageschrift zusammen.

Am Tag danach starb Pius Walder für alle. Für die Walders, eine große Familie, damit nur noch zehn Kinder stark, mitsamt ihren Frauen und den nächsten Kindern. Gottfried war nur drei Monate alt geworden, Pius nicht einmal dreißig, aber immerhin gab es noch Josef, Franz, Anna, Maria, Zilli, Hedwig, Paula, Hermann, Judith, und Emil. Namen dieser Gegend, wie sie seit Jahrhunderten hier gegeben wurden. Keine Natascha war darunter und keine Chantal. Dorfsein verpflichtet. Pius Walder starb und sein Tod machte das Dorf betroffen. Der blutverkrustete Schnurrbart, der halboffene Mund, das verschorfte Gesicht spiegelten drohend die Brutalität dieser Täler wieder. Unabsehbar war, was nun kommen würde.

Am nächsten Tag verkrochen sich die Villgrater in ihren Häusern, tuschelten, schlossen eigenartige Pakte und Bindungen. Pius Walder war tot, jetzt würde das innere Sterben von einem Haus zum anderen kriechen. Grauenvoll wurde dies nun jedem bewusst. Dem Pfarrer, dem Bürgermeister, den Frauen und Männern des Dorfes, selbst Gott. Entsetzen über das Vorgefallene breitete sich wie eine langsam wuchernde Geschwulst aus. Viele in Villgraten begannen sich um ihr Leben zu fürchten.

An einem dumpfen Septembertag, den 12. wurde Pius Walder zu Grabe getragen.

„Pius, das werden sie büßen!" schworen Hermann und Emil Walder und hoben die Faust in die Höhe. Niemand erinnerte sich je solch eine Totenfeier gesehen zu haben, doch dies konnte nicht als repräsentativ gelten, denn die wenigsten Villgrater waren jemals über ihr Tal hinausgekommen.

Viel der von außen Gekommenen erstarrten an den Merkwürdigkeiten dieses Begräbnisses. Pfarrer Ortner tat alles, um den Leichnam so schnell in der Erde zu versenken.

Merkwürdige Dinge spielten sich ab nun in Kalkstein ab. Dinge die Hass säten und in den Augen der Fremden vieles von der Sturheit und Starrheit dieser Talbewohner bestätigten. Wobei sich ein Spalt der Zwietracht durch das Dorf zu ziehen begann, der jeden immer weiter vom andern auseinanderdriften ließ.

Sehr bald schon entdeckten Reiseführer von auswärts die Kraft, welches in den absonderlichen Eigenheiten dieses Tales lag.

„Weiter geht die Fahrt in den Weiler Kalkstein (1.639 m Seehöhe). Die Wallfahrtskirche Maria Schnee sowie das Wilderergrab von Pius Walder sollten besucht werden," warben die Prospekte, wobei die allmählich immer zahlreicher hereinbrechenden Neugierigen Bedacht nahmen, den Besuch als nur von kurzer Dauer aufzufassen. Um dann so schnell wie möglich - beruhigt einer drohenden Gefahr entkommen zu sein - wieder nach außen zu drängen, und in einem der anderen Dolomitentäler ihren Urlaub zu genießen. Das Tal selbst als Ziel eines längeren Urlaubsaufenthaltes zu küren vermieden die meisten, sodass auch die Nächtigungen gleich nieder wie früher blieben.

Drei Monate nachdem Johann Schett Pius Walder getötet hatte, am 22. Dezember 1982, erhob die Staatsanwaltschaft Innsbruck Anklage gegen den in ihren Augen bislang unbescholtenen Beschuldigten, den sie allgemein als fleißigen und sparsamen Menschen charakterisierten, um später eingehender auf seine Psyche einzugehen.

„Die Interessensvielfalt des Beschuldigten ist gering und wird vorwiegend von Beruf und Alltag bestimmt. Durch eine neurotische Gehemmtheit ist das Vermögen zum Überblick und zu einer Gesamtschau etwas beeinträchtigt. Insgesamt kann der Eindruck gewonnen werden, daß die Beschäftigung mit der Jagd im Denken des Beschuldigten einen beherrschenden Raum einnimmt. Auch ein ausgeprägter Hang zum Einzelgängertum ist bei Johann Schett erkennbar."

So saß Johann Schett, der Todesschütze, im Gefängnis – zu seinem Glück – und wartete auf Ende des Prozesses. Er hatte doch nur die Gesetze der Stadt so ausgelegt wie er sie als einfacher Bewohner eines abgelegenen Tales verstanden hatte. Hatte er ihn getötet oder waren alle daran einen Teil der Schuld zu übernehmen?

Das Urteil kam am 24. Februar des darauf folgenden Jahres. Das Gericht einigte sich auf niedere drei Jahre Freiheitsstrafe. Als mildernd wertete das Gericht die „Unbescholtenheit und das tadelsfreie Vorleben, sowie das zur Wahrheitsfindung beitragende reumütige Geständnis."

Alsbald kam es dazu, dass im Tale Villgraten jeder jeden hasste. Weiber beschimpften Weiber, Männer traten gegen Männer auf, und zudem vermischten sich die Geschlechter in gegenseitigen Beschuldigungen. So wurde Pius Walder zwar getötet, starb aber nie ganz. Die Gämsenräude zog über das Tal, dazu kam noch die Gämsenblindheit hinzu. Gar manches arme Tier verirrte sich ins Dorf. In den Augen der Walders war es die göttliche Strafe auf die angehäuften Sünden der anderen.

Ein würdiges Grabmal sollte für Pius errichtet werden, darin waren sich die Walders einig. Eines, das über die Jahrzehnte hinaus noch Bewunderung aus den Menschen locken sollte.

„Hier ruht Pius Walder, geb. 4.4.1952. Ich wurde am 8.September 1982 in Kalkstein von zwei Jägern aus der Nachbarschaft kaltblütig und gezielt beschossen und vom 8. Schuss tödlich in den Hinterkopf getroffen."

So stand es alsbald auf dem aus einem schneeweißen Marmor gefertigten Stein. Eines Tages fand sich sogar eine frisch gewilderte Gämse wie zum Opfer am Grabe wieder.

In den Folgejahren gingen bei den Villgrater Bewohnern eigene Veränderungen vor sich. Sie wurden noch sturer, abgekapselter und verbargen noch weniger die Feindseligkeit und das Misstrauen gegenüber den anderen, auch gegenüber jenen, die von auswärts hierher pilgerten. Pfarrer Alban Ortner suchte, mürbe geworden durch die vielen Hiebe und Schläge, vom noch zu Kommenden verängstigt, um seine Versetzung an. Es war ja nicht das erste Mal, dass die Geistlichkeit um Versetzung ansuchte. Es war aber auch nicht das erste Mal, dass die Villgrater forderten, man möge nicht immer gerade die schlechtesten Priester in ihr Tal schicken. Hatte doch schon Weihbischof Johannes Nas im 16. Jahrhundert dem „guten, aber heftigen und ein wenig einfältigen Volk" von Villgraten versprochen, sie möchten noch ein wenig gedulden, man würde umgehend besseres Gottes-Stellvertreter-Material schicken.

Was ging es in der folgenden Zeit weiter? Die Jahre gingen dahin, das Verzeihen nicht. Zwar unternahm der neue Pfarrer Josef Mair einen Versuch Gottesfrieden im Tal zu schaffen. Aber er schlug fehl.

„Sehr geehrter Herr Bischof Kothgasser! Ich Hermann Walder, Bruder des von einigen Jägern von hinten erschossenen Pius Walder, möchte mich hiermit in diesem Brief auf Äußerste über den von Ihnen im Innervillgraten eingesetzten Pfarrer Josef Mair beschweren." Und er fügt weiter hinzu: „Somit bitte ich Sie, Herrn Josef Mair aus dem Tale zu entfernen, da ich mir meines Verhaltens ihm gegenüber nicht mehr sicher bin, sollten wir uns plötzlich begegnen. Nach all dem, was schon mit dem Vorgänger, Pfarrer Alban Ortner, passiert ist, der den Partezettel von Pius Walder von der Kirchentür heruntergerissen hat, und dafür eine Ohrfeige erntete, weiß ich nicht genau, ob so eine Auseinandersetzung in Zukunft nicht noch einmal geschehen könnte."

Der Bischof antwortete nicht, übergab das Schreiben aber umgehend der Staatsanwaltschaft. Hermann Walder fühlte sich in seiner Ehre noch weiter verletzt, und wandte sich an die letzte und in seinen Augen gerechteste Instanz „seine Exzellenz, den Heiligen Vater, Papst Johannes Paul II. Oberhaupt der katholischen Kirche!“

„Mein Name ist Hermann Walder, ich komme aus dem Villgratental in Osttirol (Österreich), und ich möchte mich hiermit in diesem Brief über einen ihrer untergebenen Glaubensdiener – Herrn Bischof Alois Kothgasser (Diözese Salzburg) – mit Nachdruck beschweren.“ Und er legte sogar den an den Bischof gesandten Brief bei um den Heiligen Vater „von seiner Harmlosigkeit“ zu überzeugen. Und er endet mit Worten christlichen Zueinandergehens.

„In der Kirche wird vom Vergessen und Verzeihen gepredigt, und der Pfarrer sagt bei jeder Messe: „Reicht euch die Hände zum Frieden“. Weder Pfarrer Mair noch Bischof Kothgasser haben versucht, mit mir zureden oder mir die Hand zu reichen. Der vorherige Pfarrer Albin Ortner, der eine Ohrfeige von mir erhielt, hat mir auch nicht verziehen, im Gegenteil, ich musste damals sogar eine Strafe von ca. ÖS 20.000- bezahlen. Hochachtungsvoll Hermann Walder.“

Wer heute ins Tal fährt, verkennt die wahren Hintergründe. Das Grab wurde zu einer Touristenattraktion, wo jeder sich auf die Seite des Pius Walder oder des Johann Schett stellt. Beide waren sie Opfer einer Welt, die nicht von ihnen gemacht und ihnen nur aufgezwungen wurde. Einer Welt, die aber nur von den Menschen der Wildnis verstanden werden konnte.

Das verstoßene weiße Reh

Das Leid des Andersartigen

Der Grödner Karl Demetz kannte jede Blume und jede Pflanze seiner Gegend. Nicht nur das: Er wusste genau, wo jede einzelne zu finden war. Dass das Fassaner Steinbrech nur auf den vulkanischen Felsen des Padon-Gebirges wuchs, Facchinis Steinbrech aber auf den höchsten Dolomitgipfeln. Wo er die seltene Dolomiten-Hauswurz suchen musste oder wo Morettis Glockenblume zwischen den Felsen verkeilt hervorlugte.

Wenn ich mit ihm ging, konnte er sich irgendwo plötzlich niedersetzen und manch eine Orchidee stundenlang betrachten. Dabei teilte er mir jede ihrer Regungen und jeden noch so kleinen Unterschied gegenüber den anderen mit. Er hieß mich manch einen Gletscher-Mannsschild zu streicheln, so als lobte man ihn, wie er die Eiseskälte und die frühen Stürme auf den Dreitausendern ertrug. Karl Demetz war ein Mann dieser Berge. Er sprach nicht viel, beobachtete aber umso mehr sämtliche Regungen der Blumen. Er achtete sie wegen ihrer Tapferkeit und bewunderte sie, welch Freiheiten sie inmitten der Berge genossen. Er achtete diese Mutter Natur und betrachtete all diese Blumen als Frauen. Wenn sie aufblühten als begehrenswerte Jungfrauen, wenn sie in voller praller Blüte standen als schöne Mädchen, wenn sie verblühten als Mütter, welchen man danken musste, dass sie den Nachwuchs für die nächsten Jahre gezeugt hatten.

„Je mehr wir betrachten und beobachten, desto mehr wächst unsere Bewunderung und Begeisterung", konnte er mir dann immer wieder mitteilen. Er wusste die Namen einer jeden Blume auf lateinisch, deutsch, italienisch und natürlich in seiner ladinischen Muttersprache. Und wenn er unten in St. Ulrich durch die Straßen ging, mit seinem schneeweißen Bart, dann versuchte er den eilenden Touristen und noch mehr den hetzenden einheimischen Hoteliers wortlos darzutun, dass sie die Geschenke der Natur öfters suchen und darin Erleichterung, Friede und Freude finden sollten.

Als wir eines Tages in Richtung Lagustel gingen, wo er mir wieder einmal die verborgene Pracht der blühenden Alpenwiesen zeigen wollte, setzte er sich plötzlich nieder und berichtete von einem Ereignis, das ihm sicherlich bis an sein Lebensende nie mehr entschwinden sollte. Denn gerade hier begegnete er im Jahr 1970 eines Tages einem schneeweißen dreijährigen Rehbock. Er schaffte es nicht mehr seinen Fotoapparat aus dem Rucksack zu nehmen, denn zu schnell verschwand das seltene Tier im Dickicht des Gebüschs. Tag um Tag machte Karl Demetz nun den mehrstündigen Marsch. Das weiße Reh ließ ihn nicht mehr los. Er kam nachts und wartete auf den Morgen. Doch wenn er es erspähte, war es entweder zu dunkel oder das verängstigte weiße Reh verschwand noch schneller, als er es zu fotografieren imstande war.

Karl Demetz erzählte als hätte er eine störrische Schönheit kennengelernt, welche allein gelassen werden wollte. In mehr als zwei Dutzend Malen die er von St. Jakob gegen Lagustel ging, lernte er die Botschaften dieses Rehs und seine Traurigkeit kennen. Er sah wie es sich ängstlich an seine Mutter klammerte und erkannte, dass sie die einzige war, die es liebte. Alle anderen Rehe mieden es, wie auch wir Menschen manch einen Missgestalteten wie einen Aussätzigen behandeln. Es wusste, dass es ohne den Schutz der anderen nicht lange überleben konnte. Die Sprache der Tiere ist die Körpersprache. Und genau wie bei uns Menschen führt das Ausgestoßensein zu Traurigkeit und Einsamkeit. Das bedeutete sein Todesurteil. Wie bei uns Menschen gibt die Familie Kraft und Stärke.

Karl Demetz sah wie andere Böcke ihm die Hörner in die Flanken stießen, und es schmerzhaft aufbrüllte. Wie sie es überall verjagten und er traurig weinte. Wie jede Blume hat noch mehr jedes Tier Gefühle. Karl Demetz wusste um die Leiden und Schmerzen dieses Verstoßenen, dem das Glück dieser Erde nicht hold war und dem sicher kein langes Leben beschieden war.

Fünfundzwanzig Mal in Folge pilgerte Karl Demetz hinauf zum weißen Reh und niemals schaffte er es ein Abbild zu erhalten, mit dem er auch den anderen im Tal beweisen konnte wie vielfältig und eigenartig die Natur sein konnte. Dann kam der 5. Juni 1970. Wieder stieg Karl Demetz in der Nacht hinauf. Es wurde vier Uhr morgens und ganz zaghaft hob sich das erste Morgenlicht. Da wagte sich plötzlich das weiße Reh in eine Lichtung und schaute mit einem unsagbar traurigen Blick in Richtung Karl Demetz. In dem Augenblick drückte er mit seinem alten Fotoapparat ab. Es war ein einziger Augenblick, in dem sich die grenzenlose Traurigkeit all der Ausgestoßenen, Andersartigen, Abweichenden dieser Welt im seelenwunden Herzen dieses Rehs vereinten, um als Bild verewigt zu werden.

Der erfahrene Jäger und der König der Gämsen

Franco Miotto und sein letzter Schuss

Franco Miotto war ein Mann der Berge. Zeit seines Lebens hatte er oft genug die Gelegenheit erhalten, die Landschaften aus Stein in all ihren Nuancen kennen zu lernen. Zuerst im Vinschgau wo er geboren wurde, dann im Pustertal, Cortina d´Ampezzo, am Ende in der Gegend um Belluno. Er hätte genauso gut ein weltbekannter Skifahrer werden können. Mit den Olympioniken seiner Zeit, wie dem großen Eugenio Monti, fuhr er um die Wette. Doch das Schicksal hatte es anders vorbestimmt und so verfiel er der Jagdleidenschaft. Er huldigte dieser, wie er alles tat, was von ihm Besitz ergriff. Mit solch unendlicher Begeisterung, dass nichts anderes mehr in seinem Leben Platz fand.

Menschen wie ihm konnte, ich immer stundenlang zuhören, wenn sie erzählten, manchmal schwerfällig nach Worten rangen, doch immer danach trachteten, von der Mehrheit der Bevölkerung unbeachtete Bindeglieder zwischen Natur und Menschen herzustellen. Aus Franco Miotto sprach die Erfahrung eines Berggehers, dem man ansah, dass er lange Zeit in den

Bergen verbracht und die feinsten Regungen der Pflanzen, Tiere und Steine in sich aufgenommen hatte. In all das versuchte er, je älter er wurde und je weißer seine Haare sich färbten, die anderen einzuweihen. Mit unendlicher Liebe hatte er sein Haus gestaltet, wie einer, dem Leben und Wohnen eine unzertrennbare Einheit geworden waren. Die Stube fertigte er aus den Brettern jener Zirben, welche kein einziges üppiges Jahr kannten und die alle paar Zentimeter unzählige Astlöcher als Narben des Kampfes mit den Unbilden der Natur trugen. Das macht auch die Stuben, welche mit diesen Hölzern verkleidet werden, so viel erzählend. Zudem versah Franco Miotto vielerlei seiner Möbel mit wertvollen Intarsien aus verschieden gefärbten Hölzern.

Die Belluneser Dolomiten gehören zu den unbekannten Schönheiten, weil sie gegenüber den weiter nördlich liegenden abweisend sind und sich vor dem Kennenlernen zieren wie eine störrische Jungfrau. Sie steigen von der Tiefe der Täler nicht sanft sondern bösartig unvermittelt in die Höhe, um gewaltige Obelisken zu bilden, welche wenige Meter danach sich wie Zähne wieder niederstürzen, ohne jemals einen markanten Berggipfel zu bilden. Die höchsten Gipfel wie die Civetta oder der Pelmo sind ebenso abstoßend wie die anderen niedrigeren, als wollten sie den Menschen jeglichen Zugang verwehren.

Dieses Reich gehörte niemals den Menschen, sondern wurde von den Gämsen beherrscht. Selbst zwischen den am steilsten abfallenden Felsen hatten sie Schwindel erregende Wege ausgekundschaftet, dass man ins Staunen geriet, wie sie es schafften, scheinbar so leicht hin- und herzubalancieren ohne jemals einen einzigen Fehltritt zu tun. Die wenigsten Jäger wagten sich in diese eigenartigen Herrschaftsgebiete vor, denn das hieß nichts Anderes als gleich zu klettern wie diese mit einem Naturinstinkt ausgestatteten scheuen Tiere. Die vielen Jäger mochten noch so den Vögeln nachstellen, Füchse und prachtvolle Rehe erlegen, die Gämsen waren die Könige dieser Berge und jeder Waidmann, dem es gelang eines dieser prächtigen Tiere zur Strecke zu bringen, war sich des Neides der anderen gewiss.

Im Leben von Franco Miotto fand alsbald nichts anderes mehr Platz als die Jagd nach den Gämsen. Er vernachlässigte die Frau, seine drei Töchter. Er hetzte jede freie Minute in die Unzugänglichkeit der Monti del Sole, der urzeitlichen Gebirgswelt der Pale oder der Schiara mit den abweisenden Felswänden wie dem Burèl. Von seinem Vater Innocente hatte er den Umgang mit dem Gewehr gelernt, und er übertraf ihn bald schon durch seinen niemals offen zur Schau getragenen Ehrgeiz. Alsbald bildeten er und seine Mauser eine untrennbare Einheit, welche nie und nimmer versagte. Jeder Schuss traf. Tag um Tag zog er in den Felsen umher, studierte das Leben der Gämsen, ihre geheimen Übergänge, ihre verborgenen Rückzugsorte, bis er jede einzelne Regung und jede noch so versteckte Empfindung zu deuten imstande war.

Franco Miotto, mit dem Alter immer erfahrener werdend, fieberte mit jedem Jahr, welches vorüberging, nicht mehr allen Gämsen nach, sondern jener einzigen, welche dem Sinnbild einer vollkommenen Erhabenheit und Edelsinn am nächsten kam. Es gab keine Gesetze, welche ihn beirren konnten, keine Verfolgungsjagden, welche ihn von seinen Gedanken abzubringen imstande waren. Bald schon hatte er andere Vorstellungen von Moral und Verantwortungsgefühl den Tieren gegenüber als die Federfuchser und Haarspalter unten in den Schreibstuben. So wurde er mit der Zeit sich selbst sein eigener Gesetzgeber. Mochte auch eine Dutzendschar von Wächtern auf ihn gehetzt werden, er entkam immer über jene unzugänglichen „viàz“ welche nur für die Gämsen und für ihn gangbar waren.

So gingen die Jahre dahin. Doch dann im Herbst 1977, er hatte mittlerweile schon fünfundvierzig Jahre in seinem Körper, erspähte er an einem ausgesetzten Punkt der Val di Piero einen Rudel von Gämsen.

Es war wie so oft im Leben von Franco Miotto. Er setzte sich hin und beobachtete still sinnierend das der Rastlosigkeit der Menschen so entgegengesetzte Treiben. Im Laufe dieses Jahrhunderts hatten die Menschen das uns von Kind an angeborene Mitgefühl und Interesse den Tieren gegenüber verloren. In der Schule lernten sie, dass es eine Art auf Erden gibt, welche über allen Tieren steht: der Mensch. Die einzige Bedeutung der Tierwelt bestand bald darin, den Menschen zu gehorchen und ihre Begierden zu befriedigen. So sprach man sehr schnell den Tieren ab, eine Seele und irgendwelche Gefühle in sich zu tragen. Franco Miotto behandelte die Gämsen immer mit großen Respekt. Er hatte gelernt sich mit ihnen zu unterhalten und all ihre Regungen zu verstehen. Schon das Beobachten eines großen Gämsenrudels brachte ihm inneren Frieden.

Plötzlich wurde er Zeuge eines außerordentlichen Geschehens, das ihn für den Rest seines Lebens prägen sollte. Auf einem Felsvorsprung tauchte plötzlich ein Gamsbock auf, so edel und so mächtig, wie er in diesen Gegenden wohl noch nie gesehen wurde. Innerhalb kürzester Zeit stand er inmitten des etwa vierzigköpfigen Rudels und hob sich durch seine einmalige majestätische Würde und sein stolz zur Schau getragenes imponierendes Gehabe ab. Seine pechschwarzen Kruken strotzten vor Gesundheit. Bei jedem Schritt flösste er den anderen Ehrfurcht ein, sodass sie angstvoll zurückschreckten. Da war der ungekrönte König der Gämsen.

Franco Miotto sah, wie die Weibchen vor seiner Kraft und seiner Schönheit dahin schmolzen. Sie erhoben sich, um ihm zu still huldigen. Doch auch im Jäger ging eine eigenartige, nie gekannte Regung durch den Körper. Er brauchte mehr als eine Stunde, um unendlich langsam, die hundertfünfzig Höhenmeter im ausgesetzten Gelände hinunterzuklettern. Ein falscher Schritt hätte ihn in den Tod stürzen lassen. Die große Gämse zeigte Unruhe, und doch erkannte sie nicht aus welcher Richtung Gefahr im

Anzug war. Sie sprang einige Meter dahin, um wieder inne zu halten. Franco Miotto hob so vorsichtig wie möglich sein Gewehr und blickte durch das Fernrohr. Noch nie in seinem Leben hatte er etwas Gewaltigeres gesehen. In seinem Geist vereinten sich Leben und Tod, zu einem seit Urzeiten verflochtenen Gebilde.

Dann drückte er ab. Der Herr der Gämsen sackte in sich zusammen. Der Schuss hatte getroffen. Eine seltsame Ruhe begann sich überall sekundenlang auszubreiten und in dieser Natur zu einem harmonischen Ganzen zusammenzufügen. So als erholten sich die Geißen mit ihren Kitzen von ihrem Entsetzen erst allmählich, schritten sie langsam zum gefallenen Herren und betrachteten mit ungläubigem Staunen den nunmehr leblosen Körper. Es folgten ängstlicher die jungen Böcke, welche eben in die Flucht geschlagen worden waren. Einer der Böcke beschnupperte so nahe den Toten, als wollte er ihn noch einmal zum Leben erwecken.

Das ganze Gämsenrudel huldigte dem gefallenen König. Es war als lähmte alle jene unendliche Angst, welche jeden, ob Tier oder Mensch befällt, wenn im Angesicht höchster Angst und Verzweiflung kein sichtbarer Ausweg mehr ergründet werden kann. So blieben sie einfach stehen und versanken in stummes Schweigen.

In diesem Augenblick überwältigte auch Franco Miotto ein bisher noch nie gekanntes Gefühl, als hätte der Schuss ins eigene Herz getroffen. Das war kein Kampf zwischen Lebewesen gewesen, wo jeder die winzigen Zeichen der Schwäche aussondierte. Das war mehr als alles. Hier war ein König gefallen. Langsam und kraftlos stieg er hinunter, die letzten ratlosen Gämse verscheuchend. Vor seinem Angesicht lag nun die große Gämse im eigenen Blut. Warum hatte er ein so edles Tier töten müssen! Er würde nie mehr der gleiche Franco Miotto sein. Mit diesem Schuss hatte er den Bogen überspannt. Er würde hinfort für immer der Jagd abschwören, sein Gewehr verkaufen und nie mehr in seinem Leben ein Tier erlegen.

Mit fünfundvierzig Jahren, wenn für viele andere der Zenith der eigenen Leistungsfähigkeit schon längst überschritten ist, zog es Franco Miotto trotzdem in die Berge. Ohne Gewehr. Er stand nun vor den gefürchteten und vielfach noch unerstiegenen Wänden des Burèl, des Spiz dei Lagunaz, der Pala Tissi, des Pelmo und der Croda dei Toni. Er bestieg sie alle und er wurde zu einem gefeierten und hoch geehrten Bergsteiger. Er ging an die eigenen Leistungsgrenzen und sah sein Ziel darin, die Horizonte des Möglichen weiter hinauszuschieben. Er schaute den Gämsen zu und vereinigte sich mit ihnen. Dann eines Tages zog er eine Route über den Sabioi und den Burèl bis hin zum Coro an der Spitze der Val Vescovà und nannte sie „el viàz dei camorz“, den „Pfad der Gämsen“. So sollten auch die anderen Menschen sich mit dieser Natur und den Tieren vereinen und diese verborgenen Schönheiten erleben dürfen. Sein Leben lang allerdings schoss er auf kein einziges Tier mehr.

Die Liebe zu den vertrauten Wäldern

Der einsame Mann und die Zirbe

Das Sprechen der treuen Wächter

Im Laufe der Zeit erkannten die Politiker, dass es genügte neue und immer schwierigere Gesetze zu machen und fortwährend neue Steuern einzuführen, um uns zu ihren Sklaven zu machen. Zwar predigten sie auf allen Versammlungen, wie viel ihnen an unserem Wohlbefinden gelegen sei, doch ohne dass es die meisten Menschen merkten, nahmen sie uns fortwährend einen immer größeren Teil unserer Freiheit. So wünschten sie zwar viele Leute, dass sich der Staat nicht in alles, was unsere Seelen betraf einmischte, doch es gab nur wenige, welche dagegen ankämpften.

Thomas Villgrater aus Sexten lebte in den Wäldern dort, wo sich die Karnischen Berge mit den Dolomiten vereinen. Hier stand das im Schweiße seines Angesichts selbst gezimmerte Haus und nichts in der Welt hätte ihn dazu gebracht sich im Dorf niederzulassen. Weil sich in ihm die Kräfte einer zügellosen Natur mit seiner ungebändigten Seele in erschreckend merkwürdiger Weise vereinten hatten, war klar, dass ihm zwar ein ausgefülltes, aber wohl kein langes Dasein beschieden sein würde. Als er eines Augusttages im Jahr 2000 nach einem ausgiebigen Fest auf einem rudimentären Gefährt heimwärts fuhr, stürzte er in einen Abgrund und war auf der Stelle tot.

Er war einfach zu gut für das Leben und war für jegliches wirtschaftliches Denken ungeeignet. Hatte er doch nie gelernt, dass das Leben nicht nur aus Geben, sondern gleichfalls aus Nehmen bestand. Da er aber glaubte, dass es Geld nur auf anderen Planeten gäbe, und in dieser Welt jeder mit jedem alles sinnvollerweise nur tauschte und Gefälligkeiten man mit anderen Gefälligkeiten zahlte, waren seine Mitmenschen überzeugt, dass er krank im Kopf oder in der Seele sei. Sie hatten dabei nicht einmal Unrecht. Manche Menschen haben wirklich eine Krankheit, welche sich Selbstlosigkeit nennt, und sie zu heilen ist schwerer als alle anderen.

Thomas Villgrater kannte drei Leidenschaften, welche für ihn das Leben bedeuteten und von denen er überzeugt war, dass sie ausreichten: Die Jagd, den Wein und die Kunst. Wobei alle nochmals näher erläutert werden müssen. Er schnitzte vor allem Gämsen, und diese mit solcher Inbrunst und Leidenschaft, mit einer solchen Ausdruckskraft wie kein anderer. Dies trug ihm den Namen „Gamsmandl" ein, und die meisten kannten ihn nur so. Seiner zweiten Leidenschaft, der Jagd zu frönen, ließen ihm die Menschen, wo Neid und Unverständnis regieren, keine irgendwie geartete Möglichkeit. Da man ihn schon in Jugendjahren dabei ertappte, dass er seine Tiere sich holte wie ein Jäger der Urzeit, zerrte man ihn vor das Gericht. Da Gesetze nicht für Menschen wie ihn gemacht waren, bejagte er zwar weiterhin mit mehr Verständnis die Tiere, als die meisten Jäger, es blieb ihm aber nichts anderes übrig als das hinfort zu sein, was die scheinbar Gesetzestreuen Wilderer nennen. Und die dritte Leidenschaft ergänzte sich wunderbar mit den ersten beiden, war doch sein anregendster Begleiter der Wein. Nicht etwa, dass er nicht ein treu liebendes Mädchen gehabt hätte. Margareth hieß sie, und war ein viel zu guter Schutzengel für ihn. Sie wehrte sich gegen seine unberechenbaren Leidenschaften wie eine Geliebte nur tun kann. Und sie blieb ihm sogar nach seinem Tode immer treu. Aber die Macht der Liebe ist dann immer am größten, wenn sie annimmt, dass das schöpferische und künstlerische eines größeren Freiraumes bedarf als das Normale.

Ich liebte das Gamsmandl, weil er die Sprache des Waldes und der Tiere verstand. Darüber konnte er stundenlang erzählen. Für ihn war alles einfach und menschlich aufgebaut und von unbeschreibbaren Kräften beseelt. Selbst das Wasser trug Kräfte in sich und er war imstande alle voneinander zu unterscheiden. Das kalkhaltige der Dolomiten genauso wie jenes, wo er wohnte, das nach Lehm und Moos roch und ein anderes wieder, das kräftig aus der Tiefe sprudelte.

Er brauchte keinen Staat in der Welt und wahrscheinlich taten sich die Steuereintreiber und Politiker mit ihm gleich schwer, weil er jenseits davon lebte. Von Menschen gemachte Gesetze waren für ihn veränderbar, die Natur allerdings nicht. Aber genauso erkannten seine Eltern, dass man bei ihm andere Maßstäbe anlegen musste, als mit den anderen Kindern. Als Ältester wäre ihm natürlich der bäuerliche Hof zugestanden. Er nahm ihn deshalb nicht, weil er zu nahe am Dorf stand. In den Wäldern war er seinen Tieren näher. Sein Vater nahm es hin, wie jegliches Schicksal immer anzuerkennen ist. Der Berg nahm ihm einen anderen Sohn. Er stürzte am Zwölfer in die Tiefe. Der Berg nahm ihm noch einen Sohn. Er stürzte am Einser in den Tod. Und am Ende holte er sich auch noch Thomas. Aber da war er schon gereift genug, um mit seinem Schicksal zu hadern.

Das Gamsmandl besaß einige Schafe und noch mehr störrische Ziegen. Solange sie sich mit ihm bloß in seiner Stube gütlich taten, waren sie die friedlichsten Tiere der Welt. Als ich bei ihm zum ersten Mal aufkreuzte, wusste ich sehr wenig vom Starrsinn dieser Tiere. Da wir beide in die Wälder gehen wollten und er noch eine Schnitzarbeit zu Ende führte, setzte ich mich in der Sonne auf einen niederen Holzzaun. Ich sah nicht den Ziegenbock in Gefechtsstellung gehen, die Entfernung messen und mit gewaltigem Hörnerstoß anrennen. Ich spürte nur wie ich im Dreck lag und der siegreiche Bock erstaunt über das leichte Gelingen seines Vorhabens sich neugierig mir zuwandte. Als das Gamsmandl herauskam, tat er mir kund, dass die Ziegen seine Sprache verstünden und auf seine Befehle hin auch das taten, was er wollte. Man müsse sie behandeln wie Menschen, dürfe sie nie vernachlässigen und auch nicht ungerecht behandeln. Während die Schafe im Dienste des Menschen willenlose Knechte seien, sehe jede Ziege im Menschen immer einen gleich berechtigten Partner und behalte seine manchmal starrköpfige Selbstständigkeit für immer. Das nenne man die Klugheit der Tiere.

Obwohl das Gamsmandl nicht alt war, schaute er jetzt schon gleich schön aus wie die wild zerzausten Zirben auf den Bergen. Für ihn war die Zirbe ein Geschenk der Natur. Daraus schnitzte er im Winter seine Tiere. Seine Inspirationen holte er sich aus der Einsamkeit der Wälder, beim Beobachten des Wildes und bei der Jagd. Nie arbeitete er unter Druck. Jedes Kunstwerk musste reifen und wachsen. Kein Stück konnte mit jenem Maßstab Zeit gemessen werden, wie er in den Städten üblich war. Und er war einfach fertig, sobald alles stimmte: Davor gab er es nicht aus der Hand und selbst dann immer nur ungern. Irgendwann nach so vielen Stunden der Arbeit, des Nachdenkens, des Sich Beschäftigens, fühlte er es einfach so an sein Herz gewachsen, dass der Auftraggeber es ihm losreißen musste. Was aber nicht immer gelang. Denn Geld bedeutete ihm nichts. Es gab auch kein schön und nicht schön bei seinen Kunstwerken. Lob ärgerte ihn nur. Das Geschnitzte war Teil eines Ichs, welches in seine von ihm gedachte Naturlandschaft eingebunden war. Gemeinsam stiegen wir höher in Richtung des Reiches der Zirben. Er trug wie immer sein Gewehr bei sich.

„Falls sich doch ein Reh in meine Kugel stürzen sollte“, wie er es ausdrückte.

Ich war in letzter Zeit viel mit Menschen wie ihm unterwegs gewesen und hatte mehr gelernt, als in Dutzenden Jahren Schule.

Der Hinterwäldler sollte niemals über jene jungen Menschen spotten, welche eine höhere Bildung anstreben, aber umgekehrt sollte auch der Akademiker den Wert des Einfachen und Natürlichen schätzen. Für einen Menschen, der Ziele hat, ist es wichtig, für alle Dinge des Lebens Verständnis zu entwickeln, die komplizierten wie auch die tiefsinnigen und manchmal für jene vom menschlichen Geist noch nicht erfassten.

Das Gamsmandl rief man eines Tages zu einem Fernsehauftritt. Er sollte über die Natur und seine Schnitzarbeiten erzählen. Ich begleitete ihn. Mit dabei war einer jener großen Sextner Hoteliers. Er konnte so wenig erzählen und langweilte die Zuschauer schnell. Doch dann begann das Gamsmandl zu erzählen. Er redete die Sprache der Wildnis, welche keine von Sprachregeln beherrschten Grundsätze kannte. Er redete von seinem Leben und das war viel reichhaltiger, als jenes des Gastwirtes. Und die Leute lauschten ihm zu und selbst der Moderator unterbrach ihn nicht. Und er redete und redete, und alle hörten plötzlich die Vögel singen und sahen die Rehe durch den Wald eilen.

Viel miteinander redend kamen wir zu den ersten Zirben. Diese Bäume sind wie wir und wir wie sie. In den modernen Städten neigt man heute dazu eine enorme Anzahl von Menschen hineinzustopfen. Die Angst um die eigene Sicherheit bestärkt die Menschen darin sich abzuschotten und immer größere Schlösser und andere Sicherheitsvorkehrungen anzubringen. Doch das Rad dreht sich weiter: Die Menschen verlieren an Selbstvertrauen, der Stress wird größer. Genauso versucht man Zuchtbäume aufzuziehen. Man setzte sie so eng aneinander, um den größten Ertrag zu haben. Doch die Bäume ertrugen es nicht lange und erkrankten.

Die Zirben wissen genau wie weit entfernt sie von den anderen wachsen müssen. Sie lieben steinigen Boden, wo das Leben von Mühsal und Entbehrung geprägt ist. Wie eine alte Frau kennen sie Not und Sorge, aber zu wissen, dass man es schaffen kann dort zu überleben, wo alle anderen längst schon aufgegeben haben, macht sie glücklich. Sie haben gelernt, jenes wenige, was ihnen Mutter Natur zur Verfügung stellt, zu nützen. Mehr wollen sie auch nicht, dienen sie doch jedem hilfsbereit, der ihrer bedarf.

Das Gamsmandl prüfte die Zirben. Er wollte eine fällen, um damit wieder ein Jahr lang daran arbeiten zu können. Von einem Unglück erzählte er mir schnell. Einen scheinbar so starken Baum hatte der Zahn der Zeit ausgehöhlt, dass er das Alter nicht mehr ertragen konnte. Das hatte er nicht erkannt als er während eines Unwetters unter ihm Schutz suchte. Und wie er vor Kälte zitternd darunter kauerte, stürzte er plötzlich zu Boden und erschlug ihn um ein Haar. Das aber waren schon Geschichten von gestern.

Er musterte alle Zirben, so als spräche er mit ihnen. Es musste eine Außerordentliche sein, keine schöne, sondern eine, bei dem sich beide verstanden. Wie sein Mädchen. Es gibt keine endgültige Schönheit, wie es kein eindeutiges Gesetz der Liebe gibt. Alles hängt immer von jenen zwei Menschen ab, welche sich finden und ihre verborgenen Reize entdecken.

Das Gamsmandl schnupperte an jeder Zirbe, sog den Duft des Harzes und die Kraft des starken Öls, das sich in den Nadeln ansammelte, auf. Es war die Kraft der Natur, der Berge, des Wassers, der Felsen und der Urzeit. Kein Holzwurm konnte je in diese Bäume eindringen. Sie verwehrten jedem den Weg. Auf den höchsten Hochebenen der Alpen steht dieser Baum wie ein Wächter einer gesetzlosenlosen Zeit. Dort trotzt er den stärksten Winterstürmen und im Sommer den Gewittern.

„Die Zirbe passt sich dem Geist des Schnitzers an, als bildeten sie eine Einheit. Der Mensch spricht mit dem Holz und beide erzählen sich unterhaltsame Geschichten." Lange erzählte mir das Gamsmandl von seiner ursprünglichen Weltanschauung. Sie war aufgebaut auf die Jagd, das Holz und den Wein.

Doch die Welt der sprechenden Bäume wird immer kleiner. Überall bauten sie gewaltige Liftanlagen, holzten die Wälder nieder um Platz für breite Pisten zu schaffen, welche an wenigen Wochen im Jahr den Menschen sinnloses Vergnügen bereiteten.

Doch wie bei meterhohem Schnee die Zirbe ihre Äste sinken lässt wie müde gewordene Arme, war es beim Gamsmandl nicht anders.

„Vierzig Jahre habe ich nun schon schön gelebt", waren seine letzten Worte, als ich mich von ihm verabschiedete. Worte, Taten und Leben seiner Neider, jener die ihm Böses wollten, dagegen blieben niemanden in Erinnerung und sind vergessen.

Beim Ölbrenner

Vom wohltuende Lebenselixier der Bergnadelbäume

Inmitten der Wälder, wo sich die Zillertaler Alpen mit den Dolomiten verzahnen, hatten sich die Niederkoflers in der Nähe eines kleinen Sees, dem Issinger Weiher, niedergelassen. Johann Niederkofler begann um 1900 mit dem Herausdestillieren kostbarer Öle aus den uns beschützenden Nadelbäumen, wie Zirben, Fichten, Föhren, Wacholder und Latschen. Sein Sohn gleichen Namens tat das gleiche und dessen Sohn Franz Niederkofler, war genauso überzeugt, dass er damit den Menschen helfen konnte, sich wohl zu fühlen.

Sie brannten ihre Öle in schlechten Zeiten wie in guten und allmählich bürgerte sich der Name „beim Ölbrenner" ein, wenn man die Niederkoflers meinte. Das begehrteste von all diesen Ölen war jenes aus der Latschenkiefer. Sie wächst in den Alpen bis auf 2.500 m Meereshöhe. Im Gegensatz zu den anderen Achtung gebietenden Nadelbäumen hatte sie gelernt sich zu ducken. Sie wird nicht hoch, aber ihre knorrigen Äste trotzen den stärksten Stürmen und den zerstörerischen Lawinen. Das hat diese Bäume hart gemacht und wohl deshalb trägt der Saft der langen Nadeln soviel Stärke in sich. Sie ist hinterlistig genug, immer in großen Gruppen aufzutreten, dass die Menschen unendliche Mühe aufwenden müssen, um sich durch solch einen Urwald aus Latschenkiefern durchzukämpfen. Aber jeder Baum trägt seine eigene Seele in sich und keine ähnelt der anderen.

Seit Menschengedenken schwören in unseren Gegenden Gesunde wie Kranke auf die magische Heilwirkung des Latschenkieferöls in vielerlei Anwendungen. Die Bauern rieben es ein, wenn sie tagelang in den Wäldern arbeiteten und sie durchnässt nach Hause kamen. Die Jäger taten das gleiche nach langen Fußmärschen in den Bergen. Bei Muskelkater, Gelenksschmerzen und Rheuma, immer trug man dieses magische Öl auf. Genauso erweckte sein wohltuender Duft Kranke zum Leben. Bei Schnupfen und Erkältungen steckten wir unsere Köpfe unter ein schweres Tuch, und atmeten aus einem Gefäß mit Latschenöl und kochendem Wasser den Atem der Natur solange, bis sich ihr harziges Aroma seinen Weg durch die Nase freigekämpft hatte.

Die Niederkoflers waren oft genug nahe daran Alles hinzuwerfen. Es gab Zeiten, da machten die großen Industrien den Menschen weis, dass sie es geschafft hatten diese Öle künstlich genauso nachzumachen, wie es die Natur schaffte. Und da sie es weit billiger bewerkstelligten, glaubte man, dass es der Natur immer weniger bedurfte. Doch Franz Niederkofler war überzeugt, dass das alles nicht stimmte. Gelang es auch die Öle ähnlich zu machen, so fehlte trotzdem vieles was die Natur in weiser Voraussicht hinzufügte.

„Im Latschenöl gibt es noch hunderte unscheinbare Stoffe, welche alle ihre Wichtigkeit haben. Und jede Pflanze trägt ihre Wirkstoffe immer in etwas anderer Zusammensetzung wie auch jeder Mensch sich vom anderen unterscheidet.“

Franz Niederkofler kämpfte und wollte die Menschen überzeugen, dass die Weisheit der Natur so groß sei, um sich nicht mit vier oder fünf, zwar geschmacklich alle anderen übertreffenden Wirkstoffen zu begnügen, wie es die auf schnelle Gewinne hinarbeitenden Industrien taten.

„Ein einzelner Wirkstoff in Verbindung mit dem Ganzen einer Pflanze kann ein Vielfaches an Wirkung mehr freisetzen als das Einzelne“, war seine Überzeugung.

Schon vor dem Ersten Weltkrieg schulterte der alte Johann Niederkofler seine Holztrage mit einer großen Flasche Latschenöl und wanderte zu Fuß von Hof zu Hof. Er kam in alle Täler. Er redete gern und trank noch viel lieber. Die Bauern kauften ihm das Öl ab, weil es ein ehrlicher Mensch war. Flaschen waren damals noch Mangelware und so füllte er das Öl jedes Mal in das gleiche leere Fläschchen nach. Die Bauern hielten den alten Niederkofler in Ehren, weil er einer der ihren war.

Sohn Johann kannte schon nichts anderes als die Wälder. Er wuchs in sie hinein wie ein Baum. Tagelang zogen sie mit ihren Pferden und Fuhrwerken in die Sarntaler, Ahrntaler und Zillertaler Berge, in die Dolomiten, um die für die anderen wertlosen Zweige aufzumachen. Denn es bedurfte riesiger Mengen, um das heilkräftigste und am besten wirkende Öl zu erhalten. Es waren die hoch gelegenen schütteren Wälder wo es die stärksten Bäume gab, weil jeder einzelne auf seine Art gegen die Unbilden der Natur kämpfen musste. Hier stellte jeder Baum stolz sein Gesicht voller Narben zur Schau, und versprühte den Geruch der Härte eines kampferprobten Lebens in freier Natur. Die Ruhe dieser Landschaften aus Latschen, Zirben, Wacholder und manch einsamen Fichte trug für mich immer etwas Feierliches in sich. Hier oben würdigten alle anderen Pflanzen jenen Pionieren und Abenteurern, welche genug Kraft fanden um hier zu überleben.

Wenn ich in diesen Bergen herumstreifte, bemerkte ich zu meinem Entsetzen, dass die wenigsten Menschen imstande sind sich mit diesen Heldenbäumen zu unterhalten und von ihnen zu lernen. Sie bleiben eigenartigerweise getrennt, auch wenn sie ihnen ganz nahe treten und nur im Tod gehen Mensch und Baum aufeinander zu und schmiegen sich eng zusammen. Es ist eine hektische Eile die uns alle befallen hat und die uns nach materiellen Gütern streben und dabei die geistigen Botschaften eines gegenseitigen Naturverstehens verkümmern lässt.

Aus einer Tonne Latschen, Föhren und Zirbelkiefern lassen sich gerade drei Liter Öl gewinnen, aus Fichtenzweigen ein Liter und der stechende und sich heftig wehrende Bergwacholder gibt gar nur einen halben Liter von seinem Saft her. Es ist das Lebenselixier dieser Bäume und mit dem muss man vorsichtig umgehen, weil es so kostbar ist. Jeder dieser Bäume trägt seine eigenen Geheimnisse in sich und diese erkennt man am Öl.

Sie arbeiteten alle hart in den kurzen Sommern in den Bergen und waren trotzdem glücklich in freier Natur sein zu dürfen. Es machte ihnen nichts aus, wenn sie tagelang in der Nässe arbeiteten oder die Kälte ihnen zusetzte. Irgendwie ging es immer. Sie lernten von den Tieren, wie sie diese vor den Unbilden der Natur schützten und machten es ihnen nach.

Gleich danach wurde das Öl gebrannt. Mitten im Wald neben dem Issinger Weiher hatten die Niederkoflers ihre Brennerei errichtet. Sie hatten sich alles selber zusammengebastelt. Der schonende Wasserdampf löst die wertvollen Stoffe aus den Nadeln und Zweigspitzen und da das Öl leichter als Wasser ist, lässt es sich ohne Schwierigkeiten abschöpfen. Am Ende bleibt eine farblose Flüssigkeit übrig, welche die Kraft der Wälder in sich trägt und den Geist der Menschen stärkt.

Die Niederkoflers hatten nichts Neues erfunden. Sie taten es nur gleich, wie ihre Vorfahren seit Jahrhunderten.

„Hier drinnen steckt der Schweiß der Menschen, die Liebe zur Natur derjenigen, welche diese Zweige einsammeln. Da kann kein Großgewerbe mithalten. Nicht das künstlich geregelte, son-

Johann Niederkofler, der alte Ölbrenner in Pfalzen im Pustertal. In harter Arbeit wurde das heilsame Latschenöl gewonnen.

dern das vielfältige der Natur bringt den Erfolg“, war Franz Niederkoflers Weisheit. Er lernte mit diesen Pflanzen glücklich zu sein, weil er daran glaubte, dass sie gegenseitig friedlich miteinander auskommen konnten. Das hatte schon sein Vater getan und auch der Großvater. Dies war der Ruf der einmaligen Natur. Was er den Menschen der Großstädte lieferte, war das Gegengift zum enormen Druck ihres modernen Lebens. Mit seinen Ölen gab er ihnen ein Mittel um ihr inneres Gleichgewicht wieder zu erlangen. Es war der „Balsam gegen die Verspannung ihres Daseins“. Konnten sie auch nicht wie er immer in den Wäldern sein, so tat es zumindest ihren Herzen wohl.

„In diesen Pflanzen stecken viele Wirkstoffe, welche auf die Seele wirken. Deshalb helfen diese Pflanzen dem ganzen Körper.“

Von einem Mann wie Franz Niederkofler lernte ich, dass diese Landschaften nicht nur im Großen ihre Schönheiten offenbaren.

Es sind nicht nur die majestätischen Drei Zinnen, die Gletscherabbrüche des Ortler, die Pyramide des Großglockner, die Traumreiche der Karsthöhlen, die grünen Seenlandschaften Kärntens oder der von Kalkbergen umsäumte Gardasee. Genauso viele Traumreiche zeigen sich im Kleinen, in jeder Blume und jedem Baum. Unbeirrt macht Franz Niederkofler das weiter, was er von seinen Vätern erlernt hat. Heilkräuter kamen hinzu, er versuchte sie genauso zu verstehen und ihre geheimen Kräfte herauszuloten. Wahrscheinlich werden auch seine Kinder das Gleiche machen, im Glauben, damit den Sinn des Lebens zu finden.

Der Wacholder und die Reise in das Reich der Toten

Die Leichtigkeit des Sterbens

In früheren Zeiten als man noch nicht in namenlosen Altersheimen oder Krankenhäusern starb, verabschiedete man sich im Kreis der Familie vom Leben. Ich erinnere mich noch, dass es nur ganz wenige Arten von Todesursachen gab. Am häufigsten sagten die Menschen, er sei an Altersschwäche gestorben. Das war auch schön so. Monatelang lag so der Betagte in der warmen Stube inmitten der Enkelkinder, welche um ihn herumspielten und ihn selbst in seinen letzten Stunden, wenn sich über Sekunden die inneren Kräfte nochmals aufbäumten und ein Hauch klaren Verstandes über ihn kam, erheiterten.

Kam die Stunde des Todes näher, rief man nach dem Pfarrer. Ob Tag oder Nacht, ob Sturm oder tiefem Schnee, musste sich der Priester mit Salböl und Hostie in der Hand auf den Weg machen. Ein Bekannter schritt mit Glöckchen und Laterne voran, um ihm den Weg zu weisen, manchmal bis auf die entlegendsten Höfe hinauf.

Im Haus des Sterbenden warteten schon die ganze Familie und auch die Nachbarn. Der Pfarrer nahm dem Sterbenden die letzte Beichte ab und spendete ihm die heilige Ölung und die Kommunion. Anschließend wurde die Sterbekerze angezündet und das Sterbekreuz, für gewöhnlich noch ein Geschenk des Paten bei der Firmung, auf die Brust gelegt. Starb der Mensch, hielt man die Wanduhr an und verhängte die Spiegel gegen die Macht der bösen Geister. Denn es durfte kein Nachsterben geben. Dann verschloss man dem Toten die Augen und den Mund und öffnete das Fenster, damit die Seele ungehindert in die freie Natur entströmen konnte.

Die Kirchenglocken läuteten, um allen kundzutun, dass ein Leben dahingeschieden war, unterschiedliche Gongschläge gab es je nachdem ob ein Mann oder eine Frau verstorben waren. Nachbarn oder ein besonderer Freund wuschen den Toten, dann bekleidete man ihn mit dem Sterbehemd. Es wurde gewöhnlich schon von der Braut als Aussteuer mitgebracht. Darüber zog man ihm ein Feiertagskleid oder den besten Anzug an. Man schminkte noch einmal sein Gesicht. Der Tote sollte zwischen Blumen und Kerzen so aussehen als stünde er im Leben, mit zugedrückten Augen und gefalteten Händen, einem Schlafenden gleich.

So offen aufgebahrt wurde die Totenwache gehalten, wobei das Abbild des Toten niemanden störte. Man achtete den Toten, nur musste er wirklich tot sein und durfte nicht mehr wiederkommen. Deshalb band man ihm oft auch die Füße zusammen. In die Nähe des Toten legte man noch allerlei ihm liebe Gegenstände.

Nun kamen die Pflanzen des Todes an die Reihe. Mit Wacholderzweigen räucherte man das ganze Haus durch, schützte er doch vor den bösen Einflüssen welche mit dem Tod behaftet sind, wie auch vor Ansteckung gefährlicher Krankheiten. Der Wacholder war immer ein seltsamer Strauch, spritzte er doch im Gegensatz zu anderen Nadelbäumen keine gefährlichen Funken. Ein Kreuz, das aus dem Holz des Holunders gefertigt war, wurde

Ein totes Kind in Wengen, einem kleinen Dolomitendorf. Früher wurden die Toten offen aufgebahrt. Im Winter stellte man die Leiche entweder ins Unterdach, oder ins Freie und wartete bis das Frühjahr kam, damit der Boden auftaute. Dann erst konnten die Verstorbenen bestattet werden.

hergeholt. „Lebelang" hieß es und begann es in der Nähe des Toten zu grünen, waren dies gute Zeichen. Dazu schlürfte man Holunderblütentee.

Am Tag der Beerdigung trafen alle Verwandten, Bekannten, fast das Dorf zusammen. Ein üppiges Totenfrühstück, ein Vorspiel auf das noch größere Totenmahl, wurde eingenommen. Denn die Menschen hatten sich viel zu erzählen, nicht wie heute, wo sie keine Zeit mehr haben und sich trotzdem nichts mehr mitzuteilen haben.

Im Winter, wenn der Boden hart gefroren war, legte man die Toten auf den Dachboden und wartete bis endlich der Frühling kam. Noch schwieriger hatten es Bewohner des hinteren Pragsertals. Da ihr Friedhof über einem hoch gelegenen

Bergrücken auf der anderen Seite in Olang lag, schleppte man die Verstorbenen hoch auf die Weggeralm und lehnte sie dort an ein Holzgitter. Dort standen sie bis die erste Frühlingssonne den Boden wärmte und es wärmer wurde. Erst dann beförderte man sie ins andere Tal und gab sie Mutter Natur zurück.

Der Schrei der Opfer

Die Welt des Mauro Corona

Mauro Corona war ein Mann der Berge. Er durchkletterte ein Leben lang die abweisendsten Grate und Zinnen. Auf vielen ausgesetzten Routen beschritt er als erster Neuland. Niemals hechelte er blind über die Felswände, niemals vergaß er sein Auge auf die Umgebung zu richten. Er lernte so lange von den Bäumen, den Tieren und den Pflanzen, bis er ein Teil ihrer wurde. Zuerst war er Holzfäller, dann Marmorarbeiter in den gefürchteten Brüchen am Monte Buscada oberhalb von Erto. Er wurde ein nicht zu bändigender Jäger und unter den Augen und Weisungen seines großen Meisters Augusto Murer aus Falcade ein begnadeter Bildhauer. So sog er den Duft der Wildnis in sich wie kaum ein anderer. Denn er sah den Tod und das Leben. Den Wahnwitz des Menschen und das Zurückschlagen der Natur.

Als die italienische Regierung beschloss den großen Staudamm am Vajont bei Longarone zu bauen, hörte niemand auf die Stimmen der Einheimischen, die auch nur jene Botschaft wiedergaben, welche sie an Geräuschen aus dem Berg vernahmen. Im Jahre 1963 glaubten die Menschen dort sie hätten die Natur endgültig besiegt. Eines Tages wälzte sich die Natur über die Menschen. Zweitausend Stück verschlang der Berg. Doch jene, die es traf, waren nicht die Schuldigen, sondern nur die Opfer. Und die Toten konnten nicht mehr verdammen und die wenigen Überlebenden waren zu schwach. Mauro Corona rettete sein

Leben wie einige andere auch. In wenigen Sekunden wurden Jahrhunderte voller gelebter Geschichte, Kultur und Bräuche ausgelöscht.

Ich verehrte Mauro Corona, weil er die einfache Sprache jener Menschen redete, welche ein jeder verstand. Da waren keine schwierigen Wort darunter und keine unlösbar ineinander verschachtelten Sätze. Er erzählte in kurzen Worten seine Geschichten, welche nichts anderes als das Leben seiner Freunde wiedergaben. Von dem in einer Blutlache liegenden Auerhahn im Schnee am Passo Sant´Osvaldo und der Spur des Marders, die zwar deutlich sichtbar wegging, aber nicht hinführte. Es war ein Rätsel und doch so einfach. Das Raubtier hatte sich am schlafenden Auerhahn festgekrallt und gemeinsam flogen sie im Kampf des Lebens durch die Luft, bis der Marder sich so am Hals verbiss, dass der Auerhahn mit seinem letzten Blute kraftlos in das Sterben segelte.

Oder vom großen Hirschenjäger, dem kein anderes Wild mehr Freude bereitete. Dessen Haus sich mit den prächtigsten Trophäen füllte, bis er eines Tages in höchster Eile mit seinem Auto über einen engen Forstweg herunterfuhr. Doch plötzlich stellte sich ihm wie ein böser Geist ein riesiger Hirsch in den Weg, durchbrach die Scheibe und spießte ihn auf. Am nächsten Morgen fanden Waldarbeiter sie beide tot. Auge ins Auge belauerten sie sich noch und mussten sie doch im letzten Kampf friedlich vereinen.

Oder den beiden sich liebenden Füchsen, welche beim Liebesakt in den Abgrund stürzten und sich selbst im Tode nicht mehr lösten.

Mauro Corona wusste unendlich viele dieser Geschichten und wenn sich der Hauch von König Alkohol über die Gesellschaft legte, dann wurden es ihrer immer mehr. Dies alles hätte nicht ausgereicht, um ihn zum vollkommensten Spiegelbild der Menschen dieser Gegend zu machen, hätte er nicht genug

Beherztheit gehabt, um sich immer gegen jede Obrigkeit aufzulehnen.

Eines Tages erschien bei Mauro Corona der Politiker Vittorio Sgarbi, dessen Fähigkeiten mir deswegen nichts sagend waren, weil sie bloß aus vielen Worten und wenigen Taten bestanden. Er war gekommen um eine von Mauro Corona liebevoll gefertigte Holzstatue abzuholen. Da Politiker kraft ihres Amtes glauben, dass ihnen mehr Vorrechte zustehen als anderen Menschen, forderte er ungestüm nur die Hälfte des verlangten Preises zu zahlen. Er winkte schon mit dem ausgefüllten Scheck. Mauro Corona blieb ruhig und scheinbar einwilligend nahm er seine Motorsäge, zerteilte das wertvolle Stück kreativer Arbeit in der Mitte entzwei und reichte ihm eine Hälfte. So waren sie wieder quitt.

Genauso wie Mauro Corona die Sprache der Tiere verstand, konnte er sich in jeden Baum hineinfühlen. Er studierte jeden Stamm, den er zu einem Kunstwerk zu verarbeiten gedachte, betrachtete ihn stundenlang, befühlte ihn und nahm seine innere Seele in sich auf. Er vereinte in seltsamster Weise jenes Urwissen seiner Mitmenschen, welche die inneren Fähigkeiten eines jeden Holzes verstanden.

Zum Beispiel, dass man für die Heurechen dreierlei Hölzer verwendete: Eine junge Kiefer für den leichten Stiel, die Zähne aus harter Hainbuche und die Querstange aus Buche. Oder die alten Skier, welche man in diesen Gegenden aus Ahorn fertigte, während man die Stöcke aus Haselnussholz oder junger Birke schnitzte, um zuletzt unten einen Ring aus gebogenem Ebereschenholz herumzuspannen, der das Einsinken im Schnee verhinderte. Oder die Schlitten: Seit Jahrtausenden waren sie in unseren Gegenden etwas vom Wichtigsten. Für die Kufen verwendete man Buchenholz, die Querstreben dagegen waren aus Birke, die Stützen wieder aus Eschenholz. Alles hielt man mit Seilen aus jungen Ebereschenzweigen zusammen, während man die Rundstäbe zum Ziehen des Schlittens aus dem Holz der Haselnuss drechselte. Da brauchte man keinen Kunststoff oder andere moderne Elemente. Über Jahrhunderte veränderte sich nicht viel. Für die Dächer verwendete man Lärchenschindeln, für die Axtstiele Buchenholz, für die Kruzifixe die Zirbe, das Spinnrad bestand aus Eibenholz und für die Bäckerschaufel, um das Brot aus dem Ofen zu holen nahm man Ahornholz.

So wuchs kein Holz unnütz und jedes erfüllte eine Aufgabe. Das gleiche galt für die Kräuter und Pflanzen, welche Tieren und Menschen genauso zugetan waren, um sie am Leben zu erhalten, wie die verschiedenen Tiere und Steine jeder für sich auf seine Art und Weise andere Eigenschaften erfüllte.

Allerdings meint man heute, dass man all dem nicht mehr bedürfe. Das Wissen ging immer mehr verloren und es gab nur mehr wenige Menschen, welche sich die Fähigkeiten erhielten, von all dem noch zu berichten. Und deswegen blieb mir Mauro Corona auch so lieb und schätzenswert.

Erinnerungen uralter Zeiten

Die Bärlappmenschen

Der wilde Mann aus den Bergen

Der Bärlapp gilt als eine der ältesten Pflanzen dieser Erde. Lange vor der Zeit der Dinosaurier beherrschten sie die Wälder. Manchmal betrachtete ich diese kriechenden Bodengewächse stundenlang um herauszufinden, worin das Geheimnis solch eines langen Lebens liege. Und doch: Mögen sie auch vor 600 Millionen Jahre riesige Bäume gebildet haben, woraus ausgedehnte undurchdringliche Wälder entstanden, so verkümmerten sie in der Jetztzeit zu zwergenhaften Pflanzen, welche im Schatten der anderen dahin kriechen. Hin und wieder verzweigen sie sich, um ihre eigenartigen Fruchtzapfen in die Höhe zu recken. Trotzdem kam mir vor, als lauerten sie auf ihre Gelegenheit, sich wieder zu einstiger Größe zu entwickeln.

Rivamonte Agordino ist ein unscheinbares, wie an die steilen Felder geklebter Ort nördlich von Belluno. Über viele Jahrhunderte lebten die Menschen hier von jenen Schätzen, die sie tief aus dem Innern der Berge entrissen. Heute sind die Bergwerke allesamt geschlossen, aber eine große Brillenfabrik gibt hunderten Menschen Arbeit und Lohn.

Eines Tages war ich in dort in den Bergen unterwegs. Ohne besondere Erkundigungen erzählte man mir vom „Om salvarek“. Ich horchte auf und fragte nach der Bedeutung dieses Namens. Er sei der „wilde Mann“ oder besser gesagt der „Waldmensch“.

Er sei aber nicht böse, sondern helfe den Menschen. Er trage ein Kleid ausschließlich aus Bärlapp, welches ihn von oben bis unten bedecke und nur die Augen hervorstechen lasse. Seine Freunde seien die Blumen und Tiere und er lebe in einer Höhle in den dichten und unzugänglichen Wäldern des Monte Armarolo.

Ein junges Mädchen und ein älterer Mann führten mich in die Jahrhunderte alte Welt dieses „Waldmenschen" ein. Sie taten es mit solcher Inbrunst und Glaubwürdigkeit, als handle es sich um die Wirklichkeit.

Die Geschichte dieses Bärlappmenschen war folgende: Eines Frühlingstages versuchte ein armer Mann, der in einem einsamen Haus am Dorfrand wohnte, langsam die Milch von den Verunreinigungen zu säubern, welche beim Melken hineinfielen. Er tat es mit unendlicher Geduld mit seinen Fingern. Wie träumend lauschte er dem Gesang der Vögel und dem Rauschen der Blätter. Plötzlich verstummten die Tiere, die Sonne verschwand hinter einer dichten schwarzen Wolke und ein schreckliches Gewitter zog auf. Es blitzte und donnerte unentwegt. Unerwartet öffnete sich ganz langsam die Türe seiner bescheidenen Küche und ein durchnässtes durch die Kälte fröstelndes Wesen erschien, welches von oben bis unten mit Bärlapp gekleidet war. Ohne ein Wort zu sprechen, fast sich fürchtend, setzte es sich neben das Feuer um sich zu wärmen.

Der alte Mann betrachtete es eingehend, aber da es ein ungeschriebenes Gesetz der Wälder war, die Menschen nicht danach zu fragen, von woher sie kamen, oder welcher Abstammung sie seien oder wo sie wohnten, verharrte er gleichfalls im Schweigen. Wortlos ließen sie das Gewitter vorbeiziehen, bis der Bärlappmensch sich erhob und im Freien wieder verschwand. Doch nach einiger Zeit kehrte der seltsame Waldbewohner mit einem Gebinde voller Bärlapp wieder und zeigte ihm diesmal, wie er die Milch wesentlich leichter von ihren Verunreinigungen putzen konnte. Nicht mehr mühselig mit den Fingern sondern mit dieser Pflanze, welche er „kolín“ nannte. Damit wollte er sich für die Gastfreundschaft bedanken.

Der Waldmensch kam jedes Jahr im Frühjahr zu den Menschen von Rivamonte und wurde mit offenen Armen empfangen. Sie veranstalteten ihm zu Ehren ein großes Fest, sahen sie doch, dass ein Teil der Natur sie besuchte. Obwohl sie alle neugierig waren, welche Bewandtnis es mit diesem Menschen hatte, fragte ihn niemand, welchen Standes er sei oder wo er wohne. Da sie keinen anderen Namen fanden nannten sie ihn einfach „Om salvarek“. Obwohl er eines Jahres nicht mehr ins Dorf kam, dankten es ihm die Menschen, dass er sie gelehrt hatte die Milch mit dem „kolin“, dem Bärlapp zu reinigen.

Heute noch wird das Andenken dieses Waldmenschen wach gehalten. Man veranstaltet ein Fest und ein vollkommen mit Bärlapp gekleideter Mann wird unter Musikklängen durchs Dorf geführt. In der Hand trägt er einen Birkenzweig. Er tanzt mit den unverheirateten Dorfschönen, denn das verheiße ihrer Meinung nach Glück und einen Mann fürs Leben. Dieser Waldmensch sei nicht imstande sich in die Dorfgemeinschaft zu integrieren. Er fühle sich in den Wäldern am wohlsten. Gerade in diesen Bergbaubezirken, wo die Menschen immer schon auf die reichhaltigen Geschenke der Natur bauen mussten, vereinte er Menschen und Natur. Und mit seinem Bärlappkleid verschmolz er die Zeiten.

Der Bärlapp ist eine durch und durch dämonische Pflanze. Nicht umsonst nannten unsere Vorfahren die aus den getrockneten Fruchtähren heraus geschüttelten Sporen “Hexenmehl”. Früher, als es viele technische Erzeugnisse noch nicht gab, benutzten wir dies Pulver um damit gewaltige Explosionen auszulösen. Mit einer ungeheueren Stichflamme und viel Rauch flog dann alles in die Luft. Die Feuerschlucker, welche uns hie und da aufsuchten, spuckten die Sporen gegen ihre Fackeln, dass enorme Stichflammen und Feuerbälle entstanden. Wie erschauerten wir, als manch einer diese feinen Sporen dazu verwendete um seine Hände ins Wasser zu tauchen, und sie nicht nass wurden.

Später dann, als ich mich entschlossen hatte, viele Tage in den Bergen zu verbringen, um die tieferen Geheimnisse der Natur kennen zu lernen, stachen mir diese Gewächse oft genug ins Auge. Es war, als verstünden sie meisterhaft die tieferen Geheimnisse eines zeitlosen Lebens zu offenbaren. Manchmal beobachtete ich diese Bärlappgewächse stundenlang und regungslos, dann wieder versuchte ich den vielen Verzweigungen nachzugehen um herauszufinden wie lang diese Pflanzen werden konnten. Sie kamen mir vor wie hingelegte, schlafende Bäume.

So wurden mir die Bärlappgewächse von Tag zu Tag vertrauter, halfen sie mir doch das mich immer ins Denken bringende Rätsel der eilenden und flüchtenden Zeit völlig anders zu bewerten. Diese Pflanzen lebten und überdauerten durch die Jahrmillionen, hatten sämtlichen Katastrophen getrotzt, waren mal Könige unserer urzeitlichen Wälder und dann wieder unscheinbare Zwerge. Nie aber ließen sie sich vertreiben.

Der Farne versteinerter Schatten

Die Botschaft der Vergangenheit

Uns Menschen aus den Bergen ist ein unerklärliches Obrigkeitsbewusstsein zueigen, das uns in vielen Fällen hindert selbst nachzudenken, ob es nicht bessere Wege gebe. So lassen wir uns vor Gesetzen, Regeln oder forsch auftretenden Personen einschüchtern, anstatt uns auf unsere Zivilcourage zu besinnen. Wir haben panische Angst vor den vielen Behörden entwickelt und glauben, dass uns eine Strafe oder sogar eine Verurteilung aufbauend auf irgendein gedankenlos gemachtes Gesetz zu schlechten Bürgern macht. Genauso oft haben wir Angst vor dem Dorftratsch. Deswegen hat sich bei den meisten Menschen ein bedenklicher Hang zum Nichtauffallen gebildet, der unseren Geist und Namen in einer grenzenlosen Masse untergehen lässt.

So denkend keuchte ich am 3. Juli 1993 entlang eines Forstweges, der unterhalb der wilden Wände des Herrstein in Prags angelegt wurde, hinauf. Er war neu angelegt worden und deshalb sah ich ihn an jenem Tag zum ersten Mal. Wie eine blutende Ader hatte man ihn in die Landschaft gesprengt und die Steine gedankenlos in die Tiefe kollern lassen. Die Bäume litten unter den klaffenden Wunden. Pech rann wie in großen Tränen überall herunter. Sie weinten, weil es sie schmerzte. Niemand hatte auf die Natur Rücksicht genommen. Es musste alles ganz schnell gehen. Zeit ist Geld hörte man allzu oft im Tal.

Mich begleitete ein einfaches Mädchen, Edith mit Namen aus einem kleinen Weiler im Gadertal. So sehr ich auch alles getan hatte, um Böse mit ihr zu sein, hatte sie sich nie entmutigen lassen. Sie stellte mir Blumen auf den Tisch, die sie frisch gepflückt hatte und sorgsam ineinander - auf Farbzusammenstellungen achtend – arrangiert hatte. Es waren keine Blumen vom Geschäft, die man überall kaufen konnte, es waren Blumen aus den Bergwiesen. Sie lud mich ein, nach Wengen, ihrem Heimatort zu kommen, dort an den alten Fruchtbarkeitsprozessionen teilzuhaben, wie die Männer und Frauen durch die Wiesen gingen und reichliche Ernten erflehten. Jeder soll in seinem Leben an das glauben, was er für richtig hält, doch hier entdeckte ich etwas Unverfälschtes. Hier im Herzen Ladiniens, wo im Winter Tausende von Touristen über die Pisten tobten, hatte man einen Flecken Landschaft vergessen den Götzen des Geldes zu opfern. Versuchte man in anderen Orten Schaulustige mit verkitschten Darstellungen anzulocken und tat alles, um mit einer Unzahl von Firlefanz und Jahrmarktbuden den Leuten das Geld für sinnlose Werte herauszulocken, so war es hier anders. In Wengen dankten die Menschen höheren Mächten von denen sie überzeugt waren, dass sie Hilfe brachten.

Edith kämpfte jahrelang um mich. Ich wies sie ab, wo ich nur konnte, demütigte sie bis zum Letzten, doch sie fand immer ein gutes Wort. Sie hielt zu mir, auch wenn ich Misserfolge hatte. Sie lehrte mich die Macht der Liebe. Das Geben und Vertrauen.

Wir labten uns an den ausgedehnten Farnfeldern. An feuchten Orten spross der Schachtelhalm überreich. Mächtige Fichten und Lärchen spendeten Schatten. Es war eine grüne Welt, wie sie sich vor Jahrmillionen herausgebildet hatte, noch bevor die Blütenpflanzen die buntesten Farben hineinzauberten. Viele dieser Bodengewächse gibt es schon seit mehreren hundert Millionen Jahren praktisch unverändert. Es scheint als hätten sie Bausteine entwickelt, welche nicht mehr zu verbessern wären. Ich setzte mich nieder, denn mittlerweile hatte ich mir angewöhnt, dass man für die Dinge des Lebens Zeit aufwenden muss. Ich hatte vieles der Hektik früherer Jahre wie einen lästigen Ballast abgeworfen.

Am Boden fielen mir unscheinbare Abdrücke auf als wären Sonnenstrahlen darauf versteinert. Ich kannte sie, diese eigenartigen versteinerten Muscheln. Die alten Ladiner nannten sie „soredli“, versteinerte Sonnen. Sie glaubten, dass die Sonne jedes Mal, wenn sie unterging, einen Abdruck hinterließ. So waren im Laufe der Zeit Millionen versteinerter Sonnen entstanden. Ein deutscher Forscher erkannte aber, dass es Muscheln waren und nannte sie Daonella.

Die einfachen Menschen dieser Täler hatten gelernt die Natur zu beobachten. Ihnen fielen seltsame Sterne abgebildet in den Felsen auf. Es waren Seesterne welche vor Jahrmillionen lebten. Bei anderen wiederum glaubten sie, es handle sich um versteinerte Kuhtritte.

Ich schaute in die Ferne in Richtung Kronplatz. Eine große Waldfläche war man eben dabei zu roden. Waldarbeiter zerschnitten die Stämme und bald schon würde man nichts mehr sehen, als eine planierte Fläche. Alle staunten in welch kurzer

Zeit es den Menschen gelungen war dieses Skigebiet zu einem der führenden Europas werden zu lassen. Die Zeitungen überboten sich in Erfolgsmeldungen. Rekorde wurden innerhalb kürzester Zeit gebrochen. Wieder musste ein neuer Sessellift aufgebaut werden. Die farbigen Stützen waren schon kilometerweit zu sehen. Die entrindeten Bäume lagen am Boden wie niedergestreckte Soldaten. Zu tausenden.

Dann ließ ich meinen Blick in Richtung Rosskopf oberhalb von Prags schweifen. Wie oft trieb es mich im Winter hier hinauf, wenn alles schlief. Erst vor kurzem hatte ich dort auf meinen Skiern einsame Runden gezogen. Hoch oben hatten mich die weit vorstehenden Schneewechten gemahnt, dass sie jeden Eindringling hinunterwerfen würden. Trotzdem querte ich einen Steilhang. Plötzlich hörte ich einen Donnerschlag und ein langer Riss zog sich oben durch die gesamte Flanke. Ich wankte und kam ins Grübeln. Sollte ich weitergehen? Es fehlten nur wenige Höhenmeter, dann wäre die Gefahr gebannt, denn weiter oben ging es flach dahin. Lange Zeit stand ich da und dachte nach. Dann überfiel mich jugendlicher Leichtsinn. Obwohl der lange Riss mir hätte eine Warnung sein sollen setzte ich Schritt vor Schritt. Die Treibschneemengen waren nicht unbeträchtlich. Wie auf einen geheimen Befehl brach der Hang mit Urgewalt über mich herein, als wollte er mich verjagen.

Anfangs schwamm ich noch mit, doch immer mehr Schnee wurde mitgerissen. Ich hatte alle Mühe mich an der Oberfläche zu halten, bis ich auch das nicht mehr schaffte. Die Schneemassen drohten mich zu überrollen und sie taten es auch. Allein war ich aufgebrochen und selbst wenn ich nur wenige Zentimeter unter dem Schnee zu liegen kam, war ich verloren. Die Lawine wollte einfach nicht innehalten, während mich der Schock lähmte. Ein Gedanke fuhr mir noch durch den Kopf. Warum war ich nicht sofort umgekehrt, als die Natur mich warnte. Purer Leichtsinn hatte meinen Geist geleert. Endlich kam die

Lawine zum Stillstand. Bis zum Rumpf war ich festzementiert. Zum Glück spross der Kopf wie ein Schneeglöcklein im Frühling, wenn auch im Pulverschnee eingehüllt in die Höhe.

Ich spürte eine sonderbare Kälte in mir aufsteigen. Mechanisch wischte ich mir das Gesicht frei. Dann grub ich um mein Leben. Der Schnee war hart gepresst und es dauerte wohl eine Stunde bis ich endlich den Brustkorb soweit frei gemacht hatte, um das ewig beklemmende Gefühl des Erstickens loszuwerden. Es dauerte eine weitere Stunde bis ich notdürftig auf den Beinen stand. Ich hatte verstanden. Es war höchste Zeit zum Umdrehen. Ich dankte für den Warnhinweis und versprach Besserung. Man soll nicht mit Gewalt in etwas dringen, wo man ein Feind ist. Besser wäre es gewesen schon von Anfang an mit dem Schnee, diesen Bergen und Felsen zu sprechen. Und dazu hätte ich Gelegenheit genug gehabt.

Wie Verliebte gingen wir auf dem Forstweg weiter. Es war mir, als bewegte ich mich nicht in der Gegenwart, sondern wanderte immer weiter in die Urzeit. Die mächtigen Nadelbäume spendeten den unter ihnen sich anschmiegenden Farnwiesen und Schachtelhalmmoore Schatten. Nur der frisch gegrabene Weg störte die Idylle wie ein Schwerthieb. Wir setzten uns von Neuen auf eine Steinplatte und ließen die Gedanken schweifen.

Felsplatten lagen herum. Der Bagger hatte sie herausgewühlt, große Teile über den Abhang geworfen. Sonderbare Abdrücke bildeten sich wie Schatten der Farne und Schachtelhalme auf den Spaltflächen ab. Neugierig nahm ich eine in die Hand. Doch nun erkannte ich, wie ich mich getäuscht hatte. Es waren die im Stein erhaltenen Abdrücke von Pflanzen. Trotzdem ähnelten sie den Pflanzen rundherum. Überall gewahrte ich plötzlich die Abbilder der Pflanzen. Mühevoll versuchte ich sie zusammenzusetzen. Wie in einem Puzzle ergaben sie einen Schachtelhalm, eine andere einen mir unbekannten Farn, eine dritte einen Nadelbaum. Diese Abdrücke waren den Arbeitern nicht aufgefallen, und wenn, dann hatten sie keinen Augenblick daran gedacht, um was es sich handeln könnte. Es war eine Welt der Wunder, welche sich mir plötzlich auftat. Ein Gang in die Vergangenheit, als die Pflanzen noch am Beginn ihres großen Aufstieges standen. Wir waren so in Gedanken versunken dass wir einen einsamen Wanderer nicht bemerkten.

„Dottor Ruggero Calligaris", stellte er sich vor, und es war mir als schien ihm wichtig seinen akademischen Titel hervorzuheben.

„Was machen Sie hier", fragte er mich, so als hegte er irgendwelche mir unbekannte Hintergedanken. Ich bedeutete ihm, dass hier oben in den Bergen es kein „Sie" gäbe, sondern, dass jeder Mensch ein Freund sei, den man mit „Du" anspräche.

„Ich versuche einen Teil der Natur wieder zusammenzusetzen, die zerstört wurde", antwortete ich ihm und setzte aufmerksam meine Arbeit fort. Das nahm mich so in Anspruch, dass ich gar nicht bemerkte, dass der gelehrte Mann plötzlich nicht mehr da war.

Es verging eine Stunde, dann hörte ich das Gedröhn eines schweren Autos, das sich über die vom Gebirgsbach ausgewaschene Forststraße heraufquälte. Es kam näher, dann sprangen zwei Polizisten mit umgehängten Waffen heraus, umzingelten uns, während ich im Hintergrund wieder Doktor Calligaris erspähte. Was ich hier mache, fragten sie mich barsch.

„Ich versuche diese versteinerte Pflanze zusammensetzen, weil ich neugierig bin, um welche es sich handelt", antwortete ich, ohne mir einer Schuld bewusst zu sein.

„Sie verwüsten einen Forstweg", unterbrachen sie mich.

„Nein", meinte ich „ich will all dies nur vor einer weiteren Zerstörung retten. Der Bagger hat alles schon kaputt gemacht."

„Aha, sie sind dann sogar ein wilder Raubgräber der Einzigartiges zerstört."

Ich biss auf Stein. Meine Argumente waren nicht überzeugend. Die Polizisten befahlen mir mitzukommen. So saß ich eingeklemmt im Polizeiauto, mit meinem Rucksack, in den ich einige der Felsplatten verstaut hatte und wurde herunter gefahren.

Wie ein Verbrecher stand ich vor dem Polizeikommandanten, während er mir eifrig eine Anzeige schrieb. Doktor Calligaris gab sich dabei als großer Wissenschaftler aus, von dem man noch vieles hören werde. Mich dagegen klagte man wegen Zerstörung eines Forstweges an.

Einige Wochen später stand ich vor dem Richter und fühlte ich mich nicht einmal unwohl dabei, obwohl mir die Aussichtslosigkeit meines Bemühens bewusst war. Der alte Richter schaute mich gütig an, so, als trage er wirklich noch, – nach so vielen Jahren und vielleicht schon amtsmüde – Gefühle in seinem Innern.

„Verurteilt!"

Das Gesetz sei lückenlos und mein Vergehen eindeutig. Ich wurde verurteilt, und kam mir doch vor, als hätte ich als einziger Bürger dieses Staates meine Pflicht getan. So verlor ich die geringe Achtung vor der Obrigkeit, welche mir noch geblieben war. Da machte sich jeder seine Gesetze, welche vielleicht schon einige Kilometer weiter in einem anderen Land verschieden waren und glaubte noch, die allgemeine Weisheit gepachtet zu haben.

Diesen Weg hatte man wie ein Schaufenster in die Jahrmillionen gegraben, und doch vermochte niemand von uns hineinzusehen und das Vergangene zu erkennen. Alle gierten nur darauf, mit dieser Straße schneller nach oben zu kommen, um fieberhafter der Natur ihre Schätze zu entreißen? War es richtig, dass die Natur überhaupt kein Recht mehr hatte? Waren diese Pflanzen vielleicht neu und wichtig für die Wissenschaft? Konnten wir damit mehr über unseren Werdegang in Erfahrung bringen?

Ich konsultierte viele Bücher, doch nirgends stand etwas über jene Gewächse, welche ich gefunden hatte. Und jene Bücher, die versteinerte Pflanzen zum Inhalt hatten, zeigten auf Fotos und Zeichnungen wieder ganz andere. Das musste ein Irrtum sein. Über so vieles hatte man schon geschrieben, da hatte man gewiss schon irgendwo Gleiches gefunden. Ich wendete mich an das Naturmuseum in Bozen. Sie beschieden mir, dass dies alles nicht interessant sei und ich sie damit nicht weiter belästigen sollte.

Ich fragte und schrieb Briefe an jene Professoren, von denen ich glaubte, dass sie es wissen konnten. Sie hatten ja Geologie studiert, oder Paläontologie oder ähnliche Wissenschaften. Doch sie konnten auch nur mit den Achseln zucken. Dann endlich verwies man mich an eine holländische Professorin. Sie hatte einen noch unaussprechlicheren Namen als alle mir bekannten Fossilien. Han van Cittert - van Konijnenburg schrieb sie sich. Sie war gütig und hilfsbereit. Sie reiste zu mir nach Hause. Ja, es handelte sich um völlig neue Pflanzen. Sie erklärte mir das warum, lehrte mich auf was ich Acht zu geben hatte, zeigte mir, dass es wichtig sei, alle Teile einer Pflanze zu finden. Besonders die Blütenstände. Und dass es männliche und weibliche Blüten gab. Wie bei uns Menschen, wie im Tierreich. Und dass jede Pflanze Kutikeln besaß, wie die Menschen eine Haut, und diese bei allen Pflanzen unterschiedlich seien, wie die Haut eines Tieres niemals dem anderen glich. Und dass diese Kutikeln selbst in mehr als 200 Millionen Jahren nicht zerstört würden.

„Vieles geht in der Natur verloren, aber nicht alles!“ lehrte sie mich.

Wir gaben ihnen Namen. Es waren ihrer viele, die wir benennen mussten. Sie hatten nun eine Persönlichkeit und waren nicht mehr unbedeutend. Sie erzählten etwas vom Werden und Vergehen der Arten. Hier gab es tropische Pflanzen. Eigenartig! Wir Söhne der Berge und des Schnees lagen einst am Äquator und hätten uns auf einer tropischen Insel sonnen können.

Von einigen Pflanzen hatte ich zwar die Blätter gefunden, doch noch immer fehlten die anderen Teile.

„Es ist als fändest du von einem Menschen nur den Unterarm oder den Wadenknochen!“ teilte sie mir mit. „Doch wir müssen alles finden, um zu wissen, wie die Pflanze ausschaute.“

Eine innere Stimme rief nach mir. Ich solle hinausgehen, in die Natur. Die geheimnisvolle Pflanze zu suchen. In diesen Bergen herumziehen. So streifte ich dahin. Tagelang. Auf und ab, hin und her. Ich versuchte tiefer in diese Natur zu schauen. Jeden Tag gelang es mir besser. Ich fand die fehlenden Teile der Pflanzen, verglich sie und öffnete mir Tag um Tag neue Erkenntnisse und auch der Menschheit. Von vielen anderen, selbst dem Wissenschaftler Ruggero Calligaris habe ich in all den Jahren nichts mehr gehört.

Die brennenden Heilsteine

Die Geschichte des suchenden Martin Albrecht

Wir hielten immer eine Dose mit einer pechschwarzen Salbe in Ehren. Man nannte sie Ichtyol. Sie wirkte wahre Wunder. Hatten wir einen Dorn im Fleisch, schmierte man das stinkende Zeug darauf und bald schon kam der Splitter wie von selbst heraus. Verstauchten wir irgendein Gelenk, gab es Ichtyol, bei Hautausschlägen genauso. Es war eine gute Salbe. Die Mutter erklärte, dass sie deshalb gut sei, weil sie viele Millionen Jahre im Innern der Erde gereift sei.

Der alte Martin Albrecht glaubte an die Kraft der guten Steine. In Seefeld in Nordtirol hatte er gelernt, dass es Schiefer gab, welche ein eigenartiges Öl enthielten. Vor hundertachtzig Millionen Jahren tummelten sich in dieser Gegend noch reichlich heute zum größten Teil ausgestorbene Meerestiere und durch einen glücklichen Zufall versanken sie dergestalt, dass ihre Grundsubstanzen im Schlamm erhalten blieben. Im Laufe der vielen Jahrmillionen wurden diese Schichten so zusammengepresst, dass daraus ölhaltige Schiefer entstanden.

Martin Albrecht hatte gelernt, dass in diesem Öl eine Jahrmillionen alte Vergangenheit in Verbindung mit der Gegenwart trat. Es war zwar selten, aber die menschliche Haut nahm es wohltuend auf. Dann verschlug es den für sein Leben gern in den Bergen herumziehenden Wanderer nach Pertisau am Tiroler Achensee. Und wie er im Jahr 1902 wieder in den einsamen Landschaften herumstreifte, in der Hoffnung der Natur ihre Geheimnisse zu entlocken, fand er zu seiner Überraschung am Seeberg genau den gleichen schwarzbraunen Schiefer, den er von seinen Heimatort her kannte. Ein eigenartiger Zufall hatte die Schichten durch die Berge ziehen und heraustreten lassen.

Im Steinöl steckte jene verborgene Heilkraft, welche nicht nur den Menschen, sondern genauso den Tieren wohl tut. Es war schwarz wie Pech und die zähe Masse roch fürchterlich nach Schwefel. Im kostbaren Steinöl schlummerte die Stärke urzeitlicher Tiere, welche wieder zum Leben erweckt worden waren. Diese wirkten wahre Wunder. Entzündungen klangen ab, Bakterien in den offenen Wunden wurden abgetötet und selbst die Schmerzen verschwanden.

Martin Albrecht war überzeugt, dadurch anderen Menschen dienlich sein zu können und machte sich daran, die Ölschiefer abzubauen. Die Schichten waren zwar nicht ertragreich, aber irgendwie ging es immer. Wie beim Brennen der Kräuterschnäpse, wo sich die wertvollsten Bestandteile in kleinster Menge ansammelten, musste man genauso diesem Gestein erst seine innersten Essenzen mühevoll entreißen. Bei mehreren hundert Grad schwitzten die zertrümmerten Gesteinsstücke das Öl frei, welche langsam in die Bottiche tropfte. Zwei Prozent kostbares Steinöl waren die magere Ausbeute, der Rest des Gesteins hatte ausgedient und wurde auf die Halde gekippt.

Lange hätte Martin Albrecht sicher nicht mehr an der kleinen Abbaustelle weiterarbeiten können, denn wie jede Goldader versiegt, neigte sich auch das Steinöl seinem Ende zu. Er war zwar viel in den Bergen unterwegs gewesen, hielt oft genug Ausschau, doch er wollte nicht finden, wonach er so hoffte.

Am 12. August 1908 war er wieder einmal unterwegs. Es regnete in Strömen und der Wasser durchtränkte Lodenmantel wog schwer, gleich wie seine genagelten Schuhe sich voll sogen. Es machte ihm nichts aus bei Wind und Wetter in freier Natur herumzuwandern. Dann endlich, im Bächental, auf 1700 m Meereshöhe, blieb ihm trotzdem nichts anderes mehr übrig als sich in eine verwitternde Almhütte zu retten. Innen glomm noch ein schwaches Feuer, doch keine Menschenseele hielt sich auf. Die Hirten hatten sie seit Stunden auf der Suche nach Brennholz verlassen. Martin Albrecht setzte sich hin und wärmte sich notdürftig am Feuer und trocknete die Kleider. Draußen regnete es in Strömen weiter.

Die Zeit vertreibend begann er an einigen jener Stellen herumzustochern, wo sich die Holzplanken der Hütte mit dem Felsen und dem Erdreich verbanden. Einzelne Steine brachen hervor. Er warf sie ins Feuer. Und plötzlich war einer darunter, welcher langsam zu brennen anfing. Er konnte es nicht wahrhaben. So viele Jahre hatte er gesucht und nun war er zum ersten Mal wieder auf eine Schicht des Heilschiefers gestoßen. Er warf die nächsten Steine ins Feuer. Sie brannten alle. Es war zuviel für den Mann, der zeit seines Lebens in den Bergen verbracht hatte. Als das Gewitter abklang kehrten die Hirten zurück und fanden einen glücklich schlafenden Mann in der Hütte.

Das Ölschiefervorkommen war mehr als ergiebig, es würde viele Jahrzehnte ausreichen. Martin Albrecht allerdings konnte dies alles nicht lange miterleben. Eines Tages hantierte er an einer primitiven Kühlmaschine herum. Sie explodierte und das austretende Salmiak verätzte beide Augen. Von diesem Tage an war er ein blinder Mann.

Franz Niederkofler - Bergila

Färberkamillen und die Blüten der Goldmelissen. Jedes Tal kennt eigene geheime Kräutermischungen.

Luigi Cadorin

L´Om Salwarek, der Bärlappmensch von Rivamonte Agordino in den Belluneser Dolomiten. Diese Waldmenschen galten als gut und halfen den Leuten der Berge.

Giuliano Laveder

Einmal im Jahr erscheint der Om Salwarek im Dorf, tanzt mit den Leuten, um dann wieder in den Wäldern unterzutauchen. Dieses Brauchtum hielt sich schon seit Jahrhunderten in vielen Gegenden der Alpen.

Luigi Cadorin

Michael Wachtler

Farne und Bärlapp gelten als uralte Pflanzen. Seit hunderten Millionen Jahren besiedeln sie schon fast unverändert diese Erde. Worin die Kraft dieses ewigen Lebens liegt weiß man nicht. Michael Wachtler beim Entdecken neuer Pflanzen aus der Urzeit, welche sich in Gesteinsschichten erhalten haben.

Dario Bellodis

Michael Wachtler und Paolo Fedele auf Neulandsuche in den Bergen. Noch immer sind in diesen Bergen neue Erkenntnisse möglich, noch immer ist es unsere Aufgabe Tiere, Pflanzen und Steine besser zu verstehen. Die Brüder Albrecht aus Pertisau am Tiroler Achensee. Das Ichtyol, das aus den dortigen Ölschiefern gewonnen wird, bewirkt wahre Wunder.

Antonello Cibien

Ein Adler in seinem Nest in den Agordiner Dolomiten bei Belluno. Unten ein Fuchs auf Beutesuche in dieser Gegend.

Auerhahn Arturo aus Canacede. Er erschien eines Tages im Dorf und quartierte sich friedlich beim alten Michelangelo Costa ein. Das nächste Jahr erschien er in einem Nachbarsdorf und fiel dagegen durch seine Angriffslust auf.

Antonello Cibien

Antonello Cibien

Ein Baumschläfer macht sich über einen Hagebuttenstrauch her. Der aus Bramberg im Salzburger Pinzgau stammende Rudl Hutz mit seinen getrockneten Kamillen. Zeit seines Lebens streifte er durch seine heimatlichen Wälder.

Michael Wachtler

Willy Campei

Willy Campei, der Freund der Vögel. Über viele Jahre brachte man ihm verletzte Vögel, welche er gesund pflegte.

Adolf Berger

Andreas Berger im Osttiroler Dorfertal mit dem Großvenediger im Hintergrund beim Meisterwurzsuchen. Die alte Klara Berger reinigt in mühevoller Arbeit auf dem 1535 hoch gelegenen Oberbichlerhof in Prägraten diese "Ginseng der Alpen". Jedes Jahr am 15. August ist Kräuterweihe. Adolf Berger trägt den geheiligten Strauß wieder nach Hause, wo er aufgehängt und dazu verwendet wird, die anderen Kräuter zu stärken.

Adolf Berger

Der alte Gottlieb Berger beim Pflücken der Vogelbeeren. Diese werden dann von den Frauen abgerieben. Die Beeren selbst werden für Marmeladen und Schnäpse verwendet.

Franz Niederkofler - Bergila

Eine Wiese mit Kornblumen. Besonders Ringelblumen wurden immer für verschiedene Tees und Salben verwendet.

Das Gold der Alpen und die Zwillinge Pallaoro. Die Kraft des Goldes liegt nicht in Neid und Missgunst, sondern zeigt die Schönheit und das Edle der Natur. Am Ende lag vor uns der größte Goldfund der Alpen.

Michael Wachtler - Foto Martin Schönegger

Michael Wachtler

Die Kräuterzauberin Margherita Pallaoro aus dem Fersental im italienischen Trentino. Da Ärzte selten in dieses Tal kamen, befasste sie sich Zeit ihres Lebens mit der Heilkraft der Pflanzen. Die Kenntnisse ihrer Wirkungen wurden von Generation zu Generation weitergegeben.

Michael Wachtler

Wolf-Dieter Storl, der Allgäuer Kräuterschamane beim Beriechen einer Pestwurz. Die Liebe zu den Pflanzen wurde zu seinem Studienfach. Auf seinem hoch gelegenen Einödhof bei Isney am Bodensee beschäftigt er sich mit dem Kräuterwissen der Ahnen.

Michael Wachtler

Unten in den Tälern pulsiert das Leben. Dort haben sich die Menschen ihre Gefängnisse bestehend aus Zeitdruck, Entfremdung und sinnlosen Tätigkeiten gebaut. Oben in den scheinbar so überlaufenen Alpen herrscht die grenzenlose Freiheit, welche jeden Tag neue Überraschungen bereithält.

Dario Bellodis

Die geheimnisvolle Macht der Tiere

Im Parlament der Murmeltiere

Die Weisheit der Wetterboten

Eine der schönsten Hochflächen in den Dolomiten ist das Fanesgebiet. Dort liegt das schon seit alters so genannte „Parlament der Murmeltiere“. Wie es dazu kam, ist ungewiss, der Name aber sicher treffend.

Die dem Fanesgebiet gegenüber liegenden Seite wird von einem anderen mächtigen Berg, der Hohen Geisel beherrscht. Eigentlich ist der alte ladinische Name „Croda Rossa“ zutreffender, denn wer am frühen Morgen den Sonnenaufgang miterlebt, wird von einem spektakulären Ereignis in Bann gezogen. Dann nämlich färbt sich für einige kurze Minuten der Berg so blutrot, dass alles zu einem unergründlichen Schauspiel verkommt.

In alten Zeiten soll auf diesem Hochplateau der Plätzwiese, Moltina, die Königin der Murmeltiere gewohnt haben. Damals verstanden Felsen, Pflanzen und Tiere eine gemeinsame Sprache. Selbst die Felsen nahmen manchmal Anteil an der Freude der Lebewesen und erröteten wie ein schüchternes Mädchen beim Anblick eines Mannes. Eines Tages besuchte ein Prinz vom Volke der Landrines diese Hochfläche und wurde von der Schönheit von Moltina so in Bann gezogen, dass er sie zu einem der vielen Feste unten im Höhlensteintal einlud. Von überall her kam alles was Rang und Namen hatte. Allmählich lichtete sich die Tafel und Langeweile kehrte ein, bis jemand auf die Idee kam, dass jeder von seinen Vorfahren erzählen sollte. Moltina versuchte das Gespräch hinauszuzögern, doch je mehr sie Einwände zeigte, desto neugieriger wurden alle. Das Mädchen fing am ganzen Körper zu zittern an und war keines Wortes mehr mächtig. Da geschah das Unvorhergesehene: Ein Diener stürzte in den Saal und forderte alle auf, ihre Blicke auf die Croda Rossa zu werfen, welche sich immer mehr ins Rote verfärbte. Alle starrten auf den sich blutrot verfärbenden Berg und harrten, was passieren würde. Als sich der erste Schrecken gelegt hatte, bemerkten sie plötzlich, dass Moltina fehlte. Sie war inzwischen in die Berge und zu ihren Murmeltieren geeilt und hatte sich dort versteckt und war um nichts mehr in der Welt zu bewegen zu den Menschen zurückzukehren. Auch wenn sich von Moltina alle Spuren verwischt haben, verfärbt sich heute noch die Croda Rossa in ihr unnatürliches Rot.

Das Murmeltier, die „muntagnola“, war das Symboltier von Fanes. Die dortigen Kalkfelsen ziehen sich wie ein großes Amphitheater rund um einen kleinen Gebirgssee, dem „Grünen See“, in die Höhe. Von diesem Gebiet wird berichtet, dass hier einst stolze Burgen und Häuser standen, dass Menschen dort ertragreiche Felder bewirtschafteten und es an nichts fehlte. Doch die Bürger wurden übermütig und eines Tages stürzte alles zusammen und nur bleiche Kalkfelsen künden heute vom einstigen Glanz. Die Menschen heute glauben nicht mehr an die alten Sagen, gleich wie sich vor Jahrzehnten niemand vorstellen konnte, dass in die steilen Felder und kargen Wiesen dieser Gegenden einst eigenartige Zuckergusshäuser hineingesetzt würden, um hunderttausenden von Touristen Unterkunft zu bieten. Wer hätte damals gedacht, dass die Nachfahren bald schon ihr Brot und Leben damit verdienten, dass sie das taten, was die Fremden wollten, und sie ihnen ihre uralten Bräuche vorspielen mussten oder wie die Clowns Possen rissen um sie zu unterhalten. Zu nichts anderem als zu leidlichen Unterhaltern verkamen alsbald

Das Parlament der Murmeltiere auf Fanes

die Menschen unserer Täler. Geld machte sie bequem und spielte ihnen eine trügerische Behaglichkeit vor. Es machte sie einsam, ichsüchtig und ließ frühere Tugenden, welche den Vorfahren lieb und wert waren, vergessen.

Wenn ich in diesen Gebieten meine Tage und Nächte verbrachte, staunte ich, dass wir nicht genug Mut aufbrachten um diese törichte Denkweisen zu verjagen und warum die Natur mit ihren Lawinen und Bergstürzen dies in die Hand nehmen musste.

Einige Menschen waren in der Zwischenzeit meine Lehrer gewesen waren, aber tausende Tiere, Pflanzen und Steine. Ich verbrachte viele Stunden damit, die Natur, das Verhalten und die Sprache der Lebewesen zu beobachten und zu erlernen. Wie viele junge Menschen umfängt der Trott des Lebens. Er tötet noch in jungen Jahren den Geist und benebelt den Verstand. Er legt in den Abgrund führende Fährten. Wie viele suchen in materiellen Dingen das Wesen des Lebens, wie wenige in den geistigen. Ich war nicht anders gewesen: Ich hatte mich mit anderen Menschen zusammengetan, Firmen und Gesellschaften gegründet und genauso jedes Grundstück und Gebäude auf seine Eignung untersucht Geld zu vermehren. Ich hatte Geschäftspläne gemacht, errechnet, wie viel Ertrag alles abwerfen würde. Ich war überzeugt dass die anderen Menschen mir anerkennend zunicken würden. Doch je mehr ich arbeitete und in je mehr Unternehmen ich eingeschlossen wurde, desto öfter hatte mich die vollkommene Leere des Daseins umgarnt. Viele dieser Tätigkeiten bestanden aus sinnlosen Dingen, welche man sich keinem Tiere wünschte. Wie ein Moloch stürzte ich tiefer in den Strudel des Nutzlosen. Das war kein Broterwerb mehr, denn zum Leben hatte ich mehr als genug, sondern nur mehr ein herhecheln hinter eine Unzahl vollkommen überflüssiger Ziele. Denn ein böser Geist umfing alles. Man musste sich seines Standes richtig kleiden, scheinheilig bei protzenden Tafeln mitessen, von dem reden, was die anderen als wichtig erachteten. Kurzum man baute Tag um Tag am eigenen Gefängnis weiter.

Wie ein Drogenabhängiger hatte ich alles abgeschüttelt. Doch wie oft riefen noch die Freunde nach mir, betörten mich wie hinreißende Jungfrauen! Wollten mich zurückhaben und machten mir die Welt des Glanzes und Glamours in immer neuen Farben schmackhaft. Ich wankte wie einer der Angst hat allein zu bleiben, Außenseiter dort zu sein, wo ein anderer Weg Bequemlichkeit verspricht. Doch ich hatte entschieden: Ich wollte meinen Geist für jene neue Welt zu öffnen, welche ich früher nicht beachtet hatte. Wie ein Anfänger war ich eingetreten und lernte mit Freude jeden Tag Neues.

Albert Frontull hieß jener Jäger, mit dem ich auf Fanes wie zufällig zusammenstieß. Er war hier alt geworden und deshalb konnte er auch sehr viel von seinem Leben erzählen. Immer schon sei er leidenschaftlicher Jäger gewesen, doch einige Jahre vor dem Zweiten Weltkrieg war er auf Fuchsjagd. Und wie es das

Schicksal wollte, verhedderte er sich so unglücklich bei einer Wurzel, dass er selbst jenen Schuss vom Gewehr löste, welcher ihn unglücklicherweise in den Arm traf. Da damals die ärztliche Kunst nur eine leidliche war, mussten sie ihn abnehmen, sodass nur mehr ein Stumpf übrig blieb. Er konnte von Glück reden, dass ihn ein reicher Mailänder, Carlo de Angeli mit Namen, dazu auserkor, für ihn Jagdaufseher in diesem Gebiet zu machen. Über viele Jahre wohnte er einsam in seiner Holzhütte knapp unterhalb des „Parlaments der Murmeltiere“ und kam nur selten heim zu seiner Frau und seinem Sohn. Aber die grenzenlose Freiheit dort oben gefiel ihm. Er erklärte mir sofort vollen Ernstes, dass es sich um einen verzauberten Ort handelte. Der Jäger begann mir einiges vom Murmeltier und seinem Gesinnung zu erzählen.

„Die Murmeltiere sind die besten Wetterboten. Man müsse sie nur genau beobachten. Sieht man trotz schönsten Sonnenscheins keine dieser Tiere, dann tritt unweigerlich ein Wetterumschwung ein. Beginnen die Murmeltiere besonders früh mit dem Zusammentragen des Grases, um damit ihre meterlangen Winterhöhlen auszustopfen, dann kommt ein früher Winter.“

Er lud mich ein mit ihm zu kommen. Wir stiegen immer höher, während ich die Beobachtungsgabe des Jägers bewundern konnte.

Auch die Gämsen spürten den nahenden Winter. Wenn man sie stundenlang äsen sehe, dann sei der Winter nicht weit. Am Valparola-Pass hätten die Arbeiter, welche die Straßen vom Schnee frei pflügten immer auf die Gämsen geschaut. Hätten sie an bestimmten Stellen hoch oben die Tiere gesehen, dann bestand keine Lawinengefahr, fehlten sie aber, dann wagten sie es nicht in besonders ausgesetzte Hänge hinein zufahren.

„Die Murmeltiermännchen sind die zuverlässigsten Gesellen, welche ihrer Angebeteten immer treu bleiben. Gemeinsam ernten sie im Spätsommer gleich den Bauern unten im Tal das Gras und lassen es in der Sonne trocknen. Es ist aber Humbug wie manche

Jäger erzählen, dass die Männchen die Grashalme ihren Weibchen auf den Bauch legen, und sie dann wie einen Schlitten über die steilen Bergabhänge herunterzuziehen, um die wertvolle Fracht leichter in ihre Höhlen zu bringen. Es stimmt aber, dass viele Murmeltiere am Rücken keine Haare tragen, was vom vielen Graben in den engen Höhlengängen kommt. Das Männchen nennt man Bär, das Weibchen Katze, die Jungen sind die Affen."

Der Mailänder hatte Albert Frontull deswegen zum Jagdaufseher gemacht, weil die Zeiten für die Gadertaler lausig waren und sie mit der Wildererei ihr Essen aufzubessern versuchten. Da aber Frontull wusste, dass ihm wohl kein allzu langes Leben beschieden war, wenn er zu eifrig ans Werk ging, versuchte er es mit Weisheit. War es ihm doch Lehre genug, als man eines Tages einen seiner Kollegen zerschmettert unter einem Felsen fand. In Enneberg ging das Gerücht, dass ihn Wilderer über den Abhang hinunter gestoßen hätten. Als Albert Frontull eines Tages ein in Eile zurückgelassenes Gewehr fand beließ er es damit, das Gewehr sehr wohl mitzunehmen, aber die Sache mit einem Zettel beruhen zu lassen:

„Das nächste Mal wenn ich dich erwische, versohle ich dir den Hintern."

Er sah alles mit ehrlicher Übersicht. Wie viele seiner Landsleute hatten aus Hunger das verwesende Fleisch der Gämsen essen müssen, so unheimlich es auch stank. Oder sie waren gemeinsam im Frühwinter auf Fanes zum Parlament der Murmeltiere gezogen, um tagelang an einem Murmeltierbau zu graben. Bis sie nach harter Arbeit endlich in den mit Heu ausgepolsterten Höhlenkessel kamen. Da lag dann die Murmeltierfamilie, an die fünfzehn Stück im seligen Winterschlaf. Sie nahmen die steifen Tiere mit, welche je wärmer die Temperatur wurde, allmählich wie wild anfingen zu schnarchen, um dann langsam munter zu werden. Aber die Menschen fanden einfach nichts anderes zum Essen.

„Das Murmeltieröl ist das feinste das man im Tierreich kennt. Es ist so sanft, dass es nach einigen Stunden durch die Haut bis zu den Knochen durchdringt.“ Er zeigte mit den Fingern der einen Hand sich wild verrenkend in die Höhe, um anzudeuten, dass das «Munggenöl» es tatsächlich vermochte, den Knochen zu erweichen. Es sollte gegen Rheuma, Bandscheibenleiden und Gicht wahre Wunder wirken. Er habe seiner Frau sogar einen Pelzmantel aus Murmeltierfell machen lassen.

Dieser Jäger war zu einem Einzelgänger geworden und scherte sich wenig um die Veränderungen im Tal. So kamen wir langsam immer höher. Plötzlich zerriss ein Pfiff die Luft und Albert Frontull hieß mich still zu sein und mich niederzusetzen.

„Das Murmeltier weiß ganz genau, woher Gefahren lauern und drückt dies mit seinen Pfiffen aus. Den Schatten eines Adlers quittieren sie mit einem einzigen, das Nahen von Menschen mit kurzen Pfiffen in rascher Reihenfolge.“

Ich spitzte die Ohren um ihn zu verstehen, denn er sprach immer so leise, als hätte er Angst, die Tiere hörten ihm zu.

„Der Adler und das Murmeltier. Das sei hier oben ein ewiger Kampf.“

So verharrte der Albert Frontull lange in vollkommener Ruhe und hoffte, dass ein unvorsichtiger Bursche seinen Kopf heraus steckte. Endlich war es soweit. Das erste Tier lugte hervor und kroch aus seinem Bau heraus. Der erfahrene Jäger legte sein Gewehr auf eine Stütze. Er tat es mit seinem einzigen Arm umständlich und mühsam. Dann zielte er und schoss.

Das Tierchen fiel augenblicklich wie vom Blitz getroffen vor seiner Eingangshöhle zu Boden. Langsam erhoben wir uns und wollten das tote Murmeltier begutachten. Doch zu unserem Erstaunen sahen wir plötzlich wie ein anderes den Kopf aus dem Bau steckte und das liegende Tier behutsam aber in Windeseile in die schützende Höhle hineinzog. Der alte Jäger fluchte, dass ihm jemand die Beute im letzten Augenblick noch wegnahm und tat alles, um es noch fassen. Doch wie er zum Eingangsloch kam, war nichts mehr zu sehen, außer einem Büschel von Haaren. „Schlimme Gesellen", rief er ins Loch hinein und entschuldigte sich, dass dies die Rache der Moltina, der Königin der Murmeltiere gewesen sei.

Auerhahn Arturo

Der gute Nin und das nachdenkliche Dorf

Canacede nennt sich ein kleiner Weiler von San Tommaso Agordino. Die Bewohner dieser Dörfer in den südlichen Dolomiten in der Nähe von Belluno sind zähe Menschen. Die Jagd ist ihnen wichtig und davon können sie stundenlang erzählen. Sie haben immer kämpfen müssen und ihre Tragödien gleich still erduldet, wie sie auch die Glücksmomente nie sonderlich nach außen kehrten. Sie haben die Welt der Tiere immer schon als eine riesengroße Familie betrachtet. Diese trampelten ihre Pfade in die unwegsamen Felsen mit viel Umsicht und die Menschen folgten diesen. Die Tiere lehrten ihnen Weisheit, Beständigkeit und Würde. Sie zeigten ihnen wo Gefahren und Lawinen lauerten und warnten sie vor Wetterumstürzen.

Von diesen Menschen habe ich gelernt, was gelebte Gastfreundschaft und uneigennützige Hilfsbereitschaft bedeutet. Sie erzählten mir von ihrem Leben und ich nahm das Gesagte dankbar in mich auf. Es waren einfache Worte und noch einfachere Philosophien. Ihr Reichtum lag in eigenartigen kaum beschreibbaren Werten. Sehr oft ist man heute von vielen sich eingebildeten Ängsten und von überall einprasselnden Belastungen so sehr geblendet, dass einem die Kraft sein eigenes Leben zu gestalten immer mehr verlässt. Sehr schnell verliert man das Verlangen, einem stolzen Pferd gleich, frei durchs Leben zu reiten, sondern verkommt zu einem Verängstigten, der wie auf einer völlig außer Kontrolle geratenen Kutsche in jede Richtung getragen wird, ohne jemals die Kraft zu finden diesen Zustand zu ändern.

Ich kenne aber viele, welche manche Ärzte für unzurechnungsfähig erklärt hatten, die aber tiefer in die Geheimnisse der Tiere und Pflanzen hineinhören konnten, als der Großteil der Masse. Mit der Stärke ihres Herzens freuten sie sich am Keimen der Pflanzen im Frühling, vernahmen voller Inbrunst den Gesang der Vögel und unterschieden die vielfachsten Regungen der Natur.

Wenn ich mit diesen Leuten durch die Berge der Pale streifte, öffneten sie mir die Augen für Dinge, die mir vollkommen unbekannt waren. Obwohl überall die Steilhänge drohend hinaufgingen, um in die schroffen Felsen der vielen Felstürme zu münden fanden sie immer geheime Wege, um in diese scheinbar unzugängliche Welt hinein zu dringen. Sie zeigten mir hervorragend schmeckende Salatwurzeln, welche sie „Radicchio di montagna" nannten (Cicerbita alpina - Mulgedium Alpinum), nach welchem man graben musste. Ich aß davon und staunte, wie viel man von der Natur verwenden konnte, was mir vollkommen unbekannt war. Sie zeigten mir wie man wochenlang durch die gewaltige Einöde der Pale spazieren konnte, ohne auf die hoch spezialisierten Nahrungsmittel, welche unten in den Tälern angeboten werden zurückgreifen zu müssen. Jeder sollte das Wissen über solche Dinge erweitern und dafür viel nutzlosen Ballast an technischen Informationen abwerfen oder gar nicht zu sich kommen lassen.

Der alte Michelangelo Costa wurde von allen Nin geheißen. Er ging schon an die achtzig Jahre zu, als plötzlich im März 1994 ein junger Auerhahn wie ein neuer Bewohner ins Dorf spazierte und sich überraschenderweise Nin als seinen Freund auserkor.

Warum er dies tat, blieb für alle ein Rätsel, doch der alte Nin genoss es sichtlich, dass der Auerhahn gerade ihn erwählt hatte. Zeit seines Lebens war er nie im Rampenlicht gestanden, hatte immer einfach gelebt und wenn ihn jemand brauchte, war er immer zur Stelle gewesen. Nun aber verneigten sich die Bewohner des Weilers zum ersten Mal vor diesem Mann, dem sie zugestanden, dass er sich mit dem Auerhahn und nicht nur mit ihm, sondern mit der ganzen Natur besser unterhalten konnte, als sie alle. Bald schon nannte der alte Nin den Auerhahn „Arturo". Er wohnte bei ihm, wie eine junge Geliebte, aß was ihm der Mann vorsetzte und begleitete ihn auf seinen täglichen Gang um die dürftigen Einkäufe zu tätigen. Artig wartete er vor dem Geschäft. Nin wurde plötzlich zu einer Berühmtheit, denn von den herumliegenden Weilern pilgerten die Menschen her, um Nin und den Auerhahn Arturo zu bewundern. Sogar die Zeitungsleute kamen und machten Fotos, denn sie wollten nicht glauben, dass ein Tier Freundschaft mit einem alten Mann schloss. Sie alle staunten, dass es Geschöpfe gab, welche sich trotz aller Gefahren frei unter die Menschen begaben, um sie in ihre andere Welt einzuweihen.

Nin lernte viel von dem Tier und auch Arturo fand sichtlich Gefallen an dem alten Mann. Beide erkannten alsbald, dass Menschen und Tiere sich nur durch eine Geringfügigkeit voneinander unterschieden. So ging der Sommer vorüber und Nin blühte auf, wie man es von einem Achtzigjährigen kaum erwarten konnte.

Eines Herbsttages nahm Arturo Abschied vom alten Menschen und zog sich wieder in die Wälder der Umgebung zurück. Es war, als hätte er genug von den Menschen gesehen und ihre verschiedenen Eigenheiten eingehend studiert. Der Winter ging vorüber, Nin war traurig, doch bald schon legte sich das allgemeine Vergessen über diese Episode, wie die Menschen sehr schnell vieles verdrängen.

Wie staunten die Leute, als sich Auerhahn Arturo im nächsten Frühjahr wieder präsentierte. Diesmal allerdings nicht in Canacede und beim alten Nin, sondern im Nachbardorf Ronch. Er war wie verwandelt, als hätte er den Winter über Zeit gehabt über viele Veränderungen nachzudenken, welche diese Dörfer heimgesucht hatten.

Es trat nun nicht mehr der lernbegierige brave Arturo in Ronch auf. Nein, er hatte sich zum bösen Auerhahn gewandelt. Bald schon war kein Auto mehr vor ihm sicher. Er sprang auf sie, zerkratzte den Lack und zerfledderte die Scheibenwischer. Er drohte und zog den Kopf ein, umkreiste die Menschen und verbeugte sich mit Worgen und Kröchen, so wie sich zwei Boxer belauern, um sich dann blitzschnell in einem Augenblick der Unachtsamkeit auf sein Opfer zu stürzen. Er verbiss sich als wären es böse Menschen - mit seinem kräftigen Schnabel in die Hosenbeine der Fotografen, welche ihn abbilden wollten, welche genauso nun vom bösen Auerhahn sprachen. Es hagelte solch kraftvolle Flügelschläge, dass sie mit schmerzend blauen Flecken eilig das Weite suchten. Er ging drohend auf alle los, welche ihm aus unerfindlichen Gründen, ob zu Recht oder zu Unrecht nicht behagten und versuchte sie zu treffen. Er warf Radios und andere technische Geräte auf den Boden, sodass es schien, als würde er sein Unbehagen gegen diese Menschen und ihren Technikwahn offenbaren.

Hätten die Bewohner ihm nicht zugute gehalten, dass der Auerhahn im Grunde zu nichts anderem, als zu ihrem inneren Gewissen geworden war, es wäre ihm wohl übel ergangen. Hatten doch die Menschen in den immer weniger werdenden Wäldern, welche der Mensch gedankenlos abholzte um sich überbreite Räume für seine Vergnügungen zu schaffen, sein Recht auf ein Territorium oft genug verletzt. Wollte er sich damit aufbäumen und sich Geltung verschaffen? Sie verziehen ihm sein Treiben, wie man bei einem besonders bösartigen Jungen hofft, dass er eines Tages zur Vernunft gebracht werden könnte. Fühlten sie doch, dass ein Teil der Schuld an seinem Benehmen an ihnen lag, weil sie sich eigene Fehler einzugestehen hatten.

Wie er gekommen war, zog sich Auerhahn Arturo im Herbst vom Neuen in die Wälder zurück und ward nie mehr gesehen. Es war als hätte die Natur einen Botschafter an die Menschen geschickt, um sie zum Nachdenken anzuregen.

Der Freund der Raben

Willy Campei und die Rückkehr der Weisen

Willy Campei war ein Freund der Tiere. Er hatte zwar einen bürgerlichen Beruf gelernt, aber schnell bemerkt, dass dieser ihn nicht befriedigen konnte. So wandte er sich den Tieren zu und es dauerte nicht lange, da regierten in seinem Haus die verschiedensten Vögel, Fische und andere Lebewesen. Er wohnte in Gais, im Schatten der mächtigen Ahrntaler Berge, abseits des Dorfes in einer schäbigen Bauernhütte. Am Haus vorbei führte ein Weg, wo immer wieder Radfahrer oder wandernde Touristen entlang mussten.

Obwohl er erst vor kurzem hier zugewandert war, kannten ihn die meisten Menschen des Dorfes, wie man eben in den Bergen über alles Bescheid weiß, was sich rundherum abspielt. Da sie sahen, dass er im Prinzip jedes Tier aufnahm, was irgendwo in freier Natur von den Menschen zu Fall gebracht worden war, brachten sie zur Beruhigung ihres schlechten Gewissens immer öfter verletzte Tiere. Zugleich aber schüttelten sie den Kopf über diesen skurrilen Eigenbrötler. An Strommasten verletzte Falken waren gleich darunter, wie von Autos überfahrene Rehe oder irgendwo unter schrecklichen Giftködern sich windende Tiere. So sprach es sich schnell herum, dass es einen Menschen gab, zwar keinen Doktor, der halbverhungerte Vögel mit großer

Sorgfalt und Können zum Leben brachte. Er liebte die Vögel und baute deswegen schnell mit jedem eine persönliche Verbindung auf. Er ließ sie wissen, dass er ihnen nicht wehtun, sondern helfen würde.

Eines Tages brachte man ihm einen hilflosen Raben, ohne dass man in Erfahrung bringen konnte, was ihm zugestoßen sei. Raben gelten als überaus kluge Tiere, man sagt sogar, sie seien in vielen Dingen den Menschen überlegen. In Sagen und Märchen verewigte man sie wegen ihrer Klugheit, wie im gleichen Atemzug als schmähliche Schwindler oder sogar als Propheten. Nicht umsonst sprachen die Menschen den Raben übernatürliche Fähigkeiten zu. Diese eigenartigen Vögel straften all jenen der Lüge, welche glaubten, dass Tiere keine Seele hätten und weit unter uns Menschen stünden. Raben faszinierten durch eine Überzahl an nicht für möglich gehaltenen Eigenschaften. So können sie anderen Raben erzählen, wo sich besonders ergiebige Futterquellen befinden. Sie können Luftrollen machen, im Wasser ein Bad nehmen, Gegenstände benützen und noch vieles andere mehr. Der Rabe ließ sich nie zum törichten Sklaventier des Menschen erniedrigen, wie die das Huhn. Er behielt sich immer seine eigene Persönlichkeit, wenn er auch sehr früh lernte, dass eine Zweckgemeinschaft mit den Menschen ihm genügend Vorteile einbrachte.

Willy Campei freundete sich mit dem Raben an, er verpasste ihm den Namen Gonzalez und bald schon waren sie ein unzertrennliches Paar. Das heißt nicht, dass nicht weiterhin jeder seine Eigenheiten beibehielt. Raben sind Gefühlstiere und er ließ dies Willy Campei jeden Tag spüren. Er erwartete sich Lob, wenn es ihm gelang Essenreste aus dem Mülleimer herauszufingern oder wenn er in der Luft besondere Loopings drehte.

Genauso wie wir in unserer Gesellschaft Tapferkeit schätzen und den Mutigen Medaillen umhängen, so begehrte Gonzalez nichts anders. Er war am Anfang wie alle jungen Raben sehr ängstlich. Er musste seine neue Heimat erst kennen lernen. Aber er zeigte sich jedes Mal stolz und plusterte sich auf, wenn ihn Willy Campei besonders lobte. Sein „quork", sein „krah" oder „kra" oder wieder einmal ein „kruk" hatten eine Bedeutung, welche für den Raben wichtig waren und von Willy Campei erst mühsam erlernt werden mussten. Er konnte zärtlich gurrende Geräusche von sich geben, wenn ihm etwas behagte oder tiefe raue Töne wenn ihn etwas zornig machte.

Für uns ist die Heimat ein Ort der Geborgenheit, wo wir uns wohlfühlen können. Die Nachbarn sind uns vertraut, gleich wie wir Freunde haben und Menschen, welche wir weniger gerne mögen. Wir erzählen anderen was gut schmeckt und wo es erlesene Dinge zum Essen gibt. Darüber hinaus gibt es Eigenbrötler und andere Menschen, welche uns durch ihre Geselligkeit hinreißen. Andere dagegen sind sehr neugierig. Oder auch streitsüchtig. Kinder verhalten sich anders wie Erwachsene. Sie spielen gerne und müssen erst den Gang des Lebens erkunden und erforschen. Willy Campei musste genauso mühevoll erst das innere Wesen des Raben herausfinden. Doch beide bemühten sich redlich und versuchten sich gegenseitig zu verstehen. Es dauerte nicht lange, da folgte der Rabe Willy Campei auf Schritt und Tritt.

Doch gleich wie man die Intelligenz der Kinder an der Ausgefeiltheit ihrer Dummheit erkennt, musste Willy Campei alsbald feststellen, dass es sich mit dem Raben Gonzalez nicht anders verhielt. Alsbald heckte er eine solche Vielzahl an üblen Streichen aus, welche einer derart überbordenden Phantasie entsprangen, dass es meinem Freund angst und bange wurde. Solange er nur mit seinem Bauch wie die Kinder über den Schnee herunterrutschte oder mit dem Schwanz des Hundes spielte und dabei schnell aufflog, wenn der Hund des närrischen Treibens überdrüssig nach ihm schnappte, war es noch eine Sache.

Wie die Generation in die ich hineinwuchs allergrößte Schwierigkeiten hatte, herumtollende und verwegene Kinder zu verstehen, so hatten sich die Menschen noch mehr den Launen übermütiger Tiere verschlossen. Je mehr Leute damit prahlten ein tolles Auto zu fahren, eine wertvolle Uhr oder sündigteure Klamotten zu tragen desto ärmer wurden sie im Innern. Sie liebten selbst die eigenen Kinder nicht mehr, weil ihre Erziehung zuviel Aufwand und Einengung bedeutete. Einige Jahre konnten sie sich zwar an der leichtfertigen Ungebundenheit erfreuen, doch im Laufe der Zeit und im Alter noch mehr wurden sie umso trauriger. Immer weniger waren sie imstande sich an der Vielfalt der Natur zu erheitern, sondern wurden von Tag zu Tag griesgrämigere Menschen.

Kurzum: Neben dem Haus von Willy Campei radelten übergewichtige Frauen vorbei, welche sich sehr oft aus Frust einen Bauch angefressen hatten und nun unzufrieden sich quälten, weil sie wieder geachtet werden wollten. Da passierte es, dass Gonzalez wie im Schabernack aus heiterem Himmel auf die Stoßstange ihrer Räder sprang oder sie derart erschreckte, dass sie vom Rad fielen.

Oder er riss von den langsam daher fahrenden Autos die Scheinwerfer herunter, pickte Löcher in die Taschen der Wanderer, stahl alles was nicht niet- und nagelfest war, besonders glänzenden Schmuck. Auf diese Weise lernte Willy Campei, dass es nicht nur bei Kindern ungezogene und missratene Bengel gibt, sondern genauso bei den Vögeln. Er musste sich immer öfter für alles was der Rabe tat entschuldigen, denn die Leute bei uns konnten nicht einsehen dass Tiere genauso ihre Rechte haben und manchmal nur das tun, was wir Menschen als unser ureigenstes Recht erachten. So wurde Willy Campei von Mal zu Mal mehr vor Augen geführt, dass er die Sprache der Vögel erlernte, nicht aber jene der Menschen.

Gonzalez störte die Leute bei ihrem Lesevergnügen, indem er ihnen die Zeitungen zerriss, machte mit den Milchtüten kurzen Prozess und selbst Getränkedosen stellten für ihn keine große

Herausforderung dar. Noch wütender wurden die Leute, wenn er sich auf ihr liebstes und am höchsten in ihrer Achtung stehende Spielzeug, das Fahrzeug hermachte. Mit seinem großen Schnabel beschädigte er die Autos. Mit der Zeit steigerte sich dies so weit, dass viele ihren Unmut gleich auf den Raben wie auf Willy Campei abließen.

Natürlich erwartete man sich in einem solchen Fall, dass man die missliebigen Tiere einschläferte, weil für das Tierreich andere Maßstäbe angewandt werden sollten wie für Menschen. Aber gerade das wollte Willy Campei auf keinen Fall. Wie einen kleinen ungezogenen Bengel knöpfte er ihn vor, und redete ihm ins Gewissen. Aber alle gut gemeinten Ratschläge halfen wenig. Er wurde sogar von Mal zu Mal mutiger und furchtloser. Er setzte sich auf die Telefonleitungen und sang dabei lauthals wie eine Rockröhre. Oder er ahmte menschliche Worte oder bestimmte Geräusche so nach, dass die Leute erschraken. Dies auch, weil es die Menschen verlernt hatten, Tiere genau zu beobachten. Früher brauchte man sich gegenseitig viel mehr. Man glaubte damals noch, Raben könnten uns wirklich von den vielen Geheimnissen der Wälder erzählen. Wenn die Jäger aufbrachen, um Wild zur Strecke zu bringen, dann kam die Stunde der Raben. Sie flogen über den Baumwipfeln dahin und wenn sie ihr lautes ggaagga-ggaagga erklingen ließen, wussten unsere Vorfahren, dass sie ein Tier erspäht hatten. Die Raben taten dies nicht uneigennützig, erwarteten sie doch für solcherlei Hilfsdienste einen Teil als Belohnung. Jetzt aber glaubt man, dass man ohne andere Geschöpfe sein Auskommen finden kann.

Heute allerdings sind sie zu unserem schlechten Gewissen geworden: Zu hunderten lassen sie sich auf den Mülldeponien nieder und zeigen uns an, wie respektlos wir mit den Ressourcen der Mutter Erde umgehen.

Und wie selbst Kinder einmal erwachsen werden und dann gerade die ungezogensten durch eine große Erfindungsgabe auffallen, wurde auch Gonzalez erwachsen. Er verschwand immer öfter in den nahen Wäldern, bis er allmählich zu zweit auftauchte. Dann sah Willy Campei ihn noch wie er auf den Stromleitungen stundenlange Zwiegespräche mit seiner Gefährtin führte, so als sollte sich jeder zuerst richtig kennen lernen, bevor man sich ein Leben lang band.

Willy Campei aber blieb den Vögeln ein Leben lang treu. Er verließ das zerfallene Bauernhaus und lebte bald schon auf Schloss Tirol mit noch mehr Vögeln zusammen. Der übermütige Rabe aber kehrte wieder in seine Wälder zurück, inmitten seiner anderen Gefährten und so blieb bei manch einen die unliebsame Erinnerung an einen Vogel, der nichts anderes als ein ungezogener Lausbub war.

Der Besuch des Marders

Die Vorherrschaft des Territoriums

Eines schönen Tages zogen bei uns die Marder ein. Sie taten es unangemeldet wie ungebetene Gäste und sie blieben. Als ich klein war, gab es fast keine Marder mehr in unseren Gegenden, doch je besser es uns Menschen ging, desto schneller lernten diese eigenartigen Gesellen, dass sich in einem geduldeten Nebeneinander mit den Menschen für sie nicht schlecht leben ließ. So gesellte sich der biedere Geselle zu uns wie ein alter Freund.

In unserer Nähe wohnte in meinen Jugendjahren eine unverheiratete Bäuerin, die wir „Katzen-Nena“ nannten, auch wenn sie gleich viele Hennen ihr Eigen nannte. Doch wie zeterte und gellte sie eines Tages, als all ihre Hennen tot im Stall herumlagen. Sie erzählte es uns Kindern mit sprudelnden Worten und war am meisten erbost, dass sie einen Marder seelenruhig zwischen den toten Tieren schlafen sah. Das Geflattere und die wilde Tollerei der zu Tode erschreckten Vögel hatten den Steinmarder derartig in Rage gebracht, dass er allen solange an die Gurgel ging, bis sich nichts mehr rührte. Das allerdings hatte ihn so müde gemacht, dass er wie in ein tiefes Koma verfiel und solange schlummerte, bis ihn die „Katzen-Nena“ aufscheuchte und er griesgrämig von dannen zog.

Nun nistete sich der finstere Geselle auch in unserer Villa ein. Des Nachts hatte man einfach keine Ruhe mehr vor ihm. Er polterte wie wild auf dem Kupferdach herum und gar manchmal erspähte ich ihn von unserem Schlafzimmer wie er mit seinem biegsamen Körper und seinem buschigen Schwanz zu uns hereinglotzte. Er kletterte behände über die glatte Hausmauer hinauf, sich irgendwie haltend und verschwand in einem unergründlichen Versteck zwischen dem Dachboden. So beschlossen wir ihn zu vergrämen. Wir stellten Fallen auf, doch nichts geschah, wir dichteten sämtliche Löcher ab, doch der Geselle war erfinderischer als wir es uns alle gedacht hatten, wir machten laute Musik. Wir schliefen nicht, er umso besser. Wir legten die schrecklichsten Düfte und Stinkbomben aus. Sie drangen in unsere Wohnzimmer, verpesteten dort die Luft, den Marder aber verscheuchten sie um keinen Deut. Wir versuchten alles und nichts half. Am Ende mussten wir uns mit ihm gleich arrangieren, wie er mit uns.

Denn anderen war viel Schlimmeres passiert. Francesco hieß ein guter Freund von mir, mit dem ich einige Zeit viel auf die Berge ging. Er stammte aus Belluno, aus begütertem Hause und wenn ich jetzt seinen ganzen Namen vergessen habe, so deswegen, weil wir uns aus den Augen verloren. Innichen grenzte an Österreich an und schon vor dem Ersten Weltkrieg hatte man dort zwei überdimensionierte Kasernen erbaut, welche in der Folge mit ungefähr tausend einjährigen Rekruten jedes Jahr neu gefüllt wurden. Diese Blutauffrischung hatte natürlich zur Folge, dass uns jedes Jahr eine Unzahl der hübschesten Mädchen abhanden kamen, welche sich in den einen oder anderen Präsenzdiener verliebten und mit ihm wegzogen. Zum Glück ist jetzt der Großteil der Kasernen verwaist, die Gefahr von Kriegen hat man erstaunlicherweise einmal beiseite gelegt. Francesco stammte aus wohlhabendem Hause und machte eine zweijährige Zeit als Unteroffizier durch. Wann immer es die Gelegenheit zuließ, war er im Sommer mit mir in den Bergen unterwegs. Im Frühjahr allerdings zog es ihn öfter heimwärts, da er in die Fußstapfen seiner Eltern treten wollte, welche eine kleine Handelstätigkeit ihr Eigen nannten. Eines Tages erzählte mir Francesco, dass er es abends nicht mehr geschafft hatte, rechtzeitig in die Kaserne zu kommen, weil daheim sein Auto einen Zündkabeldefekt hatte. Nur einem verständnisvollen Offizier hatte er es zu verdanken, dass er keine Strafe erhalten hatte. Ich tat dies als einmalige Verschleißerscheinung ab.

Doch wie staunte ich, als er mich am Wochenende von Innichen aus anrief und um Hilfe bat. Wieder schaffte er es nicht sein Auto in Gang zu setzen. Wieder war der Kabel kaputt. Oder sollte der italienische Mechaniker bloß Pfusch verursacht haben. Ich half meinem verzagten Freund und der einheimische Mechaniker, den ich als ehrlichen und vorbildlichen Handwerker kannte, bestätigte mir, dass nun für einige Zeit alles in Ordnung sei. Francesco fuhr nach Belluno, doch wie erschrak ich, als er mich spätabends am nächsten Tag wieder anrief und mir verzweifelt sagte, sein Auto sei wiederum kaputt. Wir standen vor einem unerklärlichen Rätsel. Waren es Frauengeschichten, oder irgendwelche unbekannte Rachegelüste welche meinem Freund zusetzten? Er kam zu spät in die Kaserne und diesmal regnete es wirklich eine Strafe. Er durfte für einige Wochen nicht heimfahren und umso mehr freute er sich, als man ihm wieder einen Kurzaufenthalt genehmigte.

Doch wie erschrak mein Freund und wie am Boden zerstört suchte er mich, als sein Auto wiederum nicht starten wollte. Wir wussten keinen Rat mehr. Da kam plötzlich der alte Aufsichtsjäger Hermann daher. Er trank zumeist sehr viel über den Durst und torkelte dahin. In unseren Dörfern war dies in der Zeit nichts Besonderes. Viele sprachen dem Alkohol zu. Trotzdem hielt er inne, begutachtete das Auto, pfiff in sich hinein und sagte:

„Es ist der Marder." Wir fielen von allen Wolken und konnten die Geschichte trotzdem nicht zu Ende denken.

„Warum ist das Auto dann hier kaputt und in Belluno genauso?" Da gab er uns eine einleuchtende Erklärung, bei der wir sofort verstanden in welch listiger Weise sich die Natur und die Tiere ihre Räume zurückeroberten.

„Eines Tages sah der Innichner Steinmarder, dass an einer bestimmten Stelle immer ein gleiches Auto dastand. Er schlüpfte kurz unter die Motorhaube und verließ sie gedankenlos wieder. Als das Auto dann in Belluno geparkt wurde, nahm der dortige Marder mit grenzenloser Empörung wahr, dass jemand in sein Revier eingedrungen war. In seiner grenzenlosen Wut drang er in den Motorraum und zerbiss sich zornig in den Zündkabeln. Wie nun der Innichner Marder beim abgestellten Auto meines Freundes eines Nachts vorbeistreunte roch dieser von Weiten, dass jemand anderer in seinem Gebiet seine Duftmarken gesetzt hatte und fiel gleichfalls voll erbost und grimmig über das Auto her, um seine Gebietsansprüche zu behaupten. Das wiederholte sich so weiter."

Nun wussten wir Bescheid. In all den Jahren hatte der Marder viel dazulernen müssen. Wegen seines begehrten Felles hatte man ihn fast ausgerottet. Dann kamen die Autos, drangen in seine Reviere ein wie freche Genossen und er musste sich damit abfinden, mit ihnen zu leben, und das Beste aus diesen Eindringlingen zu machen. Er tat es auf seine Art und Weise.

Die ungebändigte Kreuzotter

Das schlecht eingesetzte Gift

Obwohl mein Freund Georg Kandutsch kein allzu großer Freund des Weiblichen und noch weniger einer allzu vereinnahmenden Bindung war, segelte auch er in den Hafen der Liebe. Nicht etwa, dass es Jutta, die ihn Anbetende, leicht mit ihm gehabt hätte. Er war auf keinen Fall bereit auch nur die kleinsten Abstriche von seinem ungebändigten Freiheitsdrang in der Natur zu machen. Er wollte weiter wie ein Vagabund herumziehen, obwohl seine Freunde und viele Mitmenschen nur den Kopf schüttelten wie ein so begnadeter Wissenschaftler, den alle Pforten der Universitäten, Museen und Forschungsstellen offen standen, es als sein Ziel erachten konnte, im Dreck herumzuwühlen, und tagein tagaus in freier Natur auf der Suche nach kaum fassbaren Dingen herumsuchte.

Da Georg Kandutsch um nichts in der Welt dazu zu bewegen war mit Jutta in den Städten Schaufenster zu beglotzen, sondern weiterhin jeden Augenblick nutzte, um die Natur kennen zu lernen, sah sie sich gezwungen, mit ihm in die Berge zu gehen, um wenigstens von ihrer Seite aus Zeichen der Liebe zu setzen Das Dösental bei Mallnitz in Kärnten wartet sicherlich mit keinen solch großartigen Schönheiten auf, dass sich tausende von Neugierigen darauf stürzen würden. Mehr ist es eine derbe Anmut, welche einige Naturliebhaber anzieht. Ein unauffälliger Berg in diesem Tal nennt sich Törlkopf. Dorthin begleitete eines Tages Jutta ihren Geliebten mehr aus Liebesbeweis, denn aus innerer Überzeugung. Irgendwann ließ sie sich in den frischen Almwiesen nieder, während Georg alleine weiterstapfte, um in den wilden Schroffen des Törlkopfes herumzusteigen. Sie entledigte sich ihrer Schuhe, worauf die frischlackierten roten

Zehennägel sich mit der prachtvollen Blumenwelt der Hochalm verschmolzen.

Nicht etwa dass Kreuzottern von roten Zehennägeln besonders angezogen werden könnten, sondern sie können etwaige Beute aus großer Entfernung riechen. Gleich wie die Menschen nicht unfehlbar sind und vielfach durch ihre Gedankenlosigkeit die Natur zerstören, kann man von Tieren nicht erwarten, dass sich nicht doch manchmal Denkfehler einschleichen, die zu Ergebnissen führen, welche von Niemandem beabsichtigt sind.

Jutta sonnte sich und döste dahin. Ihre kleinen Füße baumelten leicht im Gras. Kreuzottern ernähren sich von Eidechsen, Mäusen und anderen kleinen Tieren. Eine weise Natur hat es so eingerichtet, dass Kreuzottern ihre kostbaren Giftvorräte nicht gedankenlos verschwenden. Droht ihnen Gefahr, dann geben sie mit ihrem Verteidigungsbiss bloß einen Bruchteil der Giftmenge ab. Nur auf der Jagd spritzen sie mit ihrem Beutebiss all ihr Gift in den Körper des Tieres, um es auf der Stelle zu lähmen. Da der Mensch mit immer neuen Abwandlungen in diese Natur eindringt, ohne sich darum zu kümmern, inwieweit er dabei Reviere der Tiere verletzt, so irritierten Juttas baumelnde Füße und ihr Geruch die Kreuzotter dermaßen, dass sie in Erwartung einer Tagesmahlzeit mit der vollen Kraft ihres Überlebenstriebes in das arme Opfer einschlug.

Für Jutta ging es von diesem Augenblick an um Leben und Tod. Sie schrie aus Leibeskräften und da Georg Kandutsch sich noch nicht weit von ihr entfernt hatte, war er gleich zur Stelle. Die Kreuzotter verharrte noch immer in der Nähe, um wie sie annahm das verendende Kleintier anhand der zurückgelassenen Duftspur zu verfolgen und zu vertilgen. Doch sie musste erkennen, dass der Beutebiss nicht das Ziel erreicht hatte und der kostbare Vorrat an lähmenden Giftstoff diesmal bedauerlicherweise schlecht eingesetzt worden war. Nicht etwa, dass Kreuzottern viele

Menschen auf dem Gewissen haben. In den meisten Fällen lernen von Schlangen gebissene Menschen, dass sie in Zukunft vorsichtiger in die Natur eindringen sollten und beherzigen umso mehr ein friedliches Nebeneinander von Tieren und Menschen. Übelkeit, Erbrechen, Schwindel und Schmerzen erinnern diese Menschen ein Leben lang an die Macht und Kraft dieser Geschöpfe.

Klar zeichneten sich bei Jutta die zwei symmetrisch auseinander liegenden Bissstellen ab. Der Zehe verfärbte sich blaurot. Jede Berührung bereitete ab nun höllische Schmerzen. Anfangs versuchte Georg Kandutsch noch sie den mehrstündigen Fußweg hinunter zutragen. Doch Jutta schrie bei jeder Bewegung aus Leibeskräften. Dann fiel sie in Ohnmacht um immer wieder daraus zu erwachen. Der Puls begann auszusetzen. Georg Kandutsch band die Stichstelle notdürftig ab.

Er musste sie allein lassen, um so schnell wie möglich ins Tal zu gelangen, wenn überhaupt die Zeit dazu noch ausreichte. Die Stunden vergingen. Ein zufällig angetroffener Arzt eilte hinauf und konnte nichts anderes tun, als auf die vollkommene Ernsthaftigkeit des Augenblickes hinzuweisen, und dass ein Transport ins Krankenhaus die einzige Möglichkeit noch wäre. Wieder verging wertvolle Zeit. Jutta dämmerte schon in einem todesähnlichen Schlaf dahin, aus dem sie aber trotzdem nach jeder Erschütterung aufwachte. Eine tödliche Atemlähmung stand unmittelbar bevor. Endlich gelang es einen Hubschrauber herzubeordern.

Wie durch ein Wunder kam Jutta noch lebend ins Krankenhaus. Die Wochen vergingen, wurden Monate. Sie rang mit dem Tod, immer wieder schwoll der Fuß an und bereitete höllisches Weh. Dann endlich erholte sie sich langsam wieder. Es war ein Missverständnis. Doch wie hätte die Schlange dies erkennen können.

Des Adlers letzter Angriff

Die Blindheit des Geistes

Immer mehr merkte Georg Kandutsch und ich, dass all die Arbeiten und Pläne welche wir unten in den Dörfern machten unbedeutend dem gegenüber waren, was sich uns hier oben an Neuland offenbarte.

Schon lange hatten wir herausgefunden, dass die Natur keine von Menschen gemachten Grenzen kannte und daran wollten wir uns halten. Die gleichen Tiere, Pflanzen und Steine gab es in Österreich, Italien, Slowenien, der Schweiz und Deutschland. Warum sollten wir Menschen uns dann so daran versteifen willkürlich gezogene Ländergrenzen aufrecht zu erhalten. So strichen wir manchmal tagelang keine einzige der Grenzen beachtend in den Bergen und Wäldern mit dem Ziel umher, Neuland zu betreten und unseren Geist im Verständnis der feinsten Regungen der Natur zu schulen. Wir fanden vieles, doch keiner war dem anderen um seine Entdeckungen neidig. Uns ging es einzig und allein darum die verborgene Sprache der Lebewesen wie auch der Steine zu entziffern und so freuten wir uns, wenn wir wieder einen Deut mehr in Erfahrung bringen konnten, was vielen anderen verschlossen blieb.

Wir lernten die Kunst des einfachen Lebens und die Schönheit der Freiheit. Was hatte schon der im größten Luxus Lebende einem voraus? Er kann auch nur dorthin vagabundieren, wo es ihn hindrängt. Und das konnten wir auch.

Eines Tages stieg Georg Kandutsch über die Felsenbänder des Ankogels in Kärnten behutsam in die Tiefe. Obwohl dieser Berg an den Nationalpark Hohe Tauern angrenzt und die Fremdenverkehrsverantwortlichen damit auch Werbung machen, wurde er als Gletscherskigebiet verbaut. So prägen gigantische Glas-Stahl-Konstruktionen jetzt das Bild und nur ein matter

Glanz der Bergwelt spiegelt sich in den Fenstern der Molochbauten wieder. Überall zogen sich die Stahlseile der Liftanlagen und Gondeln wie strangulierende Netze in die Höhe. Georg Kandutsch hatte im Laufe der Jahre die Natur zu beobachten gelernt wie wenige andere und so entging ihm nicht, dass an einer ausgesetzten Stelle etwas zappelte. Er stieg hinab und sah schon von weitem, dass ein junger Adler verzweifelt versuchte sich in die Höhe zu erheben, ohne es zu schaffen. Je näher Georg Kandutsch auf den schmalen Sims hinkletterte desto verzweifelter wurden die Versuche des Königs der Lüfte. Als er schon ganz nahe daran war, er die zornigen Augen des Adlers vor sich hatte, bäumte sich der Vogel noch einmal auf und stürzte sich in den Abgrund. Tief unten sah er ihn liegen.

So kletterte Georg Kandutsch neugierig geworden nach unten wo der Adler regungslos lag. Ein zarter Blutstrahl rann aus seinem Schnabel, während die gebrochenen Augen immer noch all den grenzenlos Hass und die Wut der ganzen Welt in sich zu tragen schienen. Schnell wurde meinem Freund klar, was diesem stolzen Tier das Leben gekostet hatte. Seine Flügel waren gebrochen. Er hatte wohl ein Seilbahnseil übersehen und war mit all seiner Kraft und Unbekümmertheit dagegen geprallt. Einige Zeit verharrte Georg Kandutsch noch voll Mitgefühl beim sterbenden Gesellen und als er längere Zeit keine Lebenszeichen mehr von sich gab, beschloss er ihn in seinen Rucksack zu tun, damit er nicht von einem Fuchs oder anderen Raubtieren zerrissen wurde. Er würde ihn ausstopfen und zur Erinnerung des traurigen Todes dieses stolzen Tieres in Ehren halten.

So bewegte er sich in Richtung Tal, und fuhr anschließend gleich zu einem befreundeten Tierpräparator. Dem Ausstopfer waren die Adler von je her anrüchig. Sie waren die Könige der Lüfte dieser Gegenden und geheimnisvolle Verwünschungen gab es zuhauf über diese Vögel. Deswegen vergewisserte er sich einige Male, ob der Adler wirklich kein Leben mehr in sich trüge.

Georg Kandutsch konnte ihn beruhigen. Der Vogel gab seit Stunden keine Lebenszeichen mehr von sich und das einzige, was man für ihn noch tun könne, wäre ihn als zeitloses Mahnmal für die Menschheit zu erhalten. So öffneten sie beide den Rucksack und versuchten vorsichtig - um keine Federn zu zerstören - den Adler herauszuziehen. Seine Augen waren immer noch bösartig geöffnet und sein krummer Schnabel gab seinem Angesicht einen Anstrich gewaltigen Zornes. Sie hatten den Vogel schon fast herausgezogen, da trat etwas ein, was den beiden das Blut aus ihren Gesichtern trieb. Eine leichte Bewegung machte sich im Tier bemerkbar, welche sich wie ein Orkan zu einem wahnsinnigen Aufbäumen steigerte. Ohne dass sie den Gang der Dinge aufzuhalten vermochten, sahen sie zu ihrem namenlosen Entsetzen wie der tot geglaubte Adler plötzlich wie wild mit den Flügeln umherschlug. Während sie vor Schreck erstarrt dastanden, unfähig zu einer Abwehrbewegung, stürzte sich das stolze Tier auf den Präparator. Noch einmal vereinten sich im armen Adler der ganze Hass auf diese Menschen, welche es gewagt hatten mit ihren technischen Schandbauten und gedankenlosen Werken der Naturzerstörung sein Reich zu zerstören. Ein gellender Schrei erscholl, der Adler sammelte seine allerletzten Kräfte, während sich sein krummer Schnabel mit rauer Gewalt im von wahnsinnigen Entsetzen versteinert dastehenden Ausstopfer festbiss. Wie ein Rächer der niederträchtigsten Boshaft war er mit der Kraft der ungebändigten Natur über sie hereingebrochen und schien nicht mehr davon abzulassen.

Doch im Augenblick all des grenzenlosen Zornes schlossen sich dem Adler die Augen, er fiel kraftlos zu Boden und starb ohne sein Werk beenden zu können. Und nur mehr Finsternis und Trauer legten sich über den gefallenen König.

Von den guten Kräutern

Die geheime Kraft der Meisterwurz

Begegnung mit einem einfachen Hirten

Bei uns in den Bergen gibt es nur zwei Jahreszeiten. Winter oder Sommer. Die Sommer dauern nur kurz. Auf ein schnelles Erwachen folgt ein majestätisches Aufblühen mit einer gewaltigen Farbenpracht, um dann gegen Ende August oder spätestens Anfang September nach dem ersten Schneesturm wieder Hinwegzuwelken, als fände eine übernatürliche Macht Freude daran alles zu zertrampeln.

Mich zog es sehr oft in die riesigen Einöden des Großglockners, dem höchsten Berg Österreichs. Abseits der touristischen Trampelpfade gab es weite Flächen aus Hochalmen, Steinwüsten und Gletschern in welche sich kaum jemand verirrte. Das Teischnitztal war solch ein abgeschiedenes Gebiet. Aus unerfindlichen Gründen hatte man dieses Tal in Ruhe gelassen. Nach einer guten Stunde anstrengenden Fußmarsches kam man auf eine Hochalm, wo man an warmen Tagen alle paar Minuten vom kalbenden Gletscherabbruch des Großglockners erschreckt wurde.

Ich schlief im Zelt, oder einfach nur im Schlafsack in einer der wenigen Steinhöhlen oder in der Pifanghütte. Sie war nieder und bestand aus einigen wenigen notdürftig zusammengehaltenen Steinmauern. Dort drinnen wohnte über viele Jahre ein Hirte, der sich irgendwann von den anderen Talbewohnern abgesondert hatte und nun in den Sommermonaten die Kühe hütete. Das erste Mal als ich ihn traf, lag er mit einer schweren Lebensmittelvergiftung danieder. Wahrscheinlich hatten ihm zufällig vorbeiwandernde Touristen etwas von ihren Stadtdelikatessen hinterlassen. Mich dagegen hatte ein plötzlich aufkommender Schneesturm heruntergeschwemmt. Mir graute noch vor der hoch aufgeladenen Luft, welche mir die Haare in die Höhe zogen und bläuliche Elmsfeuer wachsen ließen. Es war die letzte Mahnung vor einem tödlichen Blitzeinschlag.

Von den Urgewalten losgelöste Steine versuchten mich zu treffen, während ich irgendwo Zuflucht suchte. Es war wie ein Kegelspiel mit ungewissem Ausgang. Denn sie kamen so unvermittelt, dass ich nur hoffen konnte, dass mich ein unredliches Schicksal verschonte. Am Tag zuvor war ich gestartet. Der Himmel war klar und blau. Bald schon war ich in der Region des ewigen Eises am Fruschnitzgletscher. Die Berge vor mir versperrten mir die Sicht auf die drohende Gefahr. Dann kam der Sturm und ging einher mit einem Temperatursturz, wie ich ihn selten erlebt hatte. Er peitschte an meinen Körper, würgte den Kopf. Die Luft, nach der ich hechelte, war strömender Regen und ertränkte, anstatt dass er Frische spendete. Ins rettende Tal kam ich nicht mehr, weil Hagel zuerst und dichtes Schneetreiben den Tag zur Nacht werden ließen. Ich stürzte und verletzte mich, rappelte mich auf und suchte verzweifelt einen Felsen, der leidlich Schutz bot. Irgendwo kroch ich in ein Felsloch, gerade so breit wie ein Mensch.

Es schützte vor Regen, aber nicht vor der immer unverschämter werdenden Kälte. Die Blitze und der Donner verstummten, nicht aber der leise Schnee. Er wuchs höher und höher. Mit einem Feuerzeug, gedankenlos im Rucksack verstaut, versuchte ich all das Brennbare im Rucksack zu verwerten. Einige Zeitungen und Verpackung kramte ich hervor, mehr war nicht. Es gelang mühselig. Am Ende fraßen sich die

Flammen gierig durchs Papier, überraschten mich, raubten mir den Atem. Halb bewusstlos stak ich im Loch und fand keine Kraft mich zu wehren. Das Feuer gierte an meinem Körper, verzehrte die Haare, vertilgte die trockenen Stellen meiner Kleidung. Dann erlosch es wie im Triumph. Hustend rappelte ich mich auf, ich weiß nicht wann, nachdem mich der neue Luftzug zum Leben brachte. Ich stürzte ins Freie. Draußen herrschte sternenklare Finsternis und grimmige Kälte. So stapfte ich fröstelnd im Schnee umher. Fünf Schritte vor, gleich viel zurück. Minuten wurden zu Stunden. Ich hoffte auf den Morgen, wie ein Verdurstender nach Wasser. Eine innere Stimme umgarnte mich, hieß mich niedersetzen, die Augen schließen, und schlafen. Es war die Stimme des Todes.

Ich redete mir ein, wie schön und vielfältig das Leben doch sei. War es unten weniger gefährlich? Erstickte man dort nicht auch am Rauch der Zigaretten, an der Kälte der Mitmenschen. Ertrank man dort weniger in den Stürmen der Schlechtigkeiten und Lieblosigkeiten, welche die Seele zugrunde richteten. Ich hatte von all dem eine Nacht auszustehen, die anderen viele Jahre. Dann kam der Morgen. Ich spurte hinunter im tiefen Schnee. Jeder Schritt brachte mich in Richtung Wohlbefinden. Die Schwüle des Bodens ließ alles wieder schmelzen und jeder Blick zurück brachte ein anderes Bild einer sich wärmend verändernden Natur. Ganz unten lag die Pifanghütte, das anzupeilende Ziel.

Ich war froh diese zwischen Felsen verkeilte niedere Hütte zu finden. Bald fiel mir auf, dass dieser Hirte gar keine Zeit kannte. Für ihn gab es kein gestern, oder morgen oder heute. Im Laufe der Zeit hatte er es wahrscheinlich verloren und er legte keinen Wert darauf dies zu ändern. Da er keine Zeit kannte war er mehr zur Pflanze und zum Tier verkommen als andere Menschen. Er war von den Kühen, den Schafen, den Murmeltieren, Gämsen und Steinböcken in ihr Reich aufgenommen worden, das sanft und beobachtend war. Und mit ihnen hatte er abwechselungsreichere Unterhaltung, als wenn er wie andere tagelang auf ihrem Diwan vor einem Fernseher hockten.

Er fürchtete sich nicht vor den Blitzen, weil sie einfach zu dieser Natur dazugehörten. Musste sich ein anderer in den Städten nicht viel mehr vor heranbrausenden Autos oder daherdonnernden Zügen ängstigen?

Obwohl er wochenlang in der Einsamkeit lebte, war er trotzdem nicht mehr allein, als die Großstadtmenschen, welche in den Untergrundbahnen zur Arbeit fahren, an Bahnhöfen auf den Zug warten oder vor einem Büroschalter dicht gedrängt stehen. Während dort kein Mensch den anderen kennt und sie grußlos ihrer Hast nacheilen, so spielte sich in seiner Einsamkeit trotzdem unvergleichlich viel mehr Leben ab, als anderswo. Ihm nahmen keine hoch aufragenden Geschäftshäuser jede freie Aussicht, vor ihm türmten sich nur die Berge auf.

Der arme Hirte lag in der Hütte darnieder und fieberte stark. Ich fragte ihn erschrocken ob ich den Arzt holen sollte. Er aber verneinte vehement und hieß mich, da er schwach bei Kräften war, an einer versteckten Stelle aufgehängte Wurzeln bringen. Sie waren mir damals noch unbekannt. Weiters gab er mir Hinweise, wo er eine Flasche selbst gebrannten Schnapses verborgen hielt. Ich reichte ihm beides und fragte ihn, welche Bewandtnis es mit seinen Kräutern habe.

Behutsam kaute er an den Wurzeln und Sepp, so hieß der Mann, schien zusehends an Kraft zu gewinnen. Dann leerte er ein Glas des wertvollen Schnapses hinunter:

„Niemals etwas von der Meisterwurz gehört?“

Ich verneinte. Der Hirte war zeit seines Lebens nie gewohnt viel zu reden. Deswegen hatte er es auch fast verlernt. Die Frau war ihm in jungen Jahren weggestorben, die Kinder kümmerten sich kaum um ihn.

„Die Meisterwurz ist ein Wunderkraut und hilft gegen Magenverstimmung und Blähungen.“ Dann fügte er noch spitzbübisch lächelnd hinzu „Er hilft am besten gegen den Alkoholrausch. Und selbst die Viecher bringt er wieder auf die Beine“

Ich zeigte mich interessiert und so als bemerkte er dies, fragte er mich, ob ich ihn begleiten wolle.

„Ich gehe Meisterwurz-Wurzeln stechen.“

So folgte ich ihm. Er hatte einen uralten löchrigen Rucksack mitgenommen und allerlei schwerere Grabwerkzeuge. Dabei sah er aus wie ein Gespenst, ein versteinertes Wesen dieser Berge. Klein und hager bis zum Umfallen, aber zäh wie die Pflanzen die hier oben an der Waldgrenze wuchsen. Ich sah, dass er trotz seines Alters ein erfahrener Berggeher war, der die meiste Zeit seines Lebens in Hütten und Höhlen geschlafen hatte, und sehr wenig in einem mit Leinen überzogenen Bett. Bald schon fanden wir genügend Stellen wo die magische Heilpflanze in Mengen vorkam. Er hätte das Wissen von seinem Vater gelernt, und dieser vom Großvater. Schnell half er mir meine Beobachtungsgabe zu schärfen.

„Siehst du, die Samen schauen aus wie Kümmel und wir geben sie auch als Würze in die „Breatlan“, jenem hart gewordenen Bauernbrot, das er hier, mangels frischem aß. Die Blätter, getrocknet und zerrieben, hauen wir aufs Mus und den Kaiserschmarren.“

So lernte ich die Sprache der Meisterwurz. Sepp machte den Boden rund um die Wurzeln frei von anderen Pflanzen, dann grub er vorsichtig in die Tiefe und bemühte sich keine Wurzelfaser abzureißen. Die verdammten Wurzeln krallten sich an den Boden, als kämpften sie mit seltener Verbissenheit gegen uns. Es war fast unmöglich ihnen beizukommen. Immer wieder hielt sich ein Wurzelchen irgendwo in der Tiefe fest. Sepp, der Hirte, kam ins Fluchen und drosch wie wild auf die sich wehrenden Geschöpfe ein. Das war ihr Charakter. Diese Pflanzen waren selbstbewusst und davon überzeugt, dass sie in diesen Höhen eine Existenzberechtigung hatten.

„Zwar haben die Pflanzen Wurzeln und können sich nicht in der Art und Weise bewegen wie wir Menschen oder Tiere. Aber wie die Tiere strecken sie ihre Ranken wie Klauen aus, hängen ihre Blätter wie Felle nieder, halten sich mit ihren Wurzeln am Erdreich wie mit Krallen fest und tragen auf ihren Ästen ihren Nachwuchs wie eine treu sorgende Mutter ihr Kind. Sie hungern wenn ihnen die Nahrung fehlt, sie dürsten wenn es nicht regnet." Seine Philosophie war einfach und auf das wesentliche herabgesetzt. Das gefiel mir. Ich erkannte, dass er nicht einsam war. Er fand immer etwas, das ihm Gesellschaft

Dann wusch er die Wurzel im nahen Bach mit großer Geduld und befreite sie von den letzten Erdresten. Sepp bat mich die Finger auf die braunen Wurzelstöcke zu legen. Eine weiße Milch floss daraus hervor. Er ließ mich kosten. Sie schmeckte fürchterlich bitter.

„Je bitterer, desto heilkräftiger, desto stärker sind die Kräfte dieses Geschöpfes." sagte mir Sepp. „So bleibt man bei Kräften."

Ich sah ihm nicht mehr an, dass er eine schwere Lebensmittelvergiftung hatte. Der alte Mann glich einem Unkraut das nicht unterzukriegen war. Auch wenn er wenig bis gar nicht sprach und sein Leben in tagelangem Schweigen verbrachte, hatte er gerade deshalb die unbeträchtlichen Einzelheiten der Natur zu verstehen gelernt. Er achtete die Pflanze und grub nur soviel Wurzen aus, als er für sich benötigte. Bei Menschen wie ihm war der Umgang mit all den Kräutern und Pflanzen noch von gegenseitigem Anerkennung und Ehrerbietung geprägt. Nicht alle waren gleich. Viele in den anderen Tälern hatten es schon verlernt.

Dann zerschnitt er sie scheibchenweise und hängte sie an einem dünnen Seil zum Trocknen auf. Nicht ohne mir und ihm eine Scheibe zum Durchkauen herübergeschoben zu haben. Er wies mich an, sie hinter den Zähnen ganz oben zwischen die Backen zu klemmen. So entfalte sie stundenlang ihre Wirkung.

Das also war die magische Wurzel dieser Berge, welche soviel Krankheiten heilte und die Menschen bei Kräften hielt.

Ich schaute hinunter ins Kalser Haupttal. Unberührte Wildbäche drängten sich mit Urgewalt ins Tal. Vor wenigen Jahren noch wollte man hier alle Wässer fassen. Die Menschen dieser Täler hatten sich dagegengestemmt. Wie lange allerdings würden sie es noch schaffen?

Die Weihe der Blumen

Die Familie der Pflanzensammler Berger

Kurz vor dem Felbertauernpaß auf Osttiroler Seite sticht ein Tal zwischen hoch aufragenden Berge: Das Virgental. Nur einige kleinere Ortschaften mit wie an steile Wände kunstvoll angeklebten Bauernhöfen finden sich dort. Wenn die Menschen ihre Heimat nicht lieben würden, wären sie schon längst von hier weggezogen und hätten der Natur wieder Platz gemacht, welche immer schon alles daran setzte seine störrischen Bewohner zu vertreiben.

Ich wanderte viel in diesem Tal, weil es mich freute, mich an der urwüchsigen Kraft dieser Landschaft zu versuchen. Das Leben hier hatte die Virgener hart und einsilbig gemacht. Sie sprachen niemals mehr als die Steine. Auch Adolf Berger vom Oberbichlerhof bei Prägraten war einer von denen. Diese Bauern, Hirten und Jäger, die ihr Leben lang in den Bergen und Wäldern verbringen sind selbst Teil der Natur geworden und haben gelernt sie besser zu beobachten als viele Doktoren und Wissenschaftler. Es ist, als täte sie sich leichter sich diesen einfachen Menschen zu offenbaren, als allen anderen.

Hinter seinem hoch gelegenen Hof bauten sich die Wände der Sajat-Mähder fast senkrecht in die Höhe. Die Mähder sind die steilsten aller bearbeitbaren Felder, aber es brauchte sie, weil die

Wiesen im Tal nicht genügend hergaben, um das Vieh über den Winter zu bringen. Deswegen holte man sich die kostbarsten aller Gräser aus jenen kargen Almteppichen, wo an eine Düngung nicht zu denken war und sie meistens nur alle zwei Jahre genügend Kräuter abwarfen um sie überhaupt zu mähen. Da stieg Adolf Berger mit Steigeisen in die Höhe, welche den nötigen Halt gaben, um nicht abzustürzen und lieh sich das Gras von der Natur für seine Tiere. Er hängte es auf zum Trocknen auf einfache Harpfen. Im Frühwinter war die gesamte Familie vonnöten um dieses Kräutergold über die Felsen nieder herunterzuseilen.

Adolf Berger lernte von seinem Vater Gottlieb die Kraft dieser Kräuter kennen. Besonders schätzte er die Moschusschafgarbe, die Meister- und Bibernellwurz, den Löwenzahn und die Blutwurz, die Arnika und den Gelben Enzian. Gottlieb war ein weißbärtiger Man wie eine alte Zirbe. Aber genauso konnte er wie ein Sturm wüten. Seine Art von Kultur hatte er sich selbst beigebracht und da wenig von außerhalb in dieses Tal kam, schärfte sich sein Geist für andere Dinge als wir es gewöhnt sind. Er liebte die Natur und vererbte diese Gedanken an seine Kinder. Gab auch die Natur wenig her, so gab es doch vieles, von dem man Gutes abzweigen konnte. Aus den Vogelbeeren fertigte er Marmeladen und Liköre, genauso wie von den Heidelbeeren und Preiselbeeren. So hatte die Familie zwar nie zuviel, musste aber auch niemals darben.

Mit Menschen wie ihm konnten die Pflanzen reden. Möchten sie auch in vielen Dingen von diesen Bauern verschieden sein, so hatten sie trotzdem eine Fülle anderer Fähigkeiten in denen sie sich glichen. Allesamt waren sie lebendige empfindsame Wesen. Sie spürten Schmerzen, wenn man ihnen Weh tat. Bei den scheinbar stummen Pflanzen fanden die Bergers Gehör und gemeinsam wurden sie zu beredeten Freunden. Warum sollte es neben den lauten Menschen welche schreien, kreischen, fluchen nicht auch stille geben, welche duften, blühen, still atmen.

Die alten unserer Berge kannten sich in diesen Belangen viel besser aus. Wenn sie müde waren und ihnen die Kraft fehlte, gingen sie in die Wälder oder legten sich auf die Almwiesen, streckten ihre Arme aus und atmeten neue Kräfte ein. Oder sie knieten sich vor den Pflanzen nieder als verehrten sie sich gegenseitig. Oder sie führten Zwiegespräche als redete der eine dem anderen guten Mut zu, wie man es einem Menschen oder einem Tier tut.

Oft und oft gingen sie gute Wurzeln graben. Wenn sie zusammen den ganzen Tag über arbeiteten, gruben sie an die dreißig Kilo aus dem harten Erdreich. Und das alles nur, weil sie jene Plätze blindlings kannten, wo die heilkräftigen Wurzeln wuchsen. Gleich lang brauchten sie, um sie zu putzen.

Der 15. August eines jeden Jahres war ein besonders heiliger Tag. Da wurden die Heilkräuter geweiht. Mit Ausnahme der Johanniskräuter, die zur Sommersonnenwende im Juni gepflückt wurden, begann ab nun die beste Sammelzeit für die Pflanzen. Die Leute dankten es Mutter Natur, dass sie mit den Kräutern der Felder und Wälder, Arznei gegen viele bedrohliche Krankheiten gegeben hatte. Sie entnahmen die Kräuter der Natur und deswegen galt es als der Menschen Pflicht sich in Gedanken mit ihr zu vereinen.

Die Leute in den Dörfern haben diese Bräuche vergessen. Sie fanden sie als überflüssig, weil sie glaubten ohne dem auskommen zu können. Gab es doch bald künstliche Medizin in Hülle und Fülle. Aber für Adolf Berger war dies immer schon ein Trugschluss.

„Die wundersamen Heilwirkungen der Pflanze liegen nicht nur an der Heilkraft ihrer Blätter, Wurzeln oder Rinden. Sie enthüllen sich durch ihren Duft, ihre Farbe, ihren Bau. Durch sie konnte man Zugang zu den unendlichen Geheimnissen der Natur erlangen."

Für alle war es ein besonderes Ritual die Kräuterbuschen zusammenzustellen. Sieben verschiedene Kräuter mussten es mindestens sein. Aber es konnten auch neun, zwölf, fünfzehn oder neunzehn sein. Auf jeden Fall mussten es magische Zahlen sein. Neun, das waren Johanniskraut, Schafgarbe, Baldrian, Arnika, Königskerze, welche immer in die Mitte kamen, dann Kamille, Wermut, Pfefferminze und Tausendgüldenkraut. Der fünfzehner Busch bestand aus Fünffingerkraut, Glockenblume, Kümmel, Margerite, Eberwurz, Bibernelle, Wermut, Königskerze – auch diese immer in die Mitte gebunden -, dann noch Pfefferminze, Weinraute, Liebstöckel, Teufelsabbiss (Tormentil), Mooskolben, Bittersüßer Nachtschatten und Johanniskraut.

Nach der Weihe wurden sie mit den Blüten nach unten in den alten Bauernstuben im Herrgottswinkel zum Trocknen aufgehängt. Helfen sollten die geweihten Kräuter gegen mögliche Verzauberungen des Viehs, gegen Gewitter, gegen Krankheiten. Man versprach sich eine gute Ehe und gute Ernten. Von der Kraft dieser geweihten Kräuter zehrten die Oberbichlers ein Jahr lang. Denn dieser magische, geweihte Strauch barg eigenartige Kräfte in sich. Er war imstande die anderen nicht geweihten Kräuter zu stärken. Seine geballte Macht zu übertragen. So zupften die Bergers das ganze Jahr über behutsam einige der trockenen Kräuter ab und mischten sie den Tees oder Schnäpsen bei, gaben sie dem kranken Vieh oder mengten sie unter den Weihrauch um Haus und Hof vor den bösen Geistern zu befreien.

Die letzte Wissende

Margherita Pallaoro, die Kräuterzauberin aus dem Fersental

Das Trentino liegt an der Südseite der Alpen, wo die Sonne des nahen Meeres alles erträglicher macht. Von der größten Stadt Trient zweigt ein langes Tal linkerhand ab, durchschneidet wie ein Messer die Berge, um sich über Bassano del Grappa in der

Adriatischen Ebene zu verlieren: die Valsugana. Bei Pergine geht ein noch kleineres Tal in Richtung Norden: Das Fersental. „De Lait van Bersntol“, die „Leute vom Fersental“ haben ihre urteutonische Mundart bis heute erhalten. Von den Italienern wurden sie mit dem Spitznamen „Mocheni“ bedacht, was auf nichts anderes als ihr häufig gebrauchtes Zeitwort „machen“ zurückzuleiten ist. Noch immer führen in die Berge kilometerlange Gänge aus einer Zeit, als dort reichlich Silber, Kupfer und Blei gefördert wurde. Ich staunte jedes Mal, wenn ich in dieses Tal kam, wie es sich verändern konnte. Oft hatten die Berge und Wälder ein so zutrauliches und heiteres Aussehen, dass es mir warm ums Herz wurde und ich länger hier verweilen wollte, dann wieder zeigte es sich von seiner düsteren und dumpfen Seite, dass es einem mit Angst erfüllte. Diese Feststellungen machten andere Personen genauso.

In diesem Tal lebte weit oberhalb des Hauptortes St. Orsola auf dem Bauernhof Titani Margherita Pallaoro. Sie war klein und runzelig, hatte schon die achtzig Jahre überschritten und doch strahlte ihr Körper etwas seltsam Angenehmes aus. Ihre Augen funkelten als hätten sie nie aufgehört, die Umgebung genauestens zu beobachten. Je mehr ich sie kennen lernen sollte, desto überraschter wurde ich. Hier stand eine Zauberin vor mir, wie ich sie in den Alpen noch nie kennen gelernt hatte. Sie begann mich zu interessieren. In ihr lag so viel Eigenes und Ursprüngliches. Als sie sich vorstellte, zuckte ich sofort zusammen: „Margherita“. Das war der Name jener Blumen, welche hier oben überall auf den Feldern wuchsen.

Das Schicksal hatte es hart mit ihr gemeint. Früh starb ihr Mann. Sie hatte mehrere Kinder. Zwei davon, oder besser gesagt ein Zwillingspaar, fielen mir mit einer derartigen Seltsamkeit auf, dass es mich überraschte. Sie hießen Mario und Lino, aber alle anderen und sie sich selbst nannten sich nur „Gemelli“, was Zwillinge bedeutete. Sie waren in aller Munde, nicht nur weil sie beide wie ein Schlot rauchten, noch extremer soffen als es in vielen dieser engen Alpentäler üblich war, sondern weil sie wie kaum ein anderes Zwillingspaar in einer geradezu beängstigend wirkenden Einheit auftraten. Sie aßen und tranken jedes Mal das gleiche, man sah sie nie getrennt in die Berge gehen und es bedurfte eines Kopfnickens, und beide brachen gemeinsam zum Schlafen gehen auf.

Mein Freund Georg Kandutsch und ich waren auf sie getroffen, als sie uns die Augen für die Zeugen der Vergangenheit öffneten. Wertvollen Schmuck unseren Urahnen, der Kelten hatten sie irgendwo in den Bergen zutage gefördert und voll Spannung schauten wir auf die Kunstfertigkeit unserer Vorfahren. Zitternd hielten wir die Schätze in der Hand, hängten uns die kostbaren Geschmeide über, streiften die fein gearbeiteten Ringe über die Finger und überwanden so die Jahrtausende.

Frauen interessierten sie nie besonders, und jene die sie fanden, verabschiedeten sich schnell, weil sie eigentlich nur einen Mann suchten, und nicht deren zwei. Sie arbeiteten im gleichen Betrieb, ihnen genügt ein einziges Telefon – einer trug es bei sich, der andere führte die Gespräche - und eines Tages beschlossen sie gemeinsam dem Alkohol zu entsagen und niemals mehr in ihrem Leben einen Tropfen anzurühren. Sie hielten sich daran, für immer. Zwei Personen hatten sich in gespenstischer Weise zu einem „Ich“ vereinigt. Ein kreatives mit einem arbeitenden Ich, ein handwerkliches mit einem geistigen, aber genauso ein boshaftes mit einem guten. Dann verfluchten sie sich gegenseitig und bewarfen sich mit Steinen, brüllten sich an, um sich Minuten später wieder friedlich zu einem Ich zu vereinen. Für sie gab es nie ein „wir“, und wenn sie über sich erzählten, dann geschah es immer nur in der „Ichform“. „Ich“ gehe in die Berge, und sie meinten sich beide.

Die „Gemelli“ waren anspruchslos und fürchteten die Wildnis nicht. Zum Überleben hatten sie genug. Eines Tages begannen sie einen alten verwahrlosten Mann zu pflegen, von dem niemand recht wusste, wie es um ihn stand. Er vermachte ihnen zu ihrer Überraschung ein kleines Vermögen. Wie ich mich hatten sie sich genauso in die unerforschten Weiten der Berge gestürzt, wo es keine Menschenseele gab, nur um ihr geheimnisvolles Dunkel zu enthüllen. Es waren Irrfahrten gewesen und doch hatten sie – weil vier Augen mehr sehen als zwei und vier Arme stärker sind als die eines Menschen – vieles entdeckt.

So lebten die „Gemelli" immer noch bei ihrer Mutter, und bildeten eine eigenartige Gemeinschaft. Eines Tages begann Margherita von ihrem Leben zu erzählen und je länger sie sprach, desto geheimnisvoller wurde mir ihr Wesen. Sie sprach mit einfachen Worten. Sie trug den Geruch der Erde und das war ihr Parfüm. Sie trug einen abgewetzten Schurz, und eine selbst gestrickte Mütze. Es war als verbände dieser Zauberhut sie mit den Geistern des Waldes und der Pflanzen.

„La ruta non mi tagliar,
non mi rostir
che di ogni mal ti farò guarir.
Se non mi sai adoperar´
Ti farò crepar´."

„Schneide mich, Raute, nicht klein,
koche mich auch nicht ein,
und ich werde dir gegen aller Krankheit heilend sein.
Kannst du mich aber nicht verstehen,
ist´s um dein Leben geschehen."

Innig quoll es aus ihr heraus und trotzdem stellte ich fest, dass es ihr keine Mühe bereitete, alles in reimende Beschwörungsformeln zu bringen. Zu jeder Pflanze fand sie irgendein Gedicht und je mehr ich über ihren Sinn nachdachte, desto faszinierter wurde ich.

„Chi conosce la virtù della betonica,
riduce il medico senza tonica."

„Erkennst du die verborgene Kraft des Heilziest
Du jeden Arztes Kunst vergisst.“

Es schien mir, als gäbe es für sie keine Geheimnisse mehr in der Natur, weil sie selbst schon zu einem Teil von ihr geworden war. Ich fühlte mich erinnert an die Zeiten mit den Schamanen in Kamtschatka. Aber hier in den Alpen hätte ich es niemals erwartet. Das war das überraschende Abbild einer weisen Frau. Wenn ich auch Schwierigkeiten hatte ihren Dialekt zu verstehen, so sog ich trotzdem jedes Wort in mir auf. Sie ging mit mir in die Wälder und Felder, welche sich hinter ihrem Bauernhaus bis zum Horizont hinaufzogen. Dann nahm sie oft und oft eine Pflanze in die Hand und hieß mich, sie nicht nur mit den Augen betrachten, sondern mit all meinem Geist in mich aufnehmen.

„Der Baldrian, wenn er getrocknet wird, hat einen langweiligen Geruch.“

Es war ihre eigene Welt, welche sie sich zusammengefügt hatte. Sie berührte mit leichter, empfindsamer Hand die glatten kleinen Blütenblätter der Erdbeeren, dann fingerte sie wieder Wermutblätter heraus. Bald nahm sie die Blätter der Minze in die Hand, beschnupperte sie und verband sich so mit der Pflanze. Sie wusste die ganz alten Namen der Pflanzen. Sie sprach von den „code de gat“, den Katzenschwänzen, wenn sie die Schachtelhalme meinte, die „Buti buti“ wenn sie die Margeriten sah.

„Kräuter nicht nur zum Essen da. Kraft geht auf Gefühle und Geist des Menschen über“, betonte sie in ihrer holprigen Sprache.

„Pflanzen, Lebewesen wie du und ich.“

Lange erzählte mir Margherita Pallaoro von ihrer Welt. Obwohl man ihr es gar nicht ansah, hatte sie die Gabe die Menschen zu durchschauen. Selbst die Farbe der Iris in den Augen hatte eine eigene Bedeutung.

„Golden – verführerisch, aber betrügerisch und reine Schimäre,
Grün - Besorgnis erregend muss man misstrauen,

Kastanen – sturer Charakter, aber treu,

Nussfarben – Streithahn – mehr scheinen als sein,

Dunkelschwarz – feuriger Kampfgeist – ungestüme, heftige Liebe,

Schwarz mit Schleier – brennende Leidenschaft, eifersüchtiges aber geistvolles Temperament,

Türkis -bleich – Gleichgültigkeit – keine Aufwallungen,

Blaue Augen – treu,

Türkis dunkel – Weichheit, sehr oft wankelmütig,

Türkis sehr dunkel – Süße Gefühlswelt, starke Energien."

Dann konnte sie wieder auf das Lachen der Menschen eingehen und so wie sie den Mund verzogen in ihr Inneres schauen. Lange erzählte sie mir von ihrer inneren Weltanschauung. In ihr loderte das Feuer eines langen Lebens abseits der Quellen der Rastlosigkeit. Das sich durch genaue Beobachtungsgabe Vorteile verschaffte. Wo das Leben Tatkraft und nicht Interesselosigkeit verlangte.

„Gift im Blut ist nicht anderes als verderbende Stoffe, welche alte Krankheiten hinterlassen. Führt zu Fehlern im Körper."

So erklärte sie sich die Krankheiten, welche im Menschen herumgeisterten und sich niemals mehr vertreiben ließen.

"Das Blut gibt dem Körper nur mehr schlechte Nahrung."

Es war ein einfaches, beseeltes Universum. Margherita hob immer wieder beschwörend ihre Arme, während ihre Augen funkelten.

"Zunge zeigt gut Leiden im Magen oder Darm."

Aus der Farbe und der Art einer belegten Zunge schloss sie auf das Innere der Menschen. Sie erklärte mir, was es bedeutete, wenn die Zunge mit gelblichem Schleim belegt war, wenn sie sich trocken oder an den Rändern rot und innen aufgerissen zeigte. Viele Wörter entstammten einer uralten Sprache, welche heute von Niemandem mehr verstanden wurde.

Eines Tages hieß sie mich in ihre bescheidene Bleibe hineinzutreten. Sie zog ein Heft hervor. In Jugendjahren hatte sie es geschrieben. Es enthielt fein säuberlich von ihr gemalte Zeichnungen von Pflanzen. Und daneben schrieb sie für was sie gut waren. Sie hatte all dies von ihren Ahnen erzählt bekommen, und diese wiederum von ihren Vorfahren. Es war die ungelenke Schrift eines Menschen, dem jeder Buchstabe Anstrengung bereitete. Doch je mehr ich las, desto mehr staunte ich über diese Frau. Das war kein Wissen, was man in jedem Buch fand. Da war jemand in die Natur gedrungen und hatte sie selbstständig mit eigenem Geist erlernt. Gereimte Beschwörungsformeln waren dabei und uralte Rezepte wie Menschen ohne Arzt überleben konnten.

„Sciroppi di cantina
E migole di cucina
Lontana la medicina.“

„Rote Lebenssäfte aus dem Keller,
Aus der Küche keine großen Teller,
Ist der Ärzte Fäller.“

Ein seltsames Gefühl, welche mich zu der Zauberin hinzog, erfasste mich. Trotzdem war ich Geistmensch genug, mich zu fragen, ob in diesen abgeschiedenen Tälern noch andere solcher Menschen lebten. Ich machte mich auf, klopfte im Fersental an die Türen der Bauernhäuser. Viele wussten überhaupt nichts mehr von ihren Vorfahren, andere wiederum legten mir einfach neue Bücher, wo Ärzte sich ereiferten, wie man mit viel neuartigen Medizinen helfen konnte vor. Ich suchte im Etschtal, im Cordevole, im Gröden- und Gadertal. Ich fand Niemanden. Margherita Pallaoro, die einsame Frau hoch oben auf Titani blieb einzigartig.

Die Weisheit der Erde

Der Glanz des Goldes

Die eigenartige Welt der guten Zwillinge Pallaoro

Wir bildeten eine verschworene Gemeinschaft. Die Zwillinge, die „gemelli" Pallaoro, Georg Kandutsch und ich. Wo die anderen Grenzen sahen, erkannten wir Gemeinsamkeit, wo lästige Gesetze uns behinderten, entdeckten wir die Ordnung jener höheren Mächte, welche über allem standen. Hatte uns das Leben manchmal angelogen und betrogen, wie es alle Wesen narrt, so waren dies Kleinigkeiten zu dem was wir fanden. Die Zwillinge waren mit einer guten Seele zur Welt gekommen, fast mit einer zu guten. Wer diese in sich trägt, ist natürlich immer denjenigen ausgeliefert, der all dies nicht hat. Besonders heute, wo Bosheit und Gier uns regieren, besteht die Gefahr dass solche Menschen nicht in dieser Welt bestehen können. Und so kam es oft genug vor, dass die Zwillinge in Schwierigkeiten gerieten, weil andere ihre Schurkereien einfach auf sie abwälzten. Nichtsdestotrotz fanden wir Freude daran gemeinsam in der Natur herumzustreifen und neue Erkenntnisse zu gewinnen. Zudem bereicherten wir uns an den unterschiedlichen Kulturen, welche in uns zusammentrafen.

Schätze gab es in den Alpen überall. Man musste sie nur erkennen. Es gab sagenhafte, verborgene Goldminen, es gab Kräuter deren Kräfte man erst ergründen musste und es gab die magischen Wälder mit ihren Tieren und vielerlei Geheimnissen. Viele Menschen interessierte dies alles nicht, andere wiederum schafften es nicht die eigenen Grenzen zu überwinden um tiefer sehen zu können. Und doch genügte es manchmal die Sterbenden zu befragen oder in den alten Überlieferungen zu stöbern.

Eines Tages brachen wir nach Brusson ins Aostatal auf. Die Leute lebten hier noch in Häusern, welche mit schweren steinernen Dachplatten bedeckt waren, dass ich nur staunte, wie sie solch ein Gewicht tragen konnten. Die mächtigen Gletscher des Monte Rosa bewachten das Tal.

Die alten Etrusker hatten hier schon Gold zu Schmuck verarbeitet, die Salasser, ein keltischstämmiges Volk verjagten diese und hüteten die Schätze, die überall herauskamen mit Argusaugen. Dann kamen die Römer - eroberungslustig, goldgierig und sich wie die Welteroberer fühlend - und warfen ihre Besitzsucht auf diese reichen Erzlagerstätten, welche sich zwischen den heutigen italienischen Regionen Aosta und Piemont hinziehen.

Dort kam Gold überall mehr als reichlich vor. So viel Gold wurde laut Plinius gefördert, dass man den einzelnen römischen Bergwerksbesitzern verbat, mehr als 5.000 Sklaven in den Minen zu beschäftigen. Das war also die römische Goldprovinz. Schon der Name Brusson in der Valle Ayas wird auf „Bruxeum“ zurückgeführt, was Goldmine bedeutet. Im Laufe der nächsten zwei Jahrtausende sollte sich am Abbau des Goldes nicht mehr viel verändern. Zeiten des Stillstands wechselten mit jenen Epochen, wo ausgelöst durch irgendeinen wirklichen oder erfundenen Goldfund, es wieder zum Schlagen des einen oder anderen Stollens kam und eine intensive und viele Menschen beschäftigende Abbautätigkeit einsetzte.

Nun aber war der Glanz dieser Zeit vorbei. Es ging zwar die Kunde, dass es märchenhafte, verborgene Goldschätze gebe, doch die Geschichten waren so alt, wie die Geschichte des Landes selbst. Zwar suchten viele nach dem Gold, doch die wenigsten schauten ihm in die Augen. Und zumeist waren es dann nur mickrige Krümel.

So stapften wir auf lange nicht mehr begangenen Pfaden an den gebrochenen Holzhütten vorbei, wo es keine Menschenseele mehr gab. Dann starrten wir in die allmählich verfallenden Stollen. Von innen dröhnte es heraus.

Ein letzter uralter Bergwerksarbeiter, der letzte Zeuge einer verlorenen Zeit – wie der Tod ausschauend, und mit noch älterer Abbautechnik - arbeitete dort schon seit Jahrzehnten allein.

„Franco Bitossi", stellte er sich vor, seinen schwarzen Mundschutz abnehmend, sodass die saubere Mundpartie einen eigenartigen Kontrast zum dreckigen restlichen Gesicht bildete.

„Das ist mein Leben und hier möchte ich sterben", war seine Botschaft.

Es war bewundernswürdig, wie er sich tagein, tagaus ins Bergwerk aufmachte, um dort einige Brösel Gold zu suchen. Fand er auch kein Gold, so war er trotzdem ein glücklicher Mensch.

„Ich hätte nie unten leben können. Die Häuser waren mir zu eng, die Zeiten zu schnell. Hier atmete ich den Duft der grenzenlosen Freiheit." Er starb wenige Monate später als zufriedener Mann.

Wir schlugen den Weg zu einem alten Stollenteil ein. Vor einigen Jahrhunderten mussten hier wohl Bergwerksarbeiter eine große Wand heruntergesprengt und niemals das anfallende Material hinausgearbeitet haben. Das warum wird man wohl nie mehr in Erfahrung bringen können.

Man sah es den „Gemelli" direkt an, wie sie Zug um Zug mehr zu einer Einheit verschmolzen. Sie durchdrangen mit ihren Augen die Steine, sie arbeiteten mit ihren Geräten als vereinten sie sich mit der Natur. Sie versuchten beharrlich, beständig und mit unerschöpflicher Phantasie den Felsen zu durchdringen. Wie jemand der es gewohnt war, ihn zu verstehen.

Dann hielten die Zwillinge ein erstes Goldstück in der Hand. Es war schwer und groß. Nun ging es Schlag auf Schlag. Eine

Goldstufe nach der anderen kam zutage. Im Schein der matt leuchtenden Lampe strahlte es mit seltsamer Kraft hervor. Hier tat sich eine der größten Goldadern der Alpen auf.

Nach zwei Stunden sammelten sich die Goldstufen. Es war einer der größten Goldfunde der Alpen seit Menschengedenken. Bei manch einem musste man noch mit Flusssäure wegätzen, bei anderen wiederum sah man wie sich das Gold handtellergroß und moosartig auf dem Quarz abgelagert hatte. Keine Gier stach aus unseren Augen, wir fühlten nur ein unbeschreibliches Einssein mit der Natur. Hier drinnen in den Höhlen hatten wir jene äußere Welt zurückgelassen, welche auf Ängste und Skandale baute. Wirtschaftsbosse, welche darauf brannten, Tausende zu betrügen und in die Armut zu schicken, gierige Finanzhaie, welche Millionen Summen hin- und herschoben und davon ausgingen, dass sie Sinnvolles taten. Von den Gesetzen nie zu belangende Ganoven, welche den anderen noch das letzte Hemd auszogen, weil die Gesetze selbst ungerecht waren und niemand die Zähigkeit hatte sie zu ändern. Hoffnungslos waren wir ausgezogen, um diese wilden Berge besser kennen zu lernen und nun breitete die Natur all ihre Schätze wie ein unermessliches Füllhorn aus. Das Gold schickte seine Strahlen wie die Sonne aus und wärmte unser Inneres mit seltsamer Kraft. Die Freude etwas entdeckt zu haben, war geheimnisvoll und unergründlich.

Dann ging es ans Teilen dieses Goldfundes. Die „Gemelli" Pallaoro hatten den Hauptanteil und vor allem das nötige Wissen eingebracht. Sie sollten entscheiden. Für jeden der Anwesenden machten sie einen gleichwertigen Haufen voller Goldstufen. Jeder wählte seinen Anteil, sie zwei nahmen genauso: einen einzigen für beide. Sie fühlten sich nur als ein Ich, eine einzige Person. Und das waren sie schon ihr ganzes Leben lang.

Hatten wir Gold gewonnen oder die Vielfalt der Natur und des Lebens gesehen? Es war eine Episode des Lebens wie viele andere auch, welche wir aneinanderreihten, welche Geschichte machten und Geschichten schrieben. Der Anblick all dieses Goldes war nicht mehr wert als eine wunderbar im Wind wogenden Blume, die Betrachtung zweier sich paarender Hirsche, ein Abend unter wirklichen Freunden. Es war die Vielfalt des Gesamten, welche uns ergötzte.

Das Heulen der alten Geister

Die Totems der Renate Pizzinini

Der Peceihof in Colfosco galt als einer der ältesten Ladiniens. Die Menschen fanden nichts Auffallendes an seinem Äußeren, außer dass er uralt war. Die Durchschnittstouristen, welche an ihm zufällig vorbeigingen, hielten ihn für eine armselige und schlichte Bruchbude, wie sie einen bescheidenen und einfachen Menschen auch nicht schlechter charakterisierten.

Über Jahrhunderte hatte der Peceihof das Treiben der Bevölkerung beobachtet. Eine lange Zeit hatte sich nicht viel geändert. Die Menschen waren in diesen Tälern arm, aber stolz darauf eine vielfältige Bergwelt um sich zu haben.

Er behielt die Leichen in guter Erinnerung, welche man im Winter brachte, um sie im Frühjahr, wenn sich der Boden lockerte, der alles vereinenden Erde zu übereignen. Liebende vereinten sich, um Kinder zu zeugen und die Gene weiterzugeben. Dies alles sah der Hof und mit ihm seine nur für die wenigsten Menschen ansprechbaren Geister, Gespenster und Totems. Sie hießen Ganes, Salvans, Bregostanes. Ein jeder hatte seinen eigenen Bereich. Das Wasser, die Wälder, die Felsen.

Dann kamen eigenartige Neuigkeiten ins Tal. Menschen fuhren im Winter auf Holzbrettern über die steilen Berghänge herunter, Blechkisten verdrängten allmählich die treuen Rösser und kurvten in Windeseile über die Pässe.

Der eine Gott in den Stuben wurde abgelöst von einem anderen Gott, jenem des Geldes. Dieser war nun für alle gleich, ob sie sich Mohammedaner, Christen oder Juden nannten.

Der Peceihof und seine Geister hatten alles kommen sehen. Was ihn selbst betraf hatte er seinen Frieden gefunden. Seine handgearbeiteten Holzplanken aus Lerchenholz hatten über die Jahrhunderte treu die Menschen getragen, die Holzvertäfelungen aus Zirbenholz behaglich die Stuben gewärmt, die Böden aus Fichte hatten den Menschen aufmerksam zugehört und mitgesprochen. Als Bäume hatten sie sich von den Menschen behauen lassen, hatten sich geformt und gebogen, wie sie es wollten und alles ohne zu murren. Sie alle hatten den Frieden und die Eintracht gefunden.

Was ihn betraf, hatte er mit dem Kommenden nichts mehr zu tun. Außer dass er von Tag zu Tag mehr die Erkenntnis gewann, in einer sehr wunderlichen und komischen Welt zu leben. Doch auch jene Welt würde sich eines Tages von alleine wieder richten, wie vieles im Laufe der Erdgeschichte.

Im Jahr 1994 dann das Unvermeidliche: Ein Krachen und Pochen, ein Schlagen und Hämmern. Dem alten Peceihof wurde der Garaus gemacht. Hier hätte die Erzählung wohl enden mögen, wie vie viele andere auch.

Doch nun beginnt die Geschichte der Renata Pizzinini. Die Pizzininis waren die stolzen Besitzer des Hotels Cappella. Es war das schönste weit und breit. Ihr Mut zum Neuen, ihr unerschütterlicher Fortschrittsglauben wurde gerühmt und von den anderen beneidet. Sie trug dieselbe Mitschuld am Tode des Peceihofes, wie die Bewohner für die gedankenlosen Veränderungen im Tal und wiederum alle für das gesamte Land. Sie waren allesamt stolz darauf, der Menschheit zum größten Fortschrittssprung verholfen zu haben. Angesichts der Schwierigkeit, all diese Protzbauten zu errichten, war in ihren Köpfen keim Platz mehr für Kultur und Feingeist geblieben und so musste jene innere Seele, welche die Welt zusammenhält darben.

Renata Pizzinini sah die Geister des Peceihofes, welche man ihres Obdaches beraubt hatte, fliehen. Doch sie wussten nicht wohin. Da veränderte sich auch ihr Leben. Sie wollte eine Bleibe schaffen. Sie sammelte die Balken, die Hölzer, die Planken. Sie holte Künstler. Sie sollten aus diesen Statuen formen, Kunstwerke, Totems. Und ihnen neues Leben einhauchen.

So standen alsbald überall im Hotel und davor mahnende Wächter einer Zeit, als die Menschen noch anders dachten. Es waren die zum Leben erwachten Ganes, Salvans und Bregostanes. Renata Pizzinini aber erkannte, dass Kultur die Menschen gleich bereichert wie das Leben. Und dass das Leben nicht nur aus materiellen Besitztümern besteht sondern genauso aus geistigen. So endet die Geschichte der Renata Pizzininis und den warnenden Gesichtern ihrer Totems.

Gefangene Alpenrosen

Rinaldo Zardini, der Mann der erst schreiben lernen musste

Die Drei Zinnen gelten als eines der schönsten Bauwerke der Natur. Von jeder Seite aus betrachtet, zeigen sie sich von einer anderen geheimnisvollen Ansicht. Zwar fühlen sich von ihrer Schönheit tausende Menschen angezogene, doch gleich abseits der Wege gibt es immer noch weite stille Flächen, in welche selten Wanderer hingelangen. Die meisten Leute folgen einem Herdentrieb und lassen sich in den überfüllten Hütten nieder. Dort gebärden sie sich als Eroberer und kaum als stille Genießer dieser Bergwelt.

Mir war bewusst, dass es heute fast unmöglich ist, wie die Erforscher Amerikas oder Sibiriens als erste irgendwo hinzugelangen, wo noch keine Menschenseele ihren Fuß hingesetzt hat. Dafür aber gab es im Kleinen noch weite Geländestriche, wo man Neuland betreten konnte. Mal tat sich eine Höhle auf, dann waren es wieder seltsame Felsenformationen oder einfach manch eine Blume oder Stein.

Sehr oft führte mich mein Weg frühmorgens auf eine in der Nähe gelegene Hochalm, die Plätzwiese. Ich betrachtete wie magisch den Sonnenaufgang und das Verfärben der Berge, um dann wieder irgendeinen nur von Tieren begangenen Pfad weiter zu verfolgen. An diesem Tag war es aufgrund eines Tags zuvor niedergegangenen Unwetters sehr kalt und oben auf den Bergen lag Restschnee. Selbst weiter unten spürte man die Auswirkungen des Temperatursturzes. Teilweise umhüllte ein Eispanzer die Bergblumen. In der Nähe eines Hochmoores, wo nur noch einige Latschen ein kümmerliches Dasein gefunden hatten, sah ich in Gedanken versunken einen hageren Mann sitzen. Je näher ich kam, desto mehr spürte ich, dass er sicherlich schon an die achtzig Jahre alt war. Er glich in seinem Wesen einem der verkarsteten Felsen, welche diese Hochfläche auszeichnen.

Wie auf den Bergen Brauch begrüßten wir uns und wechselten einige Worte. Dabei benützt man im Gegensatz zu den eigenartig heuchlerischen Höflichkeitsformen unten in den Tälern immer das „Du“. Hier oben gibt es keine Standesunterschiede. Alle Menschen sind gleich. Als er an meinem Akzent merkte, dass meine Muttersprache deutsch war, wechselte er genauso vom italienischen fließend in diese Sprache. Das ist in diesen Gegenden, wo jeder mehrere Sprachen und Dialekte spricht, nichts Außergewöhnliches. Er gab an aus dem schon italienisch sprechenden Cortina d´Ampezzo zu stammen und stellte sich als Rinaldo Zardini vor. Während des Ersten Weltkrieges hätten ihn seine Eltern nach Zürich in die Schweiz geschickt. Dort hätte er hervorragend deutsch gelernt. Er strahlte etwas Edles aus und das machte mich neugierig. Waren es seine weißen Haare, seine

Der alte Rinaldo Zardini aus Cortina d´Ampezzo.

Blässe, sein zarter Körper und die Hände, welchen man nicht ansah, dass sie schwer auf den Feldern oder in den Wäldern hatten arbeiten müssen. Ich sah keine Schwielen oder hervortretende Knochen. Die Beine waren nicht krumm, wie es für jene Menschen kennzeichnend ist, welche ein Leben lang schwer tragen mussten. Seine bemerkenswerten Augen fixierten mich, ohne zu erkennen zu geben, was sie suchten. Das war bezeichnend für jene geringe Anzahl von Menschen, welche ihr Leben lang gewohnt waren zu Lernen und nun im Alter soviel Weisheit besaßen, das Einzelne immer im Zusammenhang mit dem Gesamten zu sehen.

Ich setzte mich zu ihm nieder, denn er begann zu erzählen. Der weißhaarige Mann interessierte mich. Er sprach bescheiden, manchmal sogar leise, als wolle er die Klänge der Natur nicht stören. Er sprach in einfachen Worten. Er habe hier heute nach seltenen Versteinerungen gesucht.

„Siehst Du hier finden sich überall Muscheln, Korallen, Schwämme und Schnecken eines Meeres, das vor vielen Millionen Jahren hier war. Es ist als säßen wir zusammen am Strand eines Meeres."

Ich schaute nieder und sah tatsächlich überall Muscheln. Es war als lägen sie erst seit kurzem hier und doch waren sie über zweihundert Millionen Jahre alt.

„Nur die wenigsten Menschen wissen, dass es hier an die tausend verschiedene Arten gibt."

Der alte Mann hatte eine faszinierende Beobachtungsgabe. Vor mir saß ein Mensch, der zeit seines Lebens nichts anderes getan hatte, als die Natur zu beobachten.

„Nur die wenigsten Menschen wissen auch, dass in diesem kleinen Gebiet, das ein Mann locker in einem Tagesmarsch schaffen könnte, ungefähr 1.500 verschiedene Pflanzen wachsen."

Dann wich er wieder von den Pflanzen und Steinen ab und erzählte von sich und seinem Leben. Seine Tochter Adriana sei bei der Geburt ihres zweiten Kindes verstorben. Er hatte sie besonders geliebt. Über seinen Sohn wollte er nichts erzählen, wie ein Vater, der den Lebensweg eines Kindes nicht für gut empfindet. Aber sein Gesicht zeigte einen Hauch von Traurigkeit und er senkte seinen Kopf um seine Gefühle zu verbergen. Er sei sein Leben immer in diesen Bergen unterwegs gewesen.

„Weißt du, selbst in den steil abfallenden Rinnen, wo eigentlich jeder glauben möchte, dass nie und nimmer Pflanzen wachsen könnten, finden wir die schönsten Blumen. Er erzählte mir vom Gletscher-Hahnenfuss.

„Es gibt keine Blume, welche höher wandert. Sie wohnt auf den höchsten Bergen. Sie ist eine sehr kluge Pflanze, denn wenn es zu kalt ist, dann kann sie ihre Kräfte von den Blättern wieder in die Wurzeln zurückverlagern und auf das nächste, oder sogar das übernächste Jahr warten. Dann blüht sie ein Jahr nicht. Wenn aber die Sommer schön sind, dann erlebt man ihre zwei Charaktere. Ihre Blüten sind anfangs schneeweiß, um sich dann rötlich zu färben."

Dann sprach er mir von jenen Blumen, welche besser als alle Bergsteiger an den glatten Felswänden hinaufkletterten. Die Schopfige Teufelskralle oder Morettis Glockenblume. Ich staunte über das umfassende Wissen dieses Mannes.

„Wir Menschen des Geldes wollen als Herren über die Natur stehen und verübeln ihr ein Miteinander und Nebeneinander. Viele dieser Blumen wird es schon bald nicht mehr geben."

Er sinnierte auch, was man verändern müsse, um die Landschaft nicht zur zerstören.

„Den Kindern soll einmal die Angst vor der Natur genommen werden. Dass die Pflanzen helfen, die Tiere sprechen können, die Steine Botschaften versenden."

Dann sprach er mir von vielen anderen Blumen und erwähnte dabei von jeder einen besondere Persönlichkeit.

„Schau die Erika an. Sie ist so stark, dass sie imstande ist sogar den stärksten Felsen zu zerstören. Ihre Wurzeln widerstehen wie kaum eine andere Baumart dem Feuer und deshalb werden daraus die besten Pfeifen hergestellt die so genannten „pipe di radica". In einigen Gegenden der Alpen bedanken sich die Mädchen, welche den Mann fürs Leben gefunden haben bei der Mutter Natur, indem sie Erikakränzchen auf die Bäume hängen. Und aus Erikazweigen hergestellte Besen vertreiben Geister und Dämonen. Unter das Kopfkissen gelegte Erikablüten sollen Träume wahr werden lassen. So ist sie ein Wunderwerk der Pflanzenwelt. Oder die Schlüsselblume. Wer ihre Blüten isst, bleibt lange jung, sagten die Bergbauern. Oder der Löwenzahn. Die Blüte öffnet sich mit dem Sonnenaufgang und schließt sich, wenn die Sonne hinter den Bergen verschwindet. Du wirst keine andere Blume finden, welche sich überall so anpassen kann. Manch ein Mensch könnte von ihr lernen. Der Huflattich dagegen ist eine der ersten Blumen, welche merkt, dass das Frühjahr nicht weit entfernt ist. Man muss alle Blumen nur besonders beobachten können."

Rinaldo Zardini saß und glich immer mehr den Felsen rundherum. Seine weißen Haare wehten im Wind. Dann erzählte er weiter.

„Es war kurz nach dem Zweiten Weltkrieg. Ein unberechenbares Gewitter ging über Cortina d'Ampezzo nieder. Die Temperaturen wurden im Dorf winterlich und oben in den Bergen lag Schnee. Endlich, gegen Abend zähmte sich der wilde Sturm und die Wolken verzogen sich - den Himmel befreiend - Richtung Meer, so dass die Sonne wieder die Landschaft kurz zu erwärmen begann, bevor sie hinter den Tofane verschwand. In diesem Abendlicht ging von den Wiesen und Feldern ein besonderer, frischer Glanz aus, so als entstammten sie einem eben erst gemalten Bild. So sank die Nacht kalt und ruhig nieder, während der gereinigte Himmel so kristallklar wurde, dass sich selbst die kleinsten Sterne noch mit unheimlicher Transparenz am Horizont den neugierigen Blicken darboten. Die Bergspitzen warfen ihre Schatten wie schwarze Riesen zum Firmament. Mit Sehnsucht betrachtete ich diese von mir so oft bestiegenen Zinnen und träumte davon, an diesem Abend ganz oben zu stehen, um dieses Naturschauspiel besser genießen zu können.

Früh am Morgen brach ich auf. Lang wanderte ich dahin und während ich die engen Wege hinaufwanderte, fielen die Regentropfen, die sich an den Blüten und Gräsern, wie ein Bogen hereingelegt hatten auf mein Schuhwerk, dass ich alsbald bis zu den Knien durchnässt war. Ich stieg in Richtung Zumeles, jener

Gegend, die ich am Abend zuvor so bewundert hatte. Im Wald war die Dunkelheit noch stärker zu spüren, sodass ich mich immer wieder in den vom Sturm herab gerissenen Ästen verfing.

Trotzdem erreichte ich schnell den Fuß der steilen Felsflanken, wo ich unbeabsichtigt und mich in eine gefährliche Situation bringend, aufgehalten wurde. Ich hatte eine Gruppe von über mir in den Felsen schlafenden Gämsen in ihrer Ruhe gestört. Im angstvollen Drang zu fliehen, lösten sie zuhauf Felsbrocken, die nun mit ungebändigter Geschwindigkeit auf mich zudonnerten.

In letzter Sekunde warf ich mich hinter einem nahe gelegenen Stein, während schon das erste Geröll mit furchterregendem Pfeifen an mir vorbeizischte. Dann setzte ich den Aufstieg weiter fort, während sich die Felsspitzen zuerst gräulich, dann rot verfärbten.

Während die ersten Sonnenstrahlen auf mich hereinfielen erreichte ich das Ziel. Ein überwältigender Anblick einer anderen Welt, die ich wahrscheinlich nie mehr wieder finden werde, überraschte mich. Hunderte und tausende von Alpenrosen in voller Blüte waren so von durchsichtigem Eis umhüllt, dass man immer noch klar und deutlich ihre Konturen sehen konnte. Das so sonderbare Gewitter hatte sie tags zuvor eingekerkert: Der sie zart bedeckende Schnee hatte sich unter den letzten Sonnenstrahlen ein wenig aufgelöst, und war dann von neuem über Nacht gefroren.

Das wunderbare Schauspiel dauert nicht mehr als eine Stunde, dann löste die warme Junisonne die Eisumhüllungen von den Blüten, während sie verwelkten."

Langsam erhob er sich und wir gingen weiter. Man spürte an ihm das Alter, auch wenn er immer noch erstaunlich rüstig war. Er zeigte mir eine Stelle, welche voll von Edelweiß war.

„Siehst Du, dass Blumen wandern können, wie wir Menschen. Einst lebten die Edelweiß in den weiten sibirischen Steppen. Während der Eiszeiten machten sie sich auf und wanderten zu uns. Bei vielen Völkern war es nicht anders. Das Edelweiß ist eine besonders flüchtige Blume, wie ein Reh oder eine Gämse. Sie will keine Menschen oder andere Tiere in ihrer Nähe haben."

Rinaldo Zardini kannte jeden Stein und jede Blume. Ich lernte in diesen wenigen Stunden mehr als in vielen Schuljahren. Dann wurde er plötzlich müde und verabschiedete sich höflich. Ich fragte ihn ob wir uns wieder einmal treffen könnten. Doch er schaute mich nur müde an.

„Weißt Du in meinem Alter kann einen der Tod sehr schnell erreichen. Es ist wie in ein Übergehen in einen anderen Zustand, indem es jeden Tag schwieriger fällt Mensch zu sein."

„Aber du weißt so viel. Sollte man es nicht aufschreiben. Es ist vergeudet, wenn du dein Wissen mit ins Grab nimmst Rinaldo", warf ich ein.

Er setzte sich nochmals nieder, weil er müde war und begann zu erzählen.

„Ähnliches sagte auch einmal ein berühmter Wissenschaftler, der Atomforscher Franco Rasetti, der viel mit Enrico Fermi zusammenarbeitete zu mir.

»Lieber Rinaldo, Sie können so vieles im Leben von der Natur gelernt haben, aber so lange Sie Ihre Erkenntnisse nicht niederschreiben, ist es, als wären sie unter einem Stein verborgen.«

Ich warf ein, dass ich als einfacher Mensch nicht den Mut dazu hätte. Und außerdem könnte ich nicht einmal schreiben. Alles wird voll von Rechtschreibfehlern sein.

Aber Rasetti gab nicht auf: »Lieber Mann! Niemand ist als Meister vom Himmel gefallen, habe nur Mut und geh an die Arbeit. Ziehen Sie alles heraus, was Sie erkannt haben und teilen Sie es denen mit, die es noch nicht wissen!«

So begann ich, auch wenn ich mit meinem Italienisch riesengroße Schwierigkeiten hatte. Es war ein Fehler, dass ich - im Wissen mich genügend ausdrücken zu können - nie meine Muttersprache besonders gepflegt hatte. Und Schreiben ist noch viel schwieriger, wobei ich niemals daran gedacht hatte, dass ich es einmal vonnöten hätte.“

„Und dann“, warf ich ein wie ging es weiter. So etwas interessiert auch mich.

„Dann begann ich zu schreiben. Ich beobachtete und fotografierte Pflanzen und Versteinerungen. Und ich hoffe, dass es den Menschen genützt hat, mehr von dieser Natur zu verstehen.“

So trennten sich unsere Wege. Ich sah den alten Rinaldo Zardini nie mehr wieder. Irgendwann erfuhr ich, dass er im Winter 1988 mit 86 Jahren verstarb.

Der Alte vom Berg

Die Welt des Wolf-Dieter Storl

Wolf-Dieter Storl war eine imposante Erscheinung, wenn sein langer, weißer Bart im Wind wogte. Ihm wären die Pforten vieler Berufe weit offen gestanden. Man hätte ihn gerne als gut bezahlten Professor in Amerika mit enger Krawatte herumgereicht. Er hätte mit neuen Pflanzen aus teuflisch zusammengezüchteten Genen die Welt bereichern können. Aber er entsagte allem und zog sich auf einen einsamen Bauernhof hoch oben im Allgäu bei Isny zurück, dort wo man auf einer Seite den Rhein ins Nordmeer und auf der anderen die Donau ins Schwarze Meer strömen sieht. Die einsame Forststraße, welche zu seinem Hof führt, war das ganze Jahr über schwierig und im Winter wochelang nicht zu befahren. Aber das berührte den Doktor überhaupt nicht.

Irgendwann im Leben beschloss er, all dem scheinbaren Wohlstand zu entsagen und auf dem weitaus schwierigeren Weg der Erkenntnis zu wandeln. Er tat es mit einer Gründlichkeit wie es hoch studierten Professoren zueigen ist. All das faszinierte mich. Mag manch ein Waldgeher von seinen Gefühlen der Natur gegenüber übermannt werden, so geht jemand, der sein Leben lang studiert hat, viel behutsamer vor. Er prüft und sammelt in sämtlichen Büchern der Welt, was andere Menschen schon darüber wissen. Um dann all das Wissen zu vereinigen und erst ab dem Zeitpunkt Neuland zu suchen. Dergestalt tat Wolf-Dieter Storl. Alsbald wusste er von den Pflanzen fast alles, was die Menschen ihnen je zugedacht hatten. Für was sie den Menschen irgendwann in der Weltgeschichte zuträglich waren, oder zumindest die Leute glaubten, dass sie ihnen Hilfe leisten könnten. Welche dämonenhaften Eigenschaften sie besaßen und welche chemischen Substanzen man aus ihnen extrahieren konnte. Und noch vieles mehr. Da er viele Jahre in Amerika lebte, lernte er auch die Sichtweise der dortigen Ureinwohner kennen.

„Von den Indianern lernte ich, dass Tiere weiser sind als Menschen."

Er beobachtete so gut er konnte und stieg Stufe um Stufe höher. Viele Jahre wanderte er herum, kletterte auf die Bäume und versuchte die inneren und äußeren Sinne der Natur bewusst wahrzunehmen.

„Vor allem war mir die Natur selber Lehrmeisterin. Nicht nur das Studium kluger Bücher über sie."

Er erkannte aber auch, dass immer dann, wenn er in die Gesellschaft der Menschen zurückkam, in ihm der Kontakt zur Natur verloren ging. Seltsamerweise kam er sich eingekerkert vor und so entriss er sich dem, um sich noch stärker mit den Pflanzen zu verbinden.

„Man muss sich an den Baum anschmiegen, ihn lieben und zugleich nach innen in die eigene Seele schauen."

Wolf-Dieter Storl erklärte mir, dass jeder Baum seine eigenen Botschaften versende. Die Seele der Birke wiege jeden sanft wie eine Mutter. Fichten und Tannen trügen uralte Weisheiten in sich, welche dadurch etwas Beschützendes ausstrahlten. Der Ahorn dagegen sprühe vor lauter Lebensfreude, während die Erle einen

Der Pflanzenmensch Wolf-Dieter Storl aus dem Allgäu

in die andere Welt, in das Reich der Geister und Kobolde ziehe. So kann sich der Mensch, wenn er sich die Zeit nimmt genau zu beobachten, sein Herz öffnen und sich mit den Pflanzen austauschen.

Er führte mich in die Welt der Naturvölker ein, welche erkannt haben, dass Berge, Bäume und Wälder ein „Wissen“ um das Vergangene in sich trügen, und der Mensch, der sich damit befasst in dieses „Bewusstsein“ eindringen kann. Diese Völker bräuchten nichts aufzuschreiben und trotzdem wüssten alle an welchen

Orten Heilpflanzen zu finden seien und welche Bewandtnis es mit ihnen hätte. Genauso verlor sich in ihnen nie die Kunde uralter Heilquellen und jenen für den Menschen unerklärbaren und geheimnisvollen Orten, wo sich die Tiere versammelten.

Er erzählte mir wie viel vom alten, weisen Indianer Bill Tallbull, der niemals über die Pflanzen, sondern immer nur mit ihnen sprach. Der die Geschichte der Steinleute kannte, jenen sprechenden Tieren- und Pflanzengeistern, welche es überall auf der Welt gibt. Und warum selbst in den Steinen übernatürliche Kräfte verborgen liegen.

Schließlich und nach langen Irrfahrten landete Wolf-Dieter Storl im Allgäu auf seinem hoch gelegenen Bauernhof. Den bearbeitete er bald schon als einfacher, denkender Mann. Hier inmitten seiner Pflanzen und Bäume fand er – je älter er wurde – seinen Frieden. Und seinen eigenen Weg zur Natur. Während wir dahingingen, erklärte er mir jede Pflanze und welche Bedeutung ihr die Menschen gaben. Dann nahm er mich auf eine Reise nach Mitgard und Utgard mit. Mitgard, das war der Garten in der Mitte, die Heimstätte der Menschen, Tiere, Pflanzen und Steine. Utgard, das war außerhalb, die Welt der Geister und Dämonen, wo die Menschen nicht hineinkamen und jene die hineingerissen wurden, nur als Verwandelte, als Sehende, Schamanen und Zauberer zurückkehren durften.

„Einsteigen in die anderen Welten“ nannte Wolf-Dieter Storl seine Streifzüge am Rande Mitgards, jener faszinierenden Welt, welche uns immer noch zum größten Teil unbekannt erscheint.

Mensch ruft Natur

Tausende Kilometer war ich als Lernender und Suchender durch die Alpen gewandert. Viele unnütze Dinge hatte ich dabei zurückgelassen. Sie hießen Hast und Gier. Der Lockruf der sinnlosen Geldvermehrung war entschwunden, genauso die Einbildung, derart wichtig zu sein, dass man mich suchte. Wie stand ich doch früher mit tausenden Menschen in Kontakt und alles Geistesgut kreiste darum, Arbeiten zu tun, welche bei näherem Nachdenken so sinnlos waren, dass es nicht wert gewesen wäre nur einen Gedanken darüber zu verschwenden. Und doch glaubte ich wie viele andere, dass darin der Sinn des Lebens liege.

War man nicht in dieser Masse unendlich mehr alleine als jener Einsame in den Bergen, dessen Blicke dem Fluge des Adlers folgten oder dem berechnenden Sprung der Gämsen? Die Natur ist geduldig, wie das Leben selbst. Ihr Atem ist unendlich. Einem Blinden gleich, dem durch einen glücklichen Zufall die Gabe des Sehens gegeben wurde, hatte ich lernen müssen, am Hin- und Herwogen der Blumenfelder Freude zu finden. Ehrfürchtig stand ich zwischen den Farn- und Schachtelhalmwäldern und staunte, wie sie es schafften unendlich viel länger als es uns Menschen gibt Leben weiterzutragen.

Viele Jahrhundertmillionen hatten sie schon die Sonne aufgehen sehen und untergehen. Sie hatten Katastrophen überstanden und hatten sich in jener Geduld geübt, welche stark, zäh und beständig macht. Jeder Stein erzählte mir seine Geschichten, welche vom Werden und Vergehen berichteten, vom Leben und vom Tod.

Zum ersten Mal spürte ich ein freier Mann geworden zu sein. Ich strengte mich genauso an wie früher, aber es war eine andere Anstrengung, wenn ich in den Bergen herumwanderte. Es war eine Schaffenskraft, welche den Geist forderte und dauernd neue Sichtweisen verlangte. Ich hatte Freundschaften mit Menschen geschlossen, welche Staatsangehörigkeiten gering schätzten, weder Habsucht noch Eitelkeit kannten. Sie hatten die Sprache der Natur verstanden. Dort zählte die Weisheit des Erfahrens und Sehens, des Bewertens und Schauens. Das hatte sie unsagbar stärker als die anderen gemacht, weil sie damit ihre eigenen hindernden Schatten überwanden und geringfügige Werte leicht und locker hinter sich gelassen hatten.

In jenem Reich war die Zeit relativ, und der Einzelne nur ein Teil etwas Unfassbar Großen. Aber noch erstaunlicher war, dass sich hier das Leben in seiner Fülle ausbreitete, alle Grenzen überwand, und sogar noch den Tod.

Noch am 22. Februar 1999 feierten im Tiroler Paznauntal die Menschen ausgelassen. In kurzer Zeit hatten sie bis auf die höchsten Berge Tempel des Vergnügens gebaut. Das Tal war zum Sinnbild all dessen geworden, was der Mensch an Gedankenlosigkeit, Unverständnis seiner Umwelt gegenüber und Protzerei alles tun konnte. Am 23. Februar, um 16.09 Uhr vermochte der Adamsberg oberhalb des Touristenortes Galtür seine schweren Lasten nicht mehr zu halten. Einunddreißig Menschen holten sich die gierigen Schneemassen, welche nicht fragten, ob das was sie taten gerecht war oder unschuldige Kinder mit in den Tod rissen. Gleich wie die Menschen niemals die Wildnis fragten, ob das was sie ihr anfügten, nicht wehtat.

Am 19. Juli 1985 traf es das Dörfchen Stava im Fleimstal. Eine Schlamm- und Drecklawine wälzte sich über 53 Häuser, 3 Hotels und andere Gebäude hinweg und erstickte 268 Menschenleben.

Die Natur tat es immer wieder und wieder. Jedes Jahr. Sie tötete Menschen, das ausgesuchteste und erhabenste Tier deswegen, weil es das anmaßendste von allen war. Es war das harte Gesetz jener, welche nicht gelernt hatten miteinander zu sprechen und sich zu verstehen.

Aber dieser Tod war bei weitem das Schlimmste nicht. Da waren jene Gefängnisse, welche sich die Menschen in ihrer Kurzsichtigkeit bauten, bei weitem elender. Hier wurden selbst die eigenen Kindern zu Sklaven ihrer eigenen sinnlosen Gedanken gemacht. Sie lebten in jenem Wahn, der ohne dass einem gewahr wird, leise und langsam tötet. Jene Trauer, welche die Seele zerstört. Und all das fügten sich die Menschen selbst zu.

Es wäre mir als Verrat erschienen, mich nicht niederzusetzen und hinzuschreiben was ich gehört und gelernt hatte. Ich wollte genau schreiben, nicht lügen und nicht übertreiben. Ich wollte erzählen, wie es mir die Menschen erzählten. Ich musste die Buchstaben knebeln und formen, damit sie annähernd das wiedergaben, was sich zutrug. Ich musste mit Wörtern eine Welt beschreiben, welche vom menschlichen Geist nur annähernd erfasst werden kann. Viele von diesen Menschen werden nie den Eingang in die Bücher der Geschichte finden und doch hatte mich jeder auf seine Art und Weise bereichert. Sie hatten mich ein Stück des Weges mitgenommen und mir den Zugang zu den innersten Geheimnissen der Natur geöffnet.

Von ihnen hörte ich jene Gesänge aus uralten Zeiten, die ich selbst erst verstehen lernen musste. Von ihnen vernahm ich Botschaften, welche mir unbekannt waren und doch so wichtig. Sie zeigten mir die Seele der Natur. Eine eigenartige Veränderung ging in mir vor. Ich lernte sehen, hören und fühlen. Steine wurden meine Freunde und auch die Pflanzen und Tiere. Sie erzählten mir unendlich viel Neues, Unbekanntes. Sie erzählten mir ihre Geschichten und ich ihnen meine. Knorrige, alte Bäume waren darunter, wie jungfräuliche Blumen. Prächtige Hirsche und einsame Feuersalamander, welche ihre Nischen in der Natur verteidigten. Bunte Kristalle und versteinertes Leben aus früheren Zeiten boten sich dar und berichteten von einer Zeit jenseits der Zeit.

Ich war niemals mehr allein. Tag um Tag zog ich in die Wildnis, in die Berge, in die Wälder. Jeder Tag war anders, wie auch jede Blume, jeder Stein, jedes Tier seine eigene unverwechselbare Persönlichkeit hat. Und so erzählte ein jedes mir andere Dinge, und behielt wieder vieles für sich. Was sie mir noch nicht preisgaben, werden sie vielleicht ein anderes Mal tun.

Die Weisheiten der alten Margherita Pallaoro aus dem Fersental

Raute

(Ruta graveolens)

Innere Anwendung: Die Raute hilft gegen viele innere Gifte. Nimm einige Rautenblätter und gib Wacholderbeeren, Nüsse und getrocknete Feigen hinzu. Zermahle alles und mische es mit Essig. Dann nimm einen Teelöffel davon jeden Morgen oder Abend. Es reinigt die Luftröhre, vertreibt den Ischias, löst die Verschleimung der Atemwege, heilt die Grippe, kolikartige Schmerzen und die Wassersucht.
Äußere Anwendung: Hilft gegen die Hämorrhoiden.

Heilziest

(Stachys officinalis)

Innere Anwendung: Der Heilziest hilft bei allen Leiden im Innern des Körpers in welcher Art er auch zu sich genommen wird. Bei Magenverstimmung, Leber, Milz, der Nieren, der Blase, bei Lähmungserscheinungen, bei Ischias. Man lässt die Kräuter im Wasser sieden und trinkt den Absud.

Spinnweben-Hauswurz

(Sempervivum arachnoideum)

Innere Anwendung: Gegen Kopfschmerzen, Milz- und gegen alle Nierenschmerzen.

Gemeiner Tüpfelfarn

(Polypodium vulgare)

Innere Anwendung: Der Tüpfelfarn hat eine süße Wurzel. 4 Unzen (1 Unze = 2,5 gr.) am Morgen oder am Abend getrunken, hilft er gegen Husten, Schwermut und Melancholie.
Äußere Anwendung: Gegen die Winde. Um den Tieren Appetit zu geben klein schneiden und unter das Futter mischen.

Walderdbeere

(Fragaria vesca)

Innere Anwendung: Sie stärken das Herz, scheiden Giftstoffe aus der Brust und lindern Gallenbeschwerden. Sie erfrischen das Blut. Der Saft der Pflanze verstärkt den Harndrang.
Äußere Anwendung: Gegen Pusteln und Mundgeschwüre. Für den Rachen zum Gurgeln.

Margerite

(Leucanthemum vulgare)

Innere Anwendung: Die Kräuter als Salat mit Essig, Öl und Salz gegessen helfen dem ganzen Körper. Die zerkauten Blätter lassen Pusteln im Mund und auf der Zunge verheilen. Die frischen Kräuter in der Fleischsuppe gegart helfen bei Verstopfung. Als Tee getrunken erfrischen sie die Leber und dämpfen die Tobsucht.

Äußere Anwendung: Die Blüten helfen bei Hautkrankheiten, wie Schuppenflechte. Die frischen Blätter aufgelegt auf alle Arten von Entzündungen nehmen die Hitze, dämpfen den Schmerz. Sie heilen Kopfwunden, Furunkel und Lähmungen.

Gänseblümchen

(Bellis perennis)

Es hat die gleichen Eigenschaften wie die Margerite.

Holunder

(Sambucus nigra)

Innere Anwendung: Mit dem Mark des Holunders heilt man Pusteln, indem man dieses direkt auf die Narben streicht.

Birke

(Betula pendula)

Innere Eigenschaften: Die Birke ist von größtem Nutzen, um sowohl Nieren- als auch Harnsteine zu zerbrechen. Nimmt man den Saft, der im Frühjahr aus den Stämmen quillt und trinkt diesen über einige Zeit, vertreibt er den Mundgeruch, gibt guten Atem und heilt Hautausschläge. Wenn man bei Verbrennungen den schwarzen Saft wie Pech darüber streicht, hilft er die Narben verheilen zu lassen.

Silberdistel

(Carlina Acaulis)

Der Saft der Wurzel mit etwas Wein zu sich genommen, tötet er die Würmer im Magen. Als Tee getrunken verstärkt er den Harnfluss. Äußere Anwendung: Die Wurzel stärkt jene, die sie an sich tragen, und gibt ihnen Lebenskraft.

Lilie

(Lilium polyphyllum)

Die zerstampfte Wurzel mit zerlassenem Schweineschmalz vermischt und drei Tage lang aufgetragen hilft gegen Hühneraugen. Die über Glut geröstete und zerstampfte Wurzel mit Rosenöl vermischt ist eine gute Medizin gegen Verbrennungen. Mit Honig vermengt hilft sie bei Geschwüren und Hautkrankheiten. Der Duft der Lilie hilft bei Kopfweh, doch nicht zu viel davon verwenden, weil er Kopfweh verursacht.

Kaiserwurz oder Meisterwurz

(Peucedanum ostruthium oder Imperatoria struthium)

Sie hilft gegen Hinfälligkeit und Lähmungen durch hohes Fieber. Man sollte ein Schnapsgläschen mit einem guten Wein bei Gefühlsausbrüchen trinken. Sie gibt guten Mundgeruch und kräftigt die empfindlichen Stellen der Geschlechter. Schlussendlich erregt die Kaiserwurz alle frigiden Stellen. Sie hilft bei Vergiftungen und gegen Bisse giftiger Tiere. Äußerliche Anwendung: Das klein zerhackte Kraut hilft gegen Ischias.

Klee

(Trifolium alpestre)

Innere Anwendung: Er hilft gegen Augenringe und bei Verletzungen. Bei verdarbenden Narben nimmt man jedoch den Saft.

Schlafmohn

(Papaver somniferum)

Die Samen des weißen Mohns soll man im Brot oder mit anderen Speisen essen. Sie sind nützlich, weil sie Schlaf bringen und denjenigen helfen, welche unter Schwindelgefühlen leiden. Weißer Mohn den Kindern unter ihre Mahlzeiten gemengt, lässt sie schlafen. Der Saft ist wirksamer aber auch gefährlicher. Das Öl der Mohnsamen lindert die Fieberhitze und gibt den Menschen Schlaf. Die gemahlenen Mohnkapseln vermischt mit Gerstenmehl und daraus ein Breiumschlag geformt, helfen bei Gürtelrose und bei Entzündungen.

Ackerschachtelhalm

(Equisetum arvense)

Innere Anwendung: Er hat große Wichtigkeit um den Blutfluss zum Stillstand zu bringen. Der Saft der Blätter ist zuträglich bei Blutauswurf sowie bei blutigem Urin. Zwei bis dreimal am Tag drei Löffel mit Wein getrunken hilft gegen Durchfall, Darmschmerzen, chronischem Husten und bei Astmaanfällen. Das gleiche gilt für die Blätter oder die ganze Pflanze in Wein gekocht. Sie hilft auch bei Blasenkatarrh, bei Magengeschwüren und bei Darmkrankheiten.

Äußere Anwendung: Der Saft in die Nase geträufelt beendet das Nasenbluten. Das gleiche bewirkt der Tee.

Brennessel

(Urtica dioica)

Innere Anwendung: Die Blätter der Brennnessel in Wein gekocht und getrunken verstärken den Harnfluss. Der Tee aus den Blüten, welche im Juli gesammelt werden, hilft bei Krebs und Geschwüren.

Tausengüldenkraut

(Centaurium erythraea)

Äußere Anwendung: Es verhindert Eiterungen bei frischen Wunden. Man benützt die Blätter grün oder auch getrocknet. Das gleiche bewirkt die gekaute Wurzel, welche zwischen die schmerzenden Zähne gelegt werden. Sie heilt frische Wunden, wenn man sie damit auswäscht.

Flockenblume

(Centaurea centaurium)

Innere Anwendung: Der Saft der Wurzeln hilft gegen die Bisse giftiger Tiere. Es hilft auch ein klein wenig (3 Gramm) des getrockneten Pulvers der fein geriebenen Wurzeln zusammen mit Wein getrunken. Um den Schleim zu verbessern soll man 5 Gramm des Wurzelpulvers mit Wein oder Wasser vermischt verabreichen. Wenn aber Fieber und blutiger Schleim einhergehen, sollte man zu anderen Mitteln greifen.
Äußere Anwendung: Das zerstampfte Pulver der Wurzeln hilft bei bösen Geschwüren. Die frische Wurzel oder die getrocknete vorher in Wasser eingeweicht, zermahlen und in die geheimen Körperteile der Frauen (Vagina) geträufelt hilft bei Menstruationsbeschwerden. Der Saft hat die gleiche Wirkung. Sie wird bei Schlangenbissen aufgetragen indem man die gerösteten Wurzeln zermahlt. Wenn man die zerstoßene Wurzel mit klein geschnittenem Fleisch mitkocht, verbindet sie es wieder zu einem ganzen Stück.

Spitzwegerich

(Plantago lanceolata)

Innere Anwendung: Er heilt innere Geschwüre und Schwindsucht. Weiters tötet er die Würmer, und heilt Krankheiten im Körper. Ein zusammen mit Tausenguldenkraut vermischter Saft für einige Tage auf nüchternem Magen getrunken hilft denjenigen, welche Blut erbrechen.
Äußere Anwendung: In die Ohren gegeben, hilft er das Hörvermögen zu steigen. Er heilt Geschwüre im Mund, im Hals indem man den Saft gurgelt. Auf Geschwüre, Pusteln, Pickel aufgetragen hilft er diese zu heilen. Zu einem Brei gemahlen hilft er bei Fisteln und Furunkeln im Gesäß und Hämorrhoiden. Weiters wird er bei Quetschungen und Hämatomen eingesetzt.

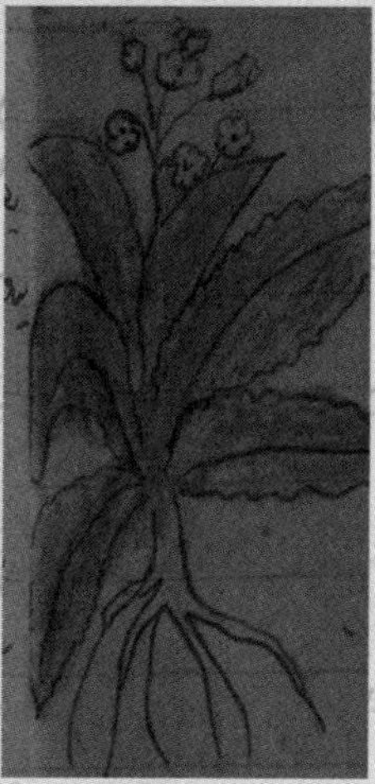

Rhabarber

(Rheum rhabarbarum)

Innere Anwendung: Er hilft gegen viele innere Leiden. Äußere Anwendung: Er verheilt Geschwülste und Entzündungen, sowie Geschwüre in den Augen.

Zwiebel

(Allium cepa)

Innere Anwendung: Wer ihn häufig zu sich nimmt, stärkt den Geschlechtstrieb. Am meisten wirken die gerösteten Knollen. Man gibt ihn auch den Asthmatikern oder jenen welche Hustenanfälle haben mit Honig und Zucker vermischt.
Äußere Anwendung: Der Saft der Zwiebeln vermischt mit Honig vertreibt den Nebel und den Grauen Star und verhilft zu einem besseren Sehvermögen. In die Ohren gegeben nimmt er das Ohrensausen.

Wacholder

(Juniperus nana)

Innere Anwendung: Den Saft der Beeren verwendet man gegen die Schlangenbisse. Sie reinigen den Urin und sind wichtig für den Magen. Sie machen den Geist zufrieden, helfen gut sehen, stärken die Geschlechter und töten die Schmerzen in der Brust. Sie helfen bei der Verdauung, zertrümmern die Steine und sind gut bei Lähmungen. Sie tragen zur Gesundung beim Zittern bei, Vergiftungen heilen sie. Sie geben einen guten Atem, helfen gegen tränende

Augen, machen gutes Blut und stärken das Erinnerungsvermögen. Man sollte die Beeren im September ernten, mit etwas Schnaps ansetzen und zwei Tage lang darin ziehen lassen. Dann lässt man sie an der Sonne über ein weißes Leinentuch trockenen. Auf nüchternen Magen nimmt man zwei bis drei Mal die Woche, abends vor dem Schlafen gehen, drei und drei und kaut sie langsam durch. Das Harz des Wacholders verwendet man um gute Luft zu machen und das Bronchialkatarrh zu vertreiben.
Äußerliche Eigenschaften: Der Wohlgeruch des Wacholders vertreibt die Schlangen. Das zu Pulver gestampfte Harz lässt Furunkel und Fisteln auftrocknen. Es vertreibt die Hämorrhoiden. Es hilft bei erfrorenen Füssen und Händen. Der Dampf des gerösteten Harzes lindert Zahnschmerzen.

Lärche

(Larix decidua)

Äußere Anwendung: Wenn man sich mit dem Mark der frischen Zapfen vermischt mit etwas Fett einreibt, erhält man am ganzen Körper ein wohltuendes Befinden.

Zirbe

(Pinus cembra)

Äußere Anwendung: Lege die Zapfen in süßen Wein und trinke davon ein Schnapsglas um Verkühlungen zu heilen.
Äußere Anwendung: Wenn man sich mit einer Salbe aus Zirbenzapfen und Schweineschmalz einreibt, erhält man Wohlbefinden. Die Zapfen auf die Glut gelegt, lassen ein angenehmes Aroma in den Stuben verströmen. Das hilft auch gegen die Würmer.

Was ich über die guten Pflanzen in Erfahrung bringen konnte

Die geheimnisvolle Enzianwurzel

(Gentiana lutea)

Der Gelbe Enzian ist eine mystische Pflanze, welche in den Alpen wegen seiner Wirkung hoch geschätzt wird. Den Aussagen Dioskorides zufolge soll der Illyrerkönig Gentius als erster ihre heilsamen Eigenschaften erkannt haben, als er verletzt worden war. Ihm zu Ehren erhielt diese altbewährte Heilpflanze ihren lateinisch-wissenschaftlichen Namen Gentiana lutea. Seine Wurzeln sind das Ausgangsmaterial für die Herstellung des edlen Enzianschnapses, der auch medizinisch verwendet wird. Sie wachsen vorwiegend auf Wiesen im Gebirge und können bis zu fünfzig Jahre alt und mehrer Kilo schwer werden. Hundert Kilogramm Wurzeln ergeben 200 Liter Maische, aus der in zwei Brennvorgängen etwa sieben Liter Enzianschnaps gewonnen werden. Ähnlich wie der Gelbe Enzian sieht der Germer aus, der aber stark giftig ist. Eine Verwechslung beim Sammeln von Enzianwurzeln hätte tödliche Folgen für Personen, die diesen Schnaps zu sich nehmen. Die im Gelben Enzian enthaltenen Bitterstoffe wirken anregend auf den Fluss von Speichel- und Magensaft, verbessern die Magen-Darm-Bewegungen und fördern so auf natürliche Weise eine bessere Verdauung der Speisen. Vor allem helfen sie jenen, die nicht genügend Magensaft produzieren und dadurch unter Beschwerden wie "Magendruck", Völlegefühl, Blähungen und Aufstoßen leiden. In den Trentiner und Bergamasker Alpen erzählen die Leute, dass ein Schluck Enzian am Morgen die Menschen bis ins hohe Alter bei Gesundheit erhält.

Karl Demetz

Gelber Enzian

Die heilende Arnikablume

(Arnica montana)

Die weitum sichtbaren, an Sonnen erinnernden Blüten haben die Menschen schon immer fasziniert. Allerdings ist sie eine sehr feinfühlige Pflanze, welche dies auch von den Menschen erwartet. Tiere weiden Arnika nicht ab, wie sie es mit vielen der Bergkräuter tun. Wahrscheinlich sagen ihnen die raue Oberfläche und der harzige Geschmack nicht zu. Doch beobachteten unsere Bauern immer wieder verletzte Tiere, welche sich auf Arnikawiesen hin- und herwälzen oder sie in kleinen Mengen bewusst abzuweiden schienen. Von den Hirten wurde deshalb diese Pflanze auch Gemswurz genannt, weil sie sahen, dass die Gämsen ein innerliches Gespür dafür entwickelt haben, dass sie Verletzungen ob innerlicher oder äußerlicher Natur zu heilen imstande waren. Die Arnika sucht sich ärmliche Böden im Hochgebirge aus und meidet dabei die Kalkböden. Düngung vertreibt die Pflanze.
Ein lästiger Geselle der Arnikablüten ist die Arnika-Fliege, welche sich im Zentrum des Blütenbodens einnistet und dort ihre Maden aufzieht. Sie ist giftig und man sollte von diesen Fliegen befallene Blüten meiden. 1940 fanden Wissenschaftler bei Ausgrabungen in Köln Reste einer Augensalbe aus der Römerzeit. Sie enthielt noch Bestandteile der Arnika. Unsere Vorfahren benutzten sowohl den Tee für den Blutkreislauf und bei Erschöpfung. Noch mehr aber die Arnikatinktur bei Verletzungen, Quetschungen, Prellungen oder zur Wundheilung. Der „Arnikaschnaps" stand bei uns immer griffbereit. Die frischen Arnikablüten wurden nach Arnikafliegen durchsucht, in eine Glasflasche gefüllt und mit einem guten Treberschnaps überdeckt. Dann stellte man die Flasche in einen schattigen Ort und schüttelte jeden Tag für drei Wochen den Inhalt kräftig durch. Anschließend presste man das ganze durch ein feines Tuch. Der gelbe Arnikaschnaps tat dann immer seinen Dienst, wenn wir

Karl Demetz

Arnika

arg zerschunden und mit blutenden Wunden heimkamen. Selbst als Salbe wurde er verwendet. Einige Bauern verwendeten dagegen sogar die ganze Pflanze, von der Blüte bis zur Wurzel, um die Heilkraft noch weiter zu steigern. In den italienischsprachigen Gebieten war es sogar üblich aus den getrockneten und zu Pulver zerriebenen Pflanzen einen Schnupftabak zu gewinnen, den „Tabacco di montagna", welcher heftiges Niesen erzeugte.

Der Husten vertreibende Huflattich

(Tussilago farfara)

Hermann Oberhofer

Huflattisch

Der Huflattich wird schon seit Urzeiten als Hustenmittel verwendet. Deshalb auch der lateinische Name „tussis" für Husten. Er schützt die Schleimhäute und wirkt auswurffördernd. Durch seinen hohen Gehalt an Schleimstoffen wirkt er besonders bei trockenem chronischem Husten, bei Heiserkeit und Bronchitis. Wer ihn in seinen Hosentaschen mitträgt, dem verhilft er zu neuem Mut. Es werden auch heilsame Brusttees gemacht. Bei uns fertigte man auch Huflattich-Honig gegen den Husten.

Der schmackhafte Waldgeißbart

(Aruncus dioicus)

Diese Pflanze kann bis zu zwei Meter hoch werden. Die jungen Sprösslinge sind als wilder Spargel hochgeschätzt, dem sie sehr ähnlich sehen. Vielfach werden diese Sprösslinge als Spargel eingeweckt und verzehrt. Je mehr die Sprösslinge verholzen, desto bitterer werde die Treibe und Blausäure lagert sich ein.

Der zusammenwachsen lassende Beinwell

(Symphytum officinale)

Der Beinwell ist eine sehr alte Heilpflanze, wobei schon der griechische Name "Symphythum" auf „Zusammenwachsen" hinweist. Er fand Verwendung bei Knochenbrüchen, weil er die Heilung beschleunigte.

Aus den frischen zerkleinerten Wurzeln bereitete man Kaltauszüge und Salben. Die Pflanze enthält giftige Alkaloide, die dazu führen, dass sie von pflanzenfressenden Tieren gemieden wird. Die wundheilende Eigenschaft beruht auf seinem Gehalt an Allantoin, wobei keine andere Pflanze soviel davon enthält. Es regt die Zellteilung und wirkt entzündungshemmend und wundreinigend. Als Kompresse wirkt Beinwell auch schmerzstillend. Beinwell enthält aber auch Pyrrolizidinalkaloide, welche bei innerer Anwendung und in hoher Dosierung krebserregend eingestuft wurden.

Der starke Löwenzahn

(Taraxacum officinale)

Unsere Vorfahren haben dem Löwenzahn immer schon eine hohe Heilkraft zugesprochen. Er ist stark, weil er sich durchsetzen kann und anpassungsfähig genug, um sie auch an die Veränderungen anzugleichen. In den Alpen erntete man die Löwenzahnblätter, um daraus einen gut schmeckenden und wohltuenden Salat abzurichten. Die Blätter des Löwenzahns wirken stark harntreibend und entgiftend. Er wird auch gepresst und daraus ein Saft hergestellt. Die Heilkraft gewinnt der Löwenzahn durch seine Bitterstoffe. Diese haben vor allem auf die Leber eine positive Wirkung. Dadurch wird auch das lästige Völlegefühl nach zu üppigen Mahlzeiten vermieden.

Michael Wachtler

Löwenzahn

Die kräftigende Meisterwurz

(Peucedanum ostruthium)

Die Meisterwurz wird in Osttirol und Kärnten vielfach sowohl bei kranken Tieren wie auch bei Menschen verwendet. Sehr beliebt ist der Schnaps. Die zerkleinerten Stücke der Wurzel werden mit der Maische angesetzt und gebrannt. Andere Bauern dagegen schworen auf Schnaps, der vollkommen aus Wurzeln hergestellt war. Dazu benötigte man alledings an die zwanzig Kilo der Wurzeln und er war dementsprechend teuer. Die Bauern verwenden ihn als Gegenmittel gegen ihre

Riesenräusche oder einfach zum Einreiben bei stark eiternden Wunden. Vielfach nehmen die Bauern die getrockneten Wurzeln bei ihrer Wald- oder Feldarbeit mit und kauen die scharf schmeckenden und auf der Zuge brennenden Teile lange an ihnen herum. Sie sollten belebende Wirkung haben und die Leute bei Kräften halten.
Die Salbe diente vor allem gegen eitrige Wunden oder nach Blutvergiftungen. Als Tee bereitete man ihn, um bei Grippe oder Infektionen Schweißausbrüche auszulösen.

Das blutende Johanniskraut

(Hypericum perforatum)

Franz Niederkofler - Bergila

Johanniskraut

Wenn man die sonnengelben Blüten des Johanniskrauts zwischen seinen Fingerkuppen zerreibt, tritt ein Saft aus, der die Haut blutrot anfärbt. Ursache ist der blutrote Farbstoff Hypericin, der neben den ätherischen Ölen und Gerbstoffen für die Wirkungen des Johanniskrautes verantwortlich ist. Johanniskraut wirkt stimmungsaufhellend und antidepressiv. Es hat eine allgemein stärkende Wirkung und wird daher bei geistiger Erschöpfung, Blutarmut und nach schweren Krankheiten eingesetzt. Schon seit der Antike setzte man Johanniskraut-Öl ein, um schlecht heilende Wunden, Verbrennungen und Geschwüre zu behandeln.

Der schwarze Holunder

(Sambucus niger)

Wohl um kaum eine Pflanze ranken sich so viele Mythen und Sagen, wie um den Holunder. Er wurde in unseren Gegenden mit Magie und Hexerei in Verbindung gebracht. Die Hexen versammelten sich in der Nähe der Holundersträuche. Aus Holunderholz sollten keine Möbel getischlert werden, denn seine Geister würden jeden Besucher erschrecken. Er ist der Baum des Todes und Sterbens. Deswegen zogen auch in manchen Tälern die Männer vor einem Holunderbaum den Hut. Die alten Römer fertigten aus Holunderholz ihre Särge. Holda war bei den alten Germanen die „Muttergöttin“. Aus seinen weißen Blüten, wie auch den schwarzen

Früchten kochte man mit Zucker einen wohlschmeckenden Syrup. Aus den schwarzen Beeren fertigte man Marmeladen. Dazu gibt es noch Holunderblütentee. Er wirkt blutreinigend und schweißtreibend. Holunderblätter lindern den Sonnenbrand und andere leichte Verbrennungen, wie auch Bienen oder Wespenstiche. Holundermus ist stuhlbefördernd. Der schwarze Farbstoff der Beeren wird sowohl als Farbstoff bei Süßigkeiten als auch von Kleidern verwendet.

Die vielfach eingesetzte Schafgarbe

(Achillea millefolium)

Das auf Wiesen, sonnigen Abhängen und Acker- und Wegrändern wachsende, weißblühende Kraut wurde schon seit alters verwendet. Manchmal legte man Blätter der Schafgarbe Kindern auf die Augen, damit sie besser schliefen und gute Träume hatten. Sie gilt als eine der großen Heilpflanzen, welche für vielerlei Zwecke eingesetzt wurde und sowohl als Tee, Umschlag wie auch als Tinktur benutzt wird. Die Schafgarbe erhielt auch den Namen Soldatenkraut, wobei selbst ihr lateinischer Name „achillea" auf den griechischen Helden Achilles zurückzuführen ist, der damit nach der griechischen Sage eine nicht verschorfende Wunde heilte. Aber auch gegen Hämorrhoiden wurde sie eingesetzt. Ihr anderer Name „Jungfernkraut" geht darauf zurück, dass sie gegen Regelbeschwerden und Weißfluss (Leukorrhoe) Anwendung fand.

Franz Niederkofler - Bergila

Schafgarbe

Die alte Heilpflanze Beifuß

(Artemisia vulgaris)

Der Beifuß wurde schon von den Steinzeitmenschen als Heilpflanze verwendet, fand man ihn doch in deren Gräber. Das Kraut, das man überall an Wegrändern und Böschungen, auf nährstoffreichen Sand- und Lehmböden findet, soll nicht nur gegen allerlei Verdauungsstörungen helfen, sondern auch gegen wunde Füße. Deshalb trug man ihn in früheren Zeiten in den Schuhen, also "bei Fuß". Beifußsträuche wurden in den Ställen oder überall dort wo es von Fliegen oder Ungeziefer wimmelte, gehalten um es zu vertreiben.

Die wertvolle Kamille

(Matricaria charmola)

Kamille

Die Kamille gehört zu den wertvollsten und vielseitigsten Heilpflanzen. Als Tee lindert die Kamille Entzündungen und ist daher Bestandteil vieler Teemischungen. Die Kamille wurde vor allem bei Magen- und Darmbeschwerden eingesetzt. Sie hat aber noch viele andere Wirkungen, denn sie wirkt schmerz- und krampfstillend, beruhigend, austrocknend und gegen Blähungen. Weiters setzt man sie bei Erkältungen, Kopfschmerzen, Menstruationsbeschwerden, Schlaflosigkeit, Mund- Nasen- und Rachenentzündungen und Zahnschmerzen ein.

Die Ruhe bringende Zitronenmelisse

(Melissa officinalis)

Zitronenmellisse

Die Bezeichnung Melisse ist aus dem Griechischen abgeleitet und bedeutet "Biene". Nach Plinius liebt die Biene diese Pflanze mehr als alle anderen. Seit Jahrhunderten wurde diese Pflanze bei Unruhezuständen und Einschlafstörungen verwendet. Medizinisch anerkannt ist auch die Wirksamkeit von Melissenextrakt in Form einer Creme gegen Lippenherpes. Frühzeitig angewendet, lassen die lästigen Beschwerden rasch nach, die weitere Infektion von gesunden Zellen mit Herpes-Viren wird unterbrochen, und vorhandene Herpesbläschen heilen meist rasch ab. Zitronenmelisse wurde in den Klöstern zur Herstellung von Kräuterlikören wie Klosterfrau Melissengeist verwendet.

Die vielfältige Ringelblume

(Calendula officinalis)

Die Ringelblume wurde sowohl als Tee als auch äußerlich in Form von Umschlägen, Tinkturen, Ölen oder Salben angewandt. Der Tee hat eine krampflösende, galletreibende und blutreinigende Wirkung. Die Blütenblätter der Ringelblume wirken gegen Entzündungen der Mund- und Rachenschleimhaut sowie als Aufguss bei Riss-, Quetsch- und Brandwunden. Außerdem regt die Salbe die Durchblutung an und macht die Haut widerstandsfähiger. Aufgrund dieser Fähigkeit, die Haut zu pflegen und geschädigte Haut zu heilen, sind Ringelblumenblüten häufig Bestandteil in kosmetischen Salben, Hautcremes und Gesichtswässern.

Franz Niederkofler - Bergila

Ringelblume

Was ich über die bösen Pflanzen in Erfahrung bringen konnte

Der tödliche blaue Eisenhut

(Aconitum napellus)

Der blaue Eisenhut gilt als giftigste Pflanze der Alpen. 3-10 mg sind für den Menschen tödlich. Er enthält Aconitin, eines der stärksten Pflanzengifte. Beim Pflücken kann das Gift sogar über die Haut eindringen und zu Hautentzündungen und schweren Vergiftungen im Körper führen. Er wurde auch Fuchswurzel, Wolfsgift und Teufelswurz genannt. Bei uns steckte man die Wurzeln in das rohe Fleisch eines Köders, um damit die Füchse zu töten. Aber auch Pfeilspitzen oder Waffen rieb man mit dem Gift ein, um damit Tiere zu töten. Einige Hexensalben wurden daraus hergestellt. Das durch die Inhaltsstoffe herbeigeführte Hautkribbeln wurde als Wachsen von Fell oder Federn gedeutet. Mit den Wurzeln oder Samen des Eisenhutes richtete man Schwerverbrecher hin, da der Tod damit besonders grausam war. Im 16. Jahrhundert wurde auch der erste bekannte medizinische Test an einem lebenden Menschen durchgeführt. Man verabreichte einem zum Tode geweihten Verbrecher als Gift die zerstoßene Wurzel. Doch zum Erstaunen aller zeigten sich zuerst keine sonderlichen Beschwerden. Mit Einwilligung der Versuchsperson verabreichte man ihm noch die Samen und die Pflanzenteile. Er begann Müdigkeit am ganzen Leib zu spüren, dazu spürte er ein eigenartiges Kribbeln. Die Körpertemperatur sank ab, kalter Schweiß und ein schwindender Puls waren die Folge. Nun gab man ihm als Gegengift Wein. Das schien der auslösende Augenblick gewesen zu sein. Der Verbrecher verzerrte die Augen, wand sich unter schrecklichen Zuckungen, litt stärkste

Eisenhut

Schmerzen und fiel zu Boden. Anschließend erbrach er eine stinkende gelbe und schwarze Flüssigkeit. Nicht lange danach wurde er müde, schlief ein, wobei man dies zu verhindern versuchte. Doch es gelang nicht. Er starb während sein Antlitz sich bleichschwarz verfärbte. So blieb den Ärzten nur die Feststellung, dass es zu dieser Höllenpflanze kein Gegenmittel gab.

Der betörende Seidelbast

(Daphne mezereum)

Dieser einen Meter hoch werdende Strauch besticht im Frühjahr durch seine duftenden, kräftig rosa gefärbten Blüten, im Sommer durch seine intensiv roten Beeren. Besonders die Samen, die Rinde, die Beeren aber auch andere Pflanzenteile sind sehr stark giftig. Durch den Kontakt mit der Rinde und besonders mit dem Pflanzensaft treten blasige Hautausschläge auf. Durch Verschlucken der Beeren oder anderer Pflanzenteile kommt es zuerst zu Erbrechen, später zu schweren Entzündungen im Verdauungskanal. Er wurde auch Hühnertod, Elendsblume, Giftbäumchen genannt.

Karl Demetz

Seidelbast

Die schöne Tollkirsche

(Atropa belladonna)

Die Tollkirsche fällt durch ihre schwarz glänzenden Beeren auf. Der lateinische Name „belladonna", „schöne Frau" geht darauf zurück, dass im Mittelalter in Venedig den Frauen Tollkirschensaft in die Augen geträufelt wurde, um ihre Pupillen zu erweitern und um sie damit attraktiver zu machen. Auch heute verwendet man seinen Wirkstoff, das Atropin in der Augenheilkunde. Die Pflanze wird auch Teufelskirsche oder Wutbeere genannt. Die tödliche Dosis liegt bei Kindern zwischen drei und fünf Beeren, bei Erwachsenen zwischen zehn und zwanzig

Beeren. Sie ist auch für Tiere giftig. Es kommt zu einer Pupillenerweiterung mit stark glänzenden Augen. Anschließend zu einer Austrocknung der Schleimhäute, Sprach- und Schluckstörungen. Bei starker Vergiftung treten Tobsuchtanfälle, Unruhe und ein ausgesprochener Rededrang ein. Am Ende kommt es zu Bewusstlosigkeit und zum Tod durch Atemlähmung. Die Tollkirsche wurde früher zu Giftmorden verwendet und spielte im Aberglauben und Hexenkult eine große Rolle. Hexensalben, auf die Haut aufgetragen, führten zu Wahnvorstellungen und auch zum Gefühl, fliegen zu können. In Hexenprozessen wurden die Angeklagten gezwungen, Tollkirschen zu essen, wonach sie sich oft im Wahn selbst beschuldigten.

Die gefährliche Herbstzeitlose

(Colchicum autumnale)

Die Herbstzeitlose ist eine in den Alpen weit verbreitete Pflanze, welche auf Wiesen und Almen wächst. Sie enthält das giftige Colchizin, das Ähnlichkeiten mit Arsen aufweist. 5 g Samen gelten für die Erwachsenen, 1,2 g für ein Kind als tödliche Dosis. Es löst zuerst Bewusstseinsstörungen, Brechreiz, Magen- und Darmkrämpfe aus. Allmählich beginnt es auf die Nieren und das Nervensystem zu wirken, verursacht eine Lähmung des Rückenmarks und des Hirns und führt am Ende zu Atemstillstand und Tod. Deshalb wird die Blume auch Giftblume, Giftkrokus oder Hennengift genannt. Die Pflanze ist auch für verschiedene Haustiere giftig und wurde in früheren Zeiten für Giftmorde genommen.

Was ich über die Kraft der alten Wälder in Erfahrung bringen konnte

Die Kraft des Bergwacholders

(Juniperus nana)

Es gibt den Gemeinen Wacholder (Juniperus communis) und den nur hoch oben auf den Bergen wachsenden Bergwacholder (Juniperus nana). Dieser Wacholderstrauch gehört zu den gütigsten Pflanzen der Berge. Speck lagert und räuchert man in einer Gewürzmischung aus Wacholder, Rosmarin, Lorbeer, Salbei und anderen Kräutern. Das Recht Wacholderbeeren zu sammeln musste man in vielen Gegenden vorher ersteigern. Dann erst konnte man aufbrechen, um dem arg sich wehrenden, und mit seinen Nadeln stechenden Wacholdersträuchern, die Beeren zu entreißen. Die schwarzblauen Beeren galten als Vorbeugungsmittel gegen Grippe und gegen schlechten Mundgeruch, der Tee harntreibend. Anschließend zerquetschte man die Beeren in einer eigenen Mühle und brannte in mehreren Arbeitsgängen den wertvollen Wacholderschnaps. Beim Brennen floss zuerst ein milchiges Öl heraus, das teure Kranewittöl, das gegen Rheuma wahre Wunderdinge bewirkte. Der Schnaps dagegen war ein guter Verdauungstrunk.

Karl Demetz

Bergwacholder

Die gutmütige Kiefer

(Pinus sylvestris)

Die Holzarbeiter träufelten, wenn sie sich einen Dorn einrannten, das flüssige Harz der Kiefer auf die verletzte Stelle. Schon nach wenigen Tagen kam der Stachel wie von allein heraus.

Die unergründliche Latsche

(Pinus mugo)

Latsche

Das Latschenöl wurde in unseren Bergen vielfach verwendet. Einmal rieb man sich nach großen Anstrengungen damit ein, um die Durchblutung anzuregen und den Körper zu entspannen. Aber auch bei Zerrungen und Verstauchungen, wie auch bei Rheuma leistete es vorzügliche Dienste. Zudem wirkt es entzündungshemmend und keimtötend. Weiteres inhalierte man Latschenöl bei Schnupfen, Erkältungen und verschleimten Atemwegen. Später kam es auch als Saunaaufguss in Mode.

Die kämpferische Zirbelkiefer

(Pinus cembra)

Zirbelkiefer

Das Öl aus den Nadeln der Zirbelkiefer verbreitet einen harzigen, sehr würzigen Duft, der die Luft reinigt. Er tötet Keime und Viren und hält Ungeziefer fern, was schon den Alten aufgefallen ist. Bauernstuben wurden fast immer mit Zirbenholzvertäfelungen ausgekleidet. Die Harze fördern einen gesunden und guten Schlaf. Aus fein geschnittenen unreifen Zapfen wird der Zirbengeist gemacht. Die Zapfen dienten schon seit alters als Furchtbarkeits- und Unsterblichkeitssymbole.

Was ich über die uralten Pflanzen in Erfahrung bringen konnte

Der undurchsichtige Adlerfarn

(Pteridium aquilinum)

Adlerfarn

Der Adlerfarn gilt als einer der am meisten verbreiteten Farne in den Alpen. Schon sein Name erinnert an einen Adler mit ausgebreiteten Schwingen. Früher füllte man manchmal die Matratzen mit den Blättern der jungen Adlerfarne und versprach sich davon eine Heilung vor Gliederschmerzen, Gicht und Rheumatismus. Er vertreibt Läuse, Wanzen und Flöhe. Das Einatmen der Sporen sollte aber vermieden werden. In manchen Gegenden werden die sehr jungen Adlerfarn-Wedel als Gemüse gekocht und gegessen. Isst man jedoch zu große Mengen führt dies zu einer langsamen Zerstörung des Knochenmarks und zur Bildung von Blutgerinnseln.

Der vielfüßige Tüpfelfarn

(Polypodium vulgare)

Der wissenschaftliche Name Polypodium bedeutet "Vielfüßer" und bezieht sich auf seine verzweigten Wurzelstöcke. Der Wurzelstock schmeckt deutlich süßlich und wurde oft gekaut oder den Kleinkindern als Schnuller in den Mund gesteckt. Tüpfelfarnwurzeln wurden als Heilmittel gegen Gallenleiden und Verdauungsbeschwerden, aber auch bei Gicht, Gelbsucht und Malaria verwendet.

Der zwiespältige Wurmfarn

(Dryopteris filix-mas)

Viele Pflanzen tragen sowohl gute wie böse Eigenschaften in sich. So auch der Wurmfarn. Er wurde in der Antike als Heilmittel gegen den

Bandwurm benutzt. Das im Wurzelstock und in den Blattstielen, besonders der jungen Pflanzen, enthaltene Harzöl lähmt die Bandwürmer, sodass sie sich von der Darmwand lösen. Auf der anderen Seite kam es bei nicht richtiger Dosierung der gepulverten Kräuter zur Schädigung der Atmung und bei schweren Vergiftungen sogar zum Tod durch Krämpfe und Atemlähmung.
Er wurde auch Bandwurmwurzel, Hexenkraut, Hurenkraut, Teufelswisch genannt. Deshalb zählt er zu den Hexenpflanzen. Das ging soweit, dass das Konzil von Ferrara im Jahr 1612 ein Verbot für das Sammeln dieses Farns in der Johannisnacht einführte. In der Bevölkerung hatte sich nämlich die Meinung durchgesetzt, der Wurmfarn schütze vor Zauber und Hexereien, halte sogar Unwetter ab und bringe dem Besitzer Glück im Spiel und beim Auffinden von verborgenen Schätzen.

Der reinigende Schachtelhalm

(Equisetum arvense)

Michael Wachtler

Schachtelhalm

Der Schachtelhalm wurde bereits im Mittelalter hoch geschätzt. In seine Zellwände sind Silikat, Kieselsäure und eine Reihe anderer Mineralien eingelagert. Wegen seines hohen Gehaltes an Kieselsäure, die auch Hauptbestandteil des Bergkristall ist, benützte man ihn zum Putzen und Polieren von Zinn und Silbergeschirr. Deshalb erhielt er auch den Namen Zinnkraut. Seine ineinander verschachtelte Form hat schon seit jeher die Architekten für Konstruktionspläne angeregt. Viele aus Stein gebaute Türme ähneln ihm. Der große römische Arzt Galen empfahl den Schachtelhalm für Nieren- und Blasenkrankheiten. Aufgrund seines hohen Gehaltes an Tannin stoppt er Blutungen, was ihn besonders bei

Nasenblutungen und Hämorrhoiden auszeichnet. Er lindert die Schmerzen beim Wasserlassen. Schachtelhalmtee wurde bei Nierenerkrankungen und zur Blutreinigung verabreicht.

Der uralte Bärlapp

(Lycopodium clavatum)

Das feine Sporenmehl wurde in früheren Zeiten dazu verwendet, um die Kleinkinder zu pudern. Auch bestrich man damit offene Wunden, um sie zu reinigen, die Schmerzen zu lindern und die entzündeten Stellen zu kühlen. Bärlapptees wirken harntreibend und fiebersenkend. Die feinen Sporenbehälter befinden sich zwischen den Blättchen der Fruchtähren, welche ab August reif sind und sich nach dem Trocknen leicht herausschütteln lassen. Nach langen und ausgedehnten Wanderungen legten die Jäger dies Kraut auf ihre Waden, um die Krämpfe zu lösen. Die Apotheker überpuderten damit ihre selbst hergestellten Pillen, um sie anziehender ausschauen zu lassen.

Michael Wachtler

Bärlapp

Was ich über die helfenden Tiere in Erfahrung bringen konnte

Die Kraft des Murmeltierfetts

Das Fett des Murmeltiers, das „gras de muntagnola" galt schon seit Urzeiten als besonderes Heilmittel. Ein einziges Murmeltier konnte bis zu einem Liter dieses begehrten Fettes tragen, wobei man zwischen dem wertvolleren Fett aus dem Inneren des Tieres und dem äußeren Rückenspeck unterscheidet. Das wertvolle Fett wird im Wasserbad vorsichtig erhitzt und immer wieder in eine saubere, dunkle Flasche gegossen. Das beste „Munkenöl" ist hell wie das Wasser und dringt in jede noch so feinste Ritze. Früher glaubte man, es sei so fein, dass es durch Haut und Knochen durchdringen könne und selbst die Knochen erweiche. Murmeltieröl und Murmeltierbalsam wurden von den Bergmenschen gegen Bandscheibenleiden, Gicht, Arthrose, Frostbeulen, Rheuma und Leiden an den Gelenken verwendet. Besonders der Gehalt an ungesättigten Fettsäuren wie Linol- und Linolensäure, zurückzuführen auf das Abweiden der Tiere von saftigen Hochgebirgskräutern wie Alpenklee, machen es zu einem bewährten Heilmittel, auf deren Kraft unsere Vorfahren immer schwörten.

Das Millionen Jahre alte Steinöl

Ichtyol

Steinöl und Ichtyol gehören zu den geheimnisvollsten Schätzen aus dem Innern der Erde. Es wirkt wahre Wunder bei Entzündungen, Verstauchungen, Schuppenflechte. Die schwefelreichen 180 Millionen Jahre alten Ölschiefer werden erhitzt, bis ein dunkles Öl austritt, welches anschließend filtriert wird. Es drängt übermäßige Schuppenbildung zurück und lindert den Juckreiz. Das Steinöl ist weiters ein Heilmittel bei Durchblutungsstörungen und Erschöpfungen bei Muskel- und Gelenkbeschwerden nach übermäßiger Anstrengung. Auch bei der Hautpflege leistet es gute Dienste.

Was ich über die stärkenden Steine in Erfahrung bringen konnte

Die Macht der gefrorenen Bergkristalle

Viele der alten Kristallsucher in den Alpen behaupteten, dass Kristalle ihre zu Stein gewordenen Vorfahren seien. Die früheren Menschen konnten sich nicht einfach in Nichts auflösen, sondern lebten irgendwie fort. Und je weiter die Generationen zurückreichten, desto sicherer waren sie zu Stein geworden. Gerade deshalb behandelten sie diese immer noch als ihre Gefährten. Besonders schöne wurden in den Herrgottswinkeln aufbewahrt, waren sie doch nichts anderes als die zu Kristall gewordenen Seelen ihrer ältesten Vorfahren. Menschen wie der Zither Sepp verbrachten stundenlang beim Betrachten ihrer Kristalle und versuchten daraus Regungen und Empfindungen, aber auch verborgenes Wissen herauszuleiten.

Archiv Michael Wachtler - Martin Schönegger

Bergkristall

Dies hat auch damit zu tun, dass schon die alten Griechen glaubten, dass Kristalle nichts anderes als so tief gefrorenes Eis seien, dass es unter herkömmlichen Umständen nicht mehr aufgetaut werden konnte. Dieser Gedanke hielt sich noch bis in die Neuzeit. Dabei griff man vielfach auf den römischen Naturforscher Plinius den Älteren zurück, welcher schrieb:

„Voraussetzung für die Entstehung ist jedenfalls Regen, der als reiner Schnee vom Himmel fällt. Daher hält der Bergkristall auch keine Hitze aus und ist geeignet nur für kalte Getränke."

Plinius war bekannt, dass es schon vor 2.000 Jahren in den Alpen Menschen gab, welche Kristalle suchten:
„Ich kann mit Sicherheit bestätigen, dass die Bergkristalle in den Felsen der Alpen entstehen, und zwar in so unwegsamem Gelände, dass die Sammler sie am Seil hängend herausholen."
Bekannt war, dass man die Kristalle zum Heilen von Krankheiten einsetzen konnte:
„Ich finde, dass Ärzte der Meinung sind, dass zum Ausbrennen kranker Stellen im Körper nichts Anderes nützlicher sei als Kugeln aus Bergkristall, die man gegen die Strahlen der Sonne hält."
Lange hielt sich der Brauch, mit Bergkristallkugeln Lichtheilungen durchzuführen. So wurde der Benediktinerabt Wernher von Ossiach aus Kärnten um 1300 berühmt für seine wasserklaren Kristallkugeln, welche magische Eigenschaften besaßen. Das „gefrorene Eis" hatte fiebersenkende Wirkung und half besonders an heißen Tagen zur Kühlung des Köpers.
So erwartete man sich in den Bergen von den Ärzten, dass sie fähig sein sollten aus den Schätzen der Natur Heilmittel für die Menschen zu bereiten. Noch heute ist es Brauch Wasser, Wein und Schnäpse über verschiedene Mineralien laufen zu lassen, bevor sie abgefüllt werden, um die inneren Kräfte der Kristalle in sich aufzunehmen. Dazu gehören Bergkristall, Amethyst, Rauchquarz, Gold, Smaragd aber auch Kupfer und Hämatit. So gelingt es ein tieferes Verständnis zur scheinbar unbeseelten Welt herzustellen. Das durch die Kristalle hindurch fließende Wasser wird dabei umgewandelt und mit neuen stark machenden Eigenschaften erfüllt.
An anderen Orten schreibt man dem Bergkristall aufgrund seiner Form Potenz steigernde Eigenschaften zu. In vielen Bauernstuben werden deshalb die Bergkristalle liebevoll wie ein erigiertes Glied aufrecht stehend auf Sockel montiert. Sie sollen sowohl auf die Stärke seines Besitzers hinweisen, als auch die Fruchtbarkeit der Natur ausdrücken.

Der gefährliche Smaragd

Smaragde sind faszinierende Edelsteine. Sie haben das schönste, nachhaltigste und leuchtendste Grün, das man sich nur denken kann. Dieses

Grün erfreut das Auge ohne es zu ermüden. Es ist das Grün des Lebens und der Liebe. Doch findet man leider allzu selten makellose Smaragde. Zumeist stören Einschlüsse und innere Sprünge seine innere Schönheit. Wie die Smaragdsucher vom Habachtal bemerkten, liegt in ihnen viel betrügerische Boshaftigkeit. Das gefährliche an diesem Stein sind seine inneren Risse, denn kaum jemandem gelingt es diese richtig zu deuten.

Smaragd

Amethyst, der Stein des Weines

Ein anderer vielfach verwendeter Stein ist der Amethyst, welcher durch seine blauviolette Farbe sofort ins Auge fällt. Schon die alten Ägypter fertigten daraus Amulette, um sie den Toten mit ins Grab zu geben. Die in der Natur seltenen Blautöne haben die Menschen schon immer fasziniert. Da der Amethyst der Farbe des Weines ähnelt, war es nahe liegend, ihn damit in einem Zusammenhang zu bringen. So schrieb Plinius über den Amethyst:
„In ihrer eitlen Geschwätzigkeit versprechen die Magier, er würde den Rausch verhindern."
Der Amethyst verleiht jedem, der ihn trägt, unerklärliche Kräfte. Plinius schreibt weiter:„Er würde auf jede Weise hilfreich denen sein, die vor Könige treten wollen."
Der Amethyst gehört in den Alpen zu den Seltenheiten. Sehr viele kamen aber von auswärts als Tauschware. Da in den Tälern der Wein immer reichlich floss, war es nahe liegend, dass sich Amethyst und Wein gegenseitig befruchteten und ergänzten. Es

Amethyst

war die Neugierde mit bewußtseinsverändernden Getränken oder Nahrungsmitteln die schwierige Schwelle zwischen dem Menschsein und den Pflanzen und Steinen zu überbrücken.
In den Dolomitensagen wird immer wieder von einem magischen blauen Stein gesprochen, der „Ráyetta". Dabei kann es sich nur um einen Amethyst handeln. Er konnte den Menschen helfen wenn sie in Gefahr gerieten. Samblàna, die Winterkönigin fertigte aus der „Ráyetta" einen geheimnisvollen Spiegel, mit dem sie die Wintersonne bis in die letzten Talwinkel lenken konnte.

Michael Wachtler

Gold

Das ewige Gold

Das Gold, so selten es auch vorkommt, wurde oft mit der Kraft der Sonne verglichen. Gold war deshalb nicht nur ein teurer, wertvoller Schmuck sondern auch ein mächtiger Heilstein. So hat Gold seit Jahrtausenden nichts von seiner Sagenhaftigkeit eingebüsst. Er war immer Sinnbild für Reichtum, Macht und Gesundheit. Das Tragen von Gold förderte das Selbstbewusstsein. In alten Klostergärten wurde früher Goldlikör mit fein gewalztem reinem Gold hergestellt. Man schrieb ihm zu, dass er das Altern verlangsamen konnte.

Granat

Der funkelnde Granat

Im Zillertal wurde der Granat abgebaut und entwickelte sich dort zu einem florierenden Wirtschaftszweig. Er war der „Edelstein der Armen", wobei man daraus Broschen, Ketten und Armreifen fertigte. In den Alpentälern glaubte man, durch das Tragen von Granatschmuckstücken sich vor dem „bösen Blick" und der Schwermut schützen zu können.

Seiner roten Farbe und damit seiner Nähe zum Blute verdankt er seinen Ruf als medizinischer Stein. Schon 1583 schrieb der Tiroler Bergwerksunternehmer und Alchemist Leonhard Thurneisser, „Granat macht frisch Gebluet". Der Granat fand als legendärer Karfunkelstein Eingang in viele Mythen und Sagen.

Das gute Salz

Das Salz stand seit jeher in höchster Achtung bei den Menschen. Es war als Lebens- und als Heilmittel immer schon von größter Bedeutung. Das keltische Wort "hal" für Salz bedeutete heilig und rein. In früheren Zeiten war das Kristallsalz nur dem Adel vorbehalten. Salz ist ein lebensnotwendiges Mineral für den Körper. Salzreiche Luft ist gut für die Haut und heilsam für die Atemwege. Besonders bei Hautproblemen wie Schuppenflechte helfen Solebäder vielfach. Schon der berühmte Arzt und Mystiker Paracelsus nutzte die Heilkraft des Salzes und der Sole, jener Salz gesättigten Lauge, die mancherorts durch eindringendes Wasser aus den unterirdischen Salzlagerstätten ausgelaugt und an die Oberfläche trat. Berühmt wurden die Solebäder in Salzburg und Südbayern. Besonders Bad Ischl erreichte Weltruhm, als die bayrische Erzherzogin Sophie nach einer Reihe von Fehlgeburten den so genannten „Salzprinzen" zur Welt brachte. Sie war überzeugt nur durch eine Solebehandlung in Ischl ihre Unfruchtbarkeit überwunden zu haben. Gicht, Rheumatismus und Unterleibsbeschwerden konnten mit Solebädern gelindert werden. Sie verbesserten die Durchblutung, regten den Stoffwechsel an und beruhigten das Nervensystem.